三島由紀夫 ふたつの謎

大澤真幸
Ohsawa Masachi

a pilot of wisdom

まえがき

三島由紀夫は、哲学的な知性に関しても、また芸術的な感性に関しても、近代日本の精神史の中で最も卓越した創造者の一人である。三島は、西洋の思想や文学を自分の方法で咀嚼《そしゃく》し、それらを自身のうちに堆積していた日本的な感性に融合させ、小説に、戯曲に、そして評論に結晶させた。それらの作品に魅了されてきたのは、日本人だけではない。三島の熱心な読者は、世界中にいる。

それなのに、私たちは三島由紀夫を受けとめられずにいる。三島由紀夫が何だったのか理解できずにいる。三島の何をどう継承したらよいのか迷い、佇《たたず》んでいる。その理由は、はっきりしている。彼のあの最期のせいである。あれは極端な——これ以上はありえないほどに極端な——愚行だった……ように見える。とすると、三島をどう解釈したらよいのか。

ひとつの方法は、あの失敗した「クーデタ」のことはなかったかのように、それを無視して三島を読むことだ。が、それには、作家が最も大事にしていたものに頬かむりしているという後ろめたさがともなう。少なくとも、あのような行動へと向かう可能性を読み込むことができなければ、三島をトータルに読んだことにはならないだろう。しかし、あの愚行を自覚的に視野に収めたとたんに、つまりあの愚行があったという事実から遡及的に三島の書いたものを解釈したときには、今度は、彼の諸作品が色あせたものになり、それらが本来もっていたはずの魅力が消えてしまう。

というわけで、三島が残した膨大なテクストを前にして、私たちは何も言うことができず、ただ当惑するほかなくなってしまうのだ。

ならば、もう三島について考えることなどやめ、彼の作品を理解することも、そこから引き出しうる思想を継承しようとすることも、みな放棄してしまえばよいのではないか。だが、その場合には、私たちの喪失はあまりにも大きい。三島は、まちがいなく近代日本の文学や思想の最も良質な部分を代表してもいるからだ。

敗戦から七十年以上が過ぎた。あるいは明治維新から百五十年が経《た》った。日本人が西洋に接して、衝撃を受けてから、それなりに長い時間が経過し、今、私たちはとてつもない閉塞感の中にある。日本人は自信を失いつつある。わけのわからないこの行き止まり状況を、何とか打開したい。そう思っているとき、この七十年なり、百五十年なりの期間の中で最も豊かなポテンシャルを孕《はら》んだ作家の想像力を無視するとしたら、どうであろうか。そんなことをしたら、絶対に、この閉塞状況を乗り越えることはできないだろう。私たちは、戦後という時間に深く失望しつつ、奇妙なやり方の自裁の道を選んだ、この作家を読み直すことによってこそ、目下の閉塞の外へと脱出する道を見出《みいだ》すことができるはずである。

＊

昭和四十五年（一九七〇年）十一月二十五日、三島が市ヶ谷の陸上自衛隊駐屯地で割腹自殺したとき、私は小学六年生で、この事件の意味を考えるにはまだ幼すぎた。しかし、この日のことは鮮明に記憶している。通っていた学校の、午後の職員室が、異様な雰囲気に包まれていたからである。私は、何かを届ける必要があって職員室に入ったのだが、教師たちが全員、沈黙したままテレビのニュース映像を凝視しており、担任の先生に声をかけられなかった。私は何かただならぬことが起きたことを悟った。

私が初めて読んだ三島の作品は『金閣寺』である。十六歳だった。高校一年から二年にあがる春休みのときだ。私は、この観念的な小説に衝撃を受け、休み明けに、友人たちにこの作品をめぐって饒舌《じょうぜつ》に語った。語った相手、語った状況、語った場所は、今でも脳裏に映像として正確に再現できる。その後、尊敬していた故・中村磐根《いわね》先生（松本深志高校・当時）と、先生の自宅のマンションで、『金閣寺』について何度も語り合った。

あれ以降、三島由紀夫は、私にとって最も重要な日本の作家となった。と同時に、あらためて、三島の最期が、解けない謎となって立ち現れてきた。もうひとつの謎、本書で挑戦しているもうひとつの謎が気になりだしたのは、大学に入った年である。私にとっては、このもうひとつの謎も自決の謎と同じくらい深く、不可解なものであった。

学生時代に、公表するつもりなどまったくなく書いた私的な覚書はおくとして、これまで、三島については、何度か部分的・断片的に論じてきた。『金閣寺』や「サド侯爵夫人」について、あるいは三島の戦後日本社会論について、論じたり、言及したりしたことはある。いずれにせよ、私にとっては、三島に対してもってきた関心の大きさと書いてきたことの量・質との間には、かなりのギャップがあった。二つの謎に、ごまかしなく応答することができなかったことがその原因である。

謎の深度にふさわしい応答ができる、という自信が得られたのは、やっと数年前のことである。三島が自決したときの年齢よりも十歳近く、自分の方が年長になってからのことだ。本書を書くことができたのは、そのおかげである。

*

もっとも、三島由紀夫について一冊まとまったかたちで書こうと決めた、直接のきっかけは別のところにある。戦後七十年にあたる二〇一五年、朝日カルチャーセンター新宿で、数名の講師がそれぞれ一人ずつ戦後の思想家を選んで一回ずつ講義する、という連続講座の企画があり、依頼を受けた。私は、三島を選び、五月に講義した。

そこで、私は本書の骨格になるアイデアについて論じたのだが、受講者の数と熱意にびっくりした。それほど広くはない教室に多数の予備の椅子が入れられ、ぎっしりと人が詰まっていた。朝日カルチャーセンターでは何度も講義をしているが、あんなにたくさんの人が集まったことは、あれ以前にもあれ以後にもない。話していると受講者の集中度が伝わってくるものだが、あのときの受講者の皆さんの熱心度は特別だった。私はあらためて、三島についてどうしても知りたい、三島について納得せずにすますことはできない、という人がたくさんいるのを感じたのだった。

こうした背景があったので、集英社の新書編集部の落合勝人さんから新書の執筆の依頼を受けたとき、三島由紀夫論を書きたいと希望を述べてみた。落合さんは喜んで賛同してくださり、まずは同社の文芸誌『すばる』への連載というかたちで、論を発表するのがよいということで、『すばる』編集部に紹介してくださった。本書は、『すばる』の二〇一七年三月号から二〇一八年三月号まで――途中で二回の休みをはさんで――、全部で十一回に分けて発表した原稿を加筆し、修正したものである。

以上のような経緯もあり、本書の出版までには、三人の編集者のお世話になった。『すばる』で連載を担当してくださったのは、吉田威之さんである。私が遅筆で、締切を守ることができず、毎回、吉田さんはひやひやしたに違いない。だが、私としては幸福なことに、毎回、二人の編集者から内容に踏み込んだ、積極的なコメントをいただくことができた。落合さんと吉田さんのそれぞれがおもしろがってくれていることが伝わり、励みになり、私も執筆を楽しんだ。そして何より、日本の近代文学と批評とを読み込んできたお二人の反応のおかげで、私はこれまでの文芸批評の伝統とは違った角度から三島にアプローチできているという確信も得ることができた。

連載を終え、これを新書に仕上げるにあたっては、落合さんとともに、集英社新書編集部の穂積敬広さんが、協力してくださった。若く有能な編集者が出てきていることを実感できるのも、仕事の楽しみのひとつである。

落合勝人さん、吉田威之さん、穂積敬広さんの三人に、心よりのお礼を申し上げたい。皆さんのおかげで、十代のときからずっと取り憑《つ》かれていた三島由紀夫についてやっと、まとまった一冊を書き上げることができました。

二〇一八年九月一〇日

大澤真幸

目次

第一章　1970／11／25に結びついた二つの謎

1　なぜあのような愚行を

村上春樹の『羊をめぐる冒険』（一九八二年）は、「1970／11／25」というタイトルの章から始まっている。このタイトルによって指示されている日、つまり昭和四十五年（一九七〇年）十一月二十五日に何があったのか？　これは、三島由紀夫が割腹自殺を遂げた日である。この日、三島は、森田必勝《まさかつ》ら、学生戦士集団「楯《たて》の会」のメンバー四人とともに、東京市ヶ谷の陸上自衛隊駐屯地の東部方面総監部に押し入り、建物のバルコニーから、自衛隊は天皇を中心とする日本の歴史・文化・伝統を守るという建軍の本義に立ち戻るべきだとして、決起を呼びかける演説をした。しかし、三島は自衛隊員から激しいヤジと怒号を浴び、彼の演説はまともに聞かれなかった。呼びかけが隊員にまったく受け入れられる様子がないと見るや、三島は、腹を切って自決した。三島が、森田を含む四人とともに楯の会の制服で駐屯地を突如訪問したのが午前十時四十五分。割腹したのは、そのおよそ一時間半後の十二時十五分。三島の享年、四十五。

　村上春樹の初期の長篇《ちょうへん》小説群、いわゆる「鼠《ねずみ》三部作」の完結篇にあたる『羊をめぐる冒険』は、この事件のあった日を章題によって明記しておきながら、事件についてはただ否定的にのみ、つまり「我々にとってはどうでもいいこと」（講談社文庫、二〇〇四年）としてのみ言及している。わざわざそんなことを書くのは、もちろん、「どうでもいい」どころではないからだ。村上春樹は、三島の自決に深い関心を寄せている。そもそも、一九八二年に書かれた『羊をめぐる冒険』は、――高澤秀次《しゅうじ》の解釈にしたがえば[*1]――、そのおよそ三十年前に書かれた三島の長篇小説『夏子の冒険』（一九五一年）の書き換えである。村上春樹は、三島を継承するようにして書いていたことになる。

　だが、三島の自決は謎である。この出来事には、それへの関心が強ければ逆にかえって、「どうでもいいこと」と放棄するようなかたちでしか言及できない困難が伴っている。どうして三島は自決したのか、なぜあのような方法で自決したのか、その理由がまったくわからないからである。いや、もう少し丁寧に言い換えよう。三島の行動は、自殺自体を目的としていたわけではない。これは、一種のクーデタか革命の試みであり、はっきりとした政治的目的をもっていた。しかも、失敗した場合には割腹自殺することは、予定されていた。だから、三島は、自殺せざるをえない状況になることを予期していたことにはなる。いずれにせよ、三島は、あのとき、どうしてあのような行動を起こしたのか？　どうして、彼は、クーデタか革命に類することを引き起こそうとしたのか？　失敗する可能性を見込みながら、三島は、なぜ、あのような行動をとったのか？　そのことを真摯に問えば問うほど、不可解である。結局、説明を放棄することが、最も誠実な態度だということになってしまう。

率直に言えば、あの日の、「1970／11／25」の日の三島の政治行動は、極端な愚行に見える。贔屓目《ひいきめ》に見たとしても、あの行動は時代錯誤的である。三島の行動が、直接的には、どのような思想によって裏打ちされていたかは、彼が書いていたことから、ある程度のことはわかる。死の二年前に書かれた「文化防衛論」（一九六八年七月）では、三島は、天皇を「文化概念」として措定し、その天皇と軍隊との間を「栄誉の絆《きずな》でつないでおくことが急務」であると主張していた。三島が市ヶ谷の駐屯地で訴えた自衛隊の決起は、この栄誉の絆に基づくものであり、またそうした絆を結ぶための行動でもあったのだろう。また、「文化防衛論」からさらに一年余り遡った時点では、三島は、「『道義的革命』の論理」（一九六七年三月）というタイトルの論文を書いている。この論文は、副題に「磯部一等主計の遺稿について」とあるように、二・二六事件の首謀者の一人として銃殺された磯部浅一の手記の発表に際して、書かれたものである。この論文を主導する概念は、「ザイン（存在。事実そうであるような状態）」と「ゾルレン（当為。あるべき理想）」の対である。この対を適用すれば、文化概念としての天皇はゾルレンとしての天皇に対応している。三島は、楯の会を自衛隊と融合させ、国土防衛隊、祖国防衛隊とすることを構想していた。この軍隊の任務、主要な任務は、ゾルレンとしての天皇を守ることである。昭和四十五年十一月二十五日の挫折した決起は、自衛隊をこのようなものへと転換させるための最初の一歩になるはずだったのだろうし、「道義的革命」への試みでもあったのだろう。

と、このようなことであれば、すぐにわかる。が、知りたいことはこんなことではない。これよりもさらに根拠の方へと遡ったところにある理由である。三島が、(あえて言おう)三島ほどの人が、どうして、このように考えるに至ったのか？　三島は、どうして「文化概念としての天皇」(端的に言えば、これは「人間宣言」をしない天皇、神としてふるまう天皇ということである)に魅力を感じ、説得力を覚えたのか？　彼はなぜ、そのような天皇概念を必要だと見なし、またそれが可能だと考えたのか？　そのような天皇に一体化し、心身を捧《ささ》げる軍隊に価値があると三島が考えた理由はどこにあるのか？

天皇や軍隊について三島が論じたことに、普遍的な説得力があったとは思えない。それどころか、こうした天皇の概念や軍隊の使命を、まったく愚かなこと、倫理的にも政治的にもおよそ正当化できないこと、むしろ誤りとして斥《しりぞ》けるべきことだと考える者の方が多いだろう。現在でも、そして三島がことを起こした昭和四十五年の時点でも、この点に関して、状況は変わるまい。三島のこうした主張が多くの賛同者を得る可能性があったとすれば、——誰でもすぐにわかるように——同じことが戦前に言われ、為《な》された場合である。だから、三島の行動は、愚かであるか、さもなくば時代遅れかの、いずれかに見えてしまう。

もちろん、三島の天皇の概念や軍隊への願望、あるいは憲法観に共感し、賛同する者も少なからずいるだろう。現在も、そして三島の生前も。しかし、そのような者たちでさえも、ほとんどは、そうした理念を実現するためにとったあのときの三島の行動、つまり、陸上自衛隊の駐屯地に乱入し、幹部を人質にとった上で、隊員たちに趣旨を訴え、彼らを扇動するという方法には、賛同できないのではないか。それが妥当なものとも、成功の見込みがあるとも思わなかったのではないか。そう推測できる証拠は、三島周辺の賛同者・理解者の離脱である。

三島の主張に共感したり、賛同したりして、楯の会を支援してくれた有力者は、自衛隊の内側にも外側にもいた。しかし、彼らのほとんどは、三島の考えを具体的に聞かされるにつれて、離れていった。たとえば、日経連代表常任理事だった桜田武《たけし》は、三島と何度も面談して、民兵組織に理解を示すのだが、最後は、三島に「君、私兵なぞつくってはいかんよ」と言って、三百万円の援助を切り出したという。これは、要するに、三島の企図を侮辱した上で、「手切れ金」のようなものを出すから計画を中止しろ、という助言である。[*2] 激怒した三島からこの話を聞かされた、陸上自衛隊調査学校・情報教育課長の山本舜勝《きよかつ》——彼は陸軍中野学校の教官だった——は、三島と楯の会の学生の教育と訓練をすすんで請け負っていた人物だが、彼もまた、調査学校の副校長に就いた頃（一九六九年七月）から、三島とは距離をとるようになった。[*3]

要するに、三島に比較的近い立場をとっていた者からも、三島の行動は愚かでまちがったものに見えていたのである。なぜ、三島はあんなことをしたのか？　もちろん、三島の自決以降、これを説明しようとする無数の試みがあった。しかし、納得のいく説明は、まだ与えられていない。原因は、この種の事件、つまり一見愚かしかったり、荒唐無稽であったりするような政治行動や犯罪についての、ごく一般的な論法が、三島に対しては通用しないことにある。成功の見込みも、正当な大義も見出しえないようなテロとか凄惨な犯罪とかを前にしたとき、人は、テロリストや犯罪者は頭がわるかったのだ、バカだったのだ、ということを証明しようとする。この説明は、実のところほとんどトートロジーなのだが、ことを起こした者たちがもともと愚かであったと考えることで、人は安心することができるのだ。オウム真理教によるテロのことを思い起こすとよい。ほとんどの評論家が、教祖と信者がいかに愚かであるかを暴こうと躍起になったではないか。

しかし、三島にはこのやり方は通用しない。三島に対して、「お前は愚かだ」と自信をもって言えるほどの知性を、誰ももってはいないからである。三島由紀夫は、まちがいなく、近代日本が生んだ最高の知性の一人である。しかし、割腹自殺に至った三島の挫折した革命は、日本の近代史上の最大の愚行のひとつである（ように見える）。このギャップは埋め難い。

ほんとうは誰でも気づいていることなので、正直に書いておこう。伝統的に左翼は、右翼のことを、単に倫理的にまちがっているだけではなく、知的に劣っていると見なす傾向がある。客観的に見れば、「右翼は左翼よりバカだ」というこの認定はまちがっているのだが、左翼の論者には、このように見なす根強い習慣のようなものがあり、このことに、当の左翼自身だけではなく右翼に属する者も気づいている。こうした左翼の見解にとって、最大の躓《つまず》きの石は三島由紀夫である。どの左翼の論者よりも三島の方が知的に優れていることは明らかだからだ。その上で、左翼を心底から当惑させることは、三島が、愚かであるはず（と彼らが見なしている）の右翼のどの活動家や思想家よりも愚かなことを、行ったことにある。

これと似た思想的な困難を、日本というコンテクストを離れ、世界のレヴェルに探すとすれば、われわれはハイデガー問題を見出すことになろう。ハイデガーは、二十世紀で最も偉大な哲学者の一人である。いや、それどころか、多くの専門家が、ハイデガーを西洋哲学史の全体の中でも、トップクラスの重要な思想家と見なしている。だが、ハイデガーは、ナチスとヒトラーを公然と、しかも熱烈に支持したことがある（その上、戦後になっても、彼は、このことに対する自己批判や弁明を一度として口にすることはなかった）。最も深く徹底して考え抜いている者が、どうして、人類史上最悪の犯罪的行為（につながったこと）に加担したのか？　バカな人がヒトラーに騙《だま》された、という話ならばわかりやすい。しかし、最も偉大な哲学者がどうして……？　三島由紀夫の最期をめぐる謎は、この問いと似ている。

2　「えろう面白いお話やすけど……」

ところで、三島については、もうひとつ謎がある。三島の言動には、「自決」と同じ程度に説明困難な、深刻な疑問がまだあるのだ。しかも、興味深くかつ重要なことは、このもうひとつの謎が、自決と同じ日に属している、ということである。つまり、二つの謎はともに、一九七〇年十一月二十五日という日に属しているのだ。この自決と並ぶもうひとつの謎とは、三島の最後の小説、大長篇の『豊饒《ほうじょう》の海』の結末をめぐる謎だ。三島は、まさにこの日に、結末の原稿を、新潮社の担当編集者の小島喜久江（千加子）に渡している。彼は、車で森田ら四名とともに市ヶ谷駐屯地へと出立する前に、つまりその日の朝に、連載の最終回の原稿が手伝いの人を通じて小島に手渡されるように手はずを整えたのだ。原稿にははっきりと擱筆《かくひつ》日が「十一月二十五日」と記されてあった。

小島は、その結末に驚愕《きょうがく》した。彼女でなくても、誰が読んでも、その結末には驚くはずだ。それは、あまりに破壊的な効果をもつ終わりだったからである。この結末を認めてしまえば、全四巻から成る『豊饒の海』のそこまでの展開のすべてが、遡及的に、無意味なものとして否定されてしまう。この小説は、何のために書かれていたのか、さっぱりわからなくなってしまうのだ。結末は、この小説の存在理由それ自体を自己否定している。どういう趣旨なのか、順を追って説明しよう。

『豊饒の海』は、「輪廻転生《りんねてんしょう》」を主題としている。結末の破壊性を理解するためには、輪廻転生が小説全体に構成上の基軸を与えているという事実を念頭におく必要がある。その上でこの作品を読んだとき、この長篇の結末は、あまりに破壊的で意外であり、吐き気を催すほどの不快感を与える。

『豊饒の海』の各巻の主人公は、すべて異なっている。言うまでもなく、彼らが転生者である。彼らは皆、二十歳前後で死んでしまい、次巻で転生する。しかし、彼らが実は同じ人物であるということ、同じものの反復であるということは、何によって保証されるのか？　この保証を与えるのが、転生者を見守り、それとして確認する副主人公の本多繁邦《ほんだしげくに》である。それゆえ当然、本多は全巻を通じて、同一性を保持したまま登場する。細部はのちに検討するが、ここではとりあえず「結末」の意義を理解する上で必要な、最小限のプロットを紹介しておこう。

第一巻の『春の雪』（一九六九年）は、十八歳の本多が、同じ歳《とし》の松枝清顕《まつがえきよあき》とともに、広大な庭園の中にある九段の滝の滝壺の前の飛び石に、淡い水色の着物姿の綾倉聡子《あやくらさとこ》を垣間《かいま》見《み》る場面を、冒頭のすぐ近くに置いている。本多はこのとき、法相宗《ほっそうしゅう》月修寺の門跡の法話を通じて、大乗仏教の「唯識」の思想に導かれる。いずれ説明することになるが、唯識論こそ、『豊饒の海』全巻を貫く哲学的なバックボーンである。今紹介した冒頭（近く）のシーンで本多とともにいる松枝清顕が、第一巻の主人公である。清顕は、幼い頃から一緒に育ってきた聡子を恋するのだが、最初のうちは彼女を斥ける。しかし、大正二年（一九一三年）に聡子と宮家の間の結婚に勅許が降りると、清顕は聡子を激しく求めるようになる。禁を犯して清顕と聡子は逢瀬《おうせ》を重ね、両者は関係をもつ。その結果、妊娠した聡子は、密《ひそ》かに堕胎した上で、出家して、月修寺に退いてしまう。清顕は月修寺に通い詰めるが、聡子は彼に絶対に会おうとしない。そのあげく、清顕は肺炎に倒れ、死んでしまう。本多は学友として、この経過の全体に立ち会うのだ。清顕は、死に際して、本多に、自分が見た夢を記した「夢日記」のノートを託すとともに、「又、会うぜ。きっと会う。滝の下で」という言葉を残す。

第二巻『奔馬』（一九六九年）で、本多は判事になっている。昭和七年（一九三二年）、彼は、奈良県三輪山の三光の滝で飯沼勲《いさお》という青年に会う。勲は、松枝家の元書生、飯沼茂之の息子であり、この巻の主人公である。つまり、勲こそ、清顕の転生した姿である。もちろん、勲にはそんな自覚はない。しかし、本多は、勲の脇腹に清顕と同じ、三つの黒子《ほくろ》があること、そして清顕の「夢日記」に描かれていることが勲によって具現されていること、こうしたことに気づき、勲が清顕の生まれ変わりであると確信する。勲は、昭和の「神風連《しんぷうれん》」たらんとするテロリストである。彼は、最初は、仲間とともに財界首脳の暗殺を企てながら、計画が発覚して失敗するが、釈放後、単独で金融界の大物蔵原武介《くらはらぶすけ》を刺殺して、割腹自殺する。このときの勲は、二十歳目前だった。本多は判事として、この間の経緯に立ち会う。すぐにわかるように、勲の行動は、『豊饒の海』のどの主人公の行動よりも、あの日の三島と楯の会の学生が為そうとしたことに近い。

第三巻の『暁の寺』（一九七〇年）で、主人公＝転生者は、初めて女性となる。企業の顧問弁護士になった本多がバンコックで会った、シャム（現タイ）の王女ジン・ジャン（月光姫）だ。ただし、この巻では、主人公が転生者であることがすぐには確認されない。本多がジン・ジャンに初めて会うのは、昭和十六年、つまり彼が四十七歳のときで、童女のジン・ジャンは、本来知っているはずのない清顕や勲についての記憶をもっていたりするものの、本多は、ジン・ジャンの身体《からだ》に、転生者であることの客観的な証拠（黒子）を発見することができない。間に太平洋戦争を挟み、戦後の昭和二十七年、ジン・ジャンは日本に留学してくる。今や、彼女は、かつて自分が勲の生まれ変わりだと主張していたことなどすっかり忘れている。やがてジン・ジャンに恋情を抱くようになった本多は、彼女の性行為を覗《のぞ》き見たときに、彼女の脇に三つの黒子があることを発見し、彼女が転生者であるという確証を得る。と同時に、彼は、自分が永遠に傍観者であって、ジン・ジャンと結ばれることがないことも悟る。彼が覗き見た性行為はレズビアンとしてのそれであり、ジン・ジャンは男を愛さないからである。ジン・ジャンも二十歳のときに、毒蛇に咬《か》まれて死ぬ。

このように、第三巻までで、「清顕＝勲＝ジン・ジャン」という、転生を媒介にした同一性の系列を得ることができる。だが、こうした系列が構成する調和は、第四巻の『天人五衰』（一九七一年）で崩れてしまう。この巻は、執筆・発表の時点を基準にすると、近未来の話になる。昭和四十五年、本多は七十六歳と、すでに年老いている。彼は、清水港の信号通信社で働いていた若者、安永透《やすながとおる》を養子とする。透の身体に、客観的な転生の証拠としての黒子を見出し、彼こそは転生者であると確信したからである。養子になった透は、さまざまな身勝手な行動で本多を苦しめる。この男は、しかし、二十歳になっても死ななかった。つまり、彼は、真の転生者ではなかったのだ。透は、自分が本ものの転生者であると、つまり選ばれし者であると証明するため、二十歳で死のうとするのだが、結局、自殺に失敗し、生き延び、そして失明してしまう。

最終巻では、贋《にせ》の転生者が導入されることで、輪廻転生の同一性の系列が破綻してしまう。転生による反復とは、その度に起源へと遡行することである。だから、最終巻で、本多は、起源への回帰に失敗したのだと言ってよい。が、このことをもって先に、全巻の意味を否定するような破壊的な結末だ、と述べたわけではない。贋物《がんぶつ》が入ったからといって、輪廻転生による同一性という『豊饒の海』の基調が壊されるわけではない。逆である。肯定するためには、否定を媒介とする必要がある。透が、清顕の生まれ変わりではなく、まさに「贋物」だと判明するということは、どこか別のところに本ものがいる、ということを含意している。と同時に、透の虚偽性は、ジン・ジャンまでの三人の真実性を際立たせることでもある。贋の転生者の否定を通じてこそ、輪廻転生における同一性が確立するのだ。

＊

しかし、まことに驚くべき転回が、第四巻の最後の最後に待っている。昭和五十年、死期が近いのを悟った本多は、奈良の月修寺に、今や門跡となっている聡子を訪ねることにした。聡子が会ってくれないかもしれない、と恐れつつ手紙を出したが、会見は許された。だが、聡子が発した言葉に、本多は呆然《ぼうぜん》とする。「その〔手紙に書かれていた：筆者注。以下同〕松枝清顕さんという方は、どういうお人やした？」。聡子は、本多の口から清顕について語らせようとしているのだろう。そう察した本多は、清顕について物語った。これを聞き終わった聡子の反応が意外だった。彼女はまったく感慨のない平坦な口調でこう言ったのだ。

「えろう面白いお話やすけど、松枝さんという方は、存じませんな。その松枝さんのお相手のお方さんは、何やらお人違いでっしゃろ」（『天人五衰』）

門跡である聡子は、自分の俗名は確かに「綾倉聡子」であり、俗世で受けた恩愛は何一つ忘れてはいないが、松枝清顕という人は、その名を聞いたこともない、と語る。彼女は、そして、清顕の存在も、また聡子と本多が知り合いだということもすべて、本多の勘違いであり、記憶（違い）が造り出した幻影ではないか、と言う。だが、もし清顕が存在しなかったのだとすれば、論理的に考えて、勲もジン・ジャンも存在しなかったことになるではないか。いや、それどころか、今ここにいる本多自身すらも存在しないことになるではないか。

「しかしもし、清顕君がはじめからいなかったとすれば」と本多は雲霧の中をさまよう心地がして、今ここで門跡と会っていることも半ば夢のように思われてきて、あたかも漆の盆の上に吐きかけた息の曇りがみるみる消え去ってゆくように失われてゆく自分を呼びさまそうと思わず叫んだ。「それなら、勲もいなかったことになる。ジン・ジャンもいなかったことになる。……その上、ひょっとしたら、この私ですらも……」

門跡の目ははじめてやや強く本多を見据えた。

「それも心々《こころごころ》ですさかい」

（前掲書）

聡子は、第一巻で出家した後、ここまで、小説の中に一度も登場せず、本多の前に姿を現さない。ここで本多は、六十年ぶりに聡子に会っている（つもりである）。この部分は、言ってみれば、第一巻の冒頭近くで――清顕と一緒に――聡子を眺める場面の再現だ。それゆえ、聡子と「再会」することの失敗は、同時に、起源の自分自身との出会いの失敗でもある。だから、「この私ですらも」いなかったことになってしまうのだ。

この結末は何であろうか？　登場人物のすべてが存在していなかったことになるのであれば、この小説には、一体何が書かれていたことになるのか？　結局、これは作品世界の全否定、これ以上ありえないレヴェルの徹底した自己否定である。三島は、どうしてこのような小説を書いたのか？　書いたこととそれ自体を無意味なものとして捨て去る（かの）ような、こんな筋の小説を、どうして三島は書いたのだろうか？　これが、もうひとつの謎である。

3　結末はいつ決められたのか

三島が『豊饒の海』の筆を起こしたのは、一九六五年六月である。その三年くらい前から、三島は、ライフ・ワークとなるべき長篇小説の創作ということを口にするようになっていた。「大長篇ノオト1　三島由紀夫」と自分で記したノートに、初めて構想が現れる。このノートが書かれたのは、一九六四年秋から翌六五年前半だったと推定されている。三島は、自らライフ・ワークと意味づけて、『豊饒の海』を執筆していた。起筆から擱筆まではおよそ五年半で、その間、第三巻に相当する部分を書き終えたあと、『天人五衰』を書き始めるまでの間、二ヶ月休んだだけで、毎月『新潮』に連載し続けた。ライフ・ワークではあるが、しかし、三島は、起筆の時点で、これを最後の作品にするつもりだったわけではない。つまり、『豊饒の海』を書き上げてから自殺しようと最初から考えていたわけではない。

さて、われわれの関心は、『天人五衰』の結末がいつ構想されたのか、ということだ。三島は、最初から、あのような終わりを目指して『豊饒の海』を書いていたのだろうか？　そうではない。そうではないことが、残された創作ノートからわかっている。最初は、まったく別の、いや正反対の結末が思い描かれていたのだ。たとえば、使っている用紙や内容から専門家によって、一九六九年二月頃に書かれたと推定されているメモには、次のようにある。[*4] 現段階で余分な解説が必要な部分を省略して、引用しよう。

第四巻――昭四十八年。
本多はすでに老境。その身辺に、いろ〳〵一、二、三巻の主人公らしき人物出没せるも、それらはすでに使命を終りたるものにて、贋物也。四巻を通じ、主人公を探索すれども見つからず。つひに七十八才で死せんとするとき、十八才の少年現はれ、宛然、天使の如く、永遠の青春に輝けり。〔中略〕
この少年のしるしを見て、本多はいたくよろこび、自己の解脱の契機をつかむ。
〔中略〕
本多死なんとして解脱に入る時、光明の空へ船出せんとする少年の姿、窓ごしに見ゆ。
（バルタザールの死）

この少年とは、十八歳の清顕だろう。このメモに書かれていることは、「松枝清顕は存在しない」という趣旨の、実際に書かれた結末とはまったく違う。清顕は、本多の前に再び現れるのだ。しかし実際の結末は、この構想をトータルに否定するものだ。ちなみに、贋物の転生者を否定的な媒体として活用して、真の転生者を際立たせようという構想は、この段階ですでにはっきりと自覚されている。*5

この構想のような終わりであれば、受け入れやすい。輪廻転生をベースにした作品世界は、清顕を連想させる美少年の出現によって全面的に肯定され、完結し、閉じられる。三島が、このメモを書いたのは、第三巻『暁の寺』の執筆が進む中である。それは、『暁の寺』の後半を起筆する直前ではないか、と推定されている。それでは、いつ、この構想が捨てられ、実際に書かれたような結末へと計画が変更になったのか?

一九七〇年二月に『暁の寺』を書き終え、六月に『天人五衰』を書き始めるまでの間に——より細かく特定すれば同年三月から四月にかけて——書かれた「第四巻 plan」というタイトルの創作ノートがある。まだ、『天人五衰』というタイトルが決まっていない段階のものである。このノートの中には、第四巻について、二つのプランが記されている。ここで詳しくは検討しないが、どのプランにも、実際に書かれたような否定的な結末は予定されていない。とすれば、結末が決定したのは、さらに後だということになる。

常識的に言えば、第四巻の連載が始まった時点では、あのような結末が予定され、三島は、そこへと向けて物語を展開させた、ということになる。だが、私はそうは思わない。三島は、『天人五衰』の連載を始めたとき、まだ、あのような結末を想定していなかったのではないか。とはいえ、まったく何も計画せずには書けないから——とりわけ三島のようなタイプの作家にはできないから——、何らかの結末についてのイメージはあったはずだ。だが、そのイメージは、実際の結末とは違ったもの、先ほど引用した一九六九年二月頃のメモに近いものだったのではないか。つまり、転生者や清顕が、本多の前に現れ、その存在を強く肯定するような結末を予定して、『天人五衰』は書かれていたのではないか。

このように推測する実証的な根拠があるわけではない。この推測は、純粋に論理に基づいている。論理的に考えて、そう推測するほかないように思えるのだ。どういうことか、説明しよう。

＊

もし三島が、あの結末を最初から意図して、『天人五衰』を書いたのだとすれば、三島がやったことは、一種の詐欺、読者を騙す詐欺だった、ということになる。第四巻まで、何か大事な意味があると思って読んできた読者に対して、最後のオチのところで、「あなたの読んできたものはまったく無意味で、実は、登場人物さえも存在していなかったのだ」と種明かしする詐欺だ。言い換えれば、結末以外のすべての部分は——もちろん第三巻までも含めて——、騙しのスケールを大きくするための仕掛けである。

だが、そんなことのために、あれほど長く、複雑な小説を書くだろうか。読む者にとって無意味だったことになるとしたら、書く者にとっても、それは無意味だ。読者に無駄な時間を過ごさせたことをおもしろがり、読者をあざ笑うことだけが、書く者にとっての意味となる。ライフ・ワークと見定めている小説を、三島がそんなつまらないことのために使うはずがない。

ガルシア＝マルケスの長篇小説『百年の孤独』（一九六七年）と比較してみると、この趣旨がよくわかるはずだ。[*6] 結末で、登場人物の存在がすべて否定されてしまうという点では、『百年の孤独』は『豊饒の海』と共通している。『百年の孤独』は、マコンドという村を創設し、この村とともに生きた、ブエンディア一族の百年の歴史を語るものである。この小説の鍵となるアイテムは、狂乱に達した老ジプシーが遺《のこ》したとされる、一族の未来を予言する文書だ。この文書を、一族の第六番目の世代に属するアウレリャノが解読しようとする。彼が解読を終えたとき、マコンドの村と一族の人々がすべて、この世界から消滅してしまう。このような結末であれば、作者マルケスは、最初から計画していたはずだ。いや、そうでなくてはならない。『百年の孤独』を構成するおびただしい数のエピソードのすべてを、作者が事前に予定していたとは思えないが、少なくとも、今述べたような物語の枠組みは、作者の事前の意図のうちにあっただろう。このことが、作品を無意味なものにすることは、決してない。むしろ、作品に描かれた世界が予言のテクストに全面的に規定されて存在しているという、この小説の中心的な主題は、この事実に支えられて確立する。

『豊饒の海』は、これとはまったく事情を異にする。作者にとっては、あのような結末を意図して、物語を叙することは不可能だ。結末は、小説の骨格となる基本的な主題（輪廻転生によって保証された同一性）を否定しているからだ。結末を意図しつつ三島が書いているとすれば、それは作品の全体が、読者を侮辱する遊びだった場合だけだが、おそらくそんなことはないだろう。そうだとすれば、三島は、事前のどの段階でも、あのような結末を構想したことなどないのだ。ただ書いているうちに、作者である彼自身も制御できない流れの中で、あのような結末に導かれてしまったのである。言い換えれば、作者自身も、もはや物語の外部から展開を観察しているわけではなく、物語の過程の渦中に投げ込まれ、どんな結末になるかわからずに無我夢中で歩んでいるのである。この小説の登場人物の中で、作者の分身にあたるのは、言うまでもなく、転生者たちを傍観してきた本多だ。第三巻で、（ジン・ジャンを愛することで）傍観者としての立場を放棄して関与者たらんとしながら失敗した本多は、第四巻で初めて、関与者の一人として過程の中に投げ込まれているのである。もっと端的に言えば、結末への過程は、三島にとっては完全に無意識のものだったことになる。あのような結末に至って、最も驚いたのは、作者本人だったかもしれない。三島は本多と一緒になって、結末で、呆然としているのだ。

だが、読者にとってはどちらでも同じことではないか？　あのような結末が作者の意図的な構想の中にあらかじめあったのか、それとも書いているうちにあの結末へと自然と導かれてしまったのか、という違いは、読む者にとっては同じことではないか？　そうではない。どのような想定のもとで解釈するかによって、作品はまったく異なった様相を呈することになるからだ。そうしたことがありうる、ということを納得してもらうために、『新約聖書』の福音書に記された物語を思い起こそう。イエス・キリストの生涯の物語を、である。

この物語の結末は、今では世界中の誰もが知っている。キリストの十字架の上での死と、その三日後の復活である。ここで問うてみよう。キリストはこのことを知っていたのだろうか？

つまり、自分が十字架に磔《はりつけ》にされて殺されるが、三日後には復活することを、キリストはあらかじめ知っていたのか？　考えてみれば、キリストは神なのだから、彼は最初から結末を知っていて、そのように予定していたのだ、と想定することもできる。それどころか、そう想定すべきだという主張も十分に成り立ちうる。だがしかし、もしキリストがあらかじめ自身の死と復活を知っていたとすれば、福音書に記された物語は、とんでもない茶番になってしまうだろう（キリストが、「ここはとりあえず死んでおくところだ、どうせ後で復活するのだし」と内心思いつつ十字架に架かっていたとすれば、あまりにも人類をバカにしているではないか）。あの物語に衝撃を宿すためには、キリストが、殺されるかもしれないという予感をもちつつも救われることへの一縷《いちる》の希望をも持っていたと仮定しなくてはならない。それ以上に、キリストは、死んだあとに自分が復活することになるなどまったく知らなかった、と仮定しなくてはならない。

同じことは『豊饒の海』にも言える。あの結末に有意味な衝撃があるとすれば、それは、結末を作者である三島があらかじめ意図していなかった場合だけ、つまりそれが意識せずに至ってしまった副産物的な結果だった場合だけである。

＊

だから、どの段階の構想から、あの結末が予定されたのか、と問うことは意味がない。が、それでも、事実関係についての疑問はまだ残る。結末はまさに書いているときにできあがったのだとして、では、三島はいつあの部分を書いたのだろうか？　それこそ、わからない。うわさのように言われてきたことは、三島は、死の三ヶ月前の八月には小説を終わりまで書き上げており、原稿を金庫の中にしまっておいた、というものだ。しかし、この説の真偽は確かめようがない。ほんとうに最後まできちんと書ききった原稿が、八月にすでにあったのか？　実は、三島は、一九七〇年の夏に、ドナルド・キーンに、書き上げたばかりだという『豊饒の海』の最終章の原稿を見せている。これは、キーン自身が書いていることで、事実だろう。[*7]しかし、キーンは、そのとき原稿を読んだわけではない。そもそも、最後のほんの数頁にあたる真の結末まで読む時間的な余裕はなかっただろう。

確実なことは、先にも書いたように、三島は、擱筆日が「十一月二十五日」であることにこだわったということである。とすれば、われわれはすなおに考えるべきではないか。原稿はほんとうにその日に書かれたのだ、と。あるいは、少なくとも、その直前の何日かに最後の最後の部分は書かれたのだ、と。

4　接吻《せっぷん》の失敗／成功

整理すると、三島由紀夫には二つの大きな謎がある。第一に、彼はなぜ、割腹自殺に至るクーデタのようなことを引き起こしたのか？　第二に、『豊饒の海』はどうして、どのような無意識の論理に導かれて、あのような破壊的な結末に至ったのか？　二つの謎は、同じ日に、つまり昭和四十五年（一九七〇年）十一月二十五日に結びついている。すると、次のような見通しを立てることができないか。第二の文学についての謎を解くことで、三島の政治行動についての第一の謎も解くことができるのではないか、と。二つの謎は、実は同じ謎の二つの現れであり、一方への解答はそのまま他方への解答とも解釈できるのだ、と。このような見通しを立てる場合には、三島が、『天人五衰』にあのような結末を与えなかったら、彼により自由な想像力があって第四巻の物語の筋が違っていたら、彼は、あのような無謀なテロに関与しなかったかもしれない、もっと普通の作家として――政治的なことを発言したとしても――「犯罪」的な行動に関与することはなく、自分の活動の領域を言論に限定していたかもしれない、という暗黙の仮定がある。

しかし、二つの謎を同一視することはできるだろうか？　実際、そのような立場からの研究や批評もある。だが、私の考えは違う。二つの謎は単純に等号で結ばれるものではない。それゆえ、一方への解答がそのまま他方への解答に転用できるわけでもない。そう考える根拠を説明しよう。

確かに、二つの謎は同じ日付に根を下ろしている。が、そこまでに至る時間の経過が異なっている。三島たちが、クーデタの計画を、いつどのように具体化していったかは、かなり詳しくわかっている。三島が森田とともに、計画を練り始めたのは、『暁の寺』の脱稿の翌月、つまり昭和四十五年三月である。四月には、新潮社の編集者に、約束していた小説の計画を断念してくれと依頼したり、同人として参加していた雑誌の廃刊を提案したりしているので、この段階で、三島は、自死を覚悟していたと思われる。何かの行動を起こしたあと、死なねばならないだろう、と。その後、プランは徐々に具体化していく。七月には、楯の会十一月例会の日にことを起こすことが検討され、九月頃には、決行日が十一月二十五日と決定している。その後も、「その日」のギリギリまで細部の計画が練り直されている。このように、クーデタの計画は、まさに『天人五衰』の執筆に並行して具体化していく。

しかし、これは言ってみれば実務的なことであり、テロを支える思想や理念ということまで視野に入れれば、市ヶ谷での「行動」は、もっとずっと長い熟成期間を経た産物だったと考えなくてはならない。先にも述べたように、三島が、「文化概念としての天皇」とか「ゾルレンとしての天皇」ということを唱え始めたのは、一九六七年—六八年である。楯の会の結成が発表されたのは、六八年十月。だが、三島が学生を引率して自衛隊に初めて体験入隊したのは、それより半年以上前で、同年三月である。

このようにテロへと結晶する思想の歩みは、年単位の時間の経過の中で考えなくてはならない。それに対して、前節で述べたように、『天人五衰』の結末は、まさに書きながら、おそらくごく短時間の思考の飛躍の中で決せられた。それはたった一日で、もしかすると数時間で生じた、本人にも思いがけない精神の転回の産物だった可能性が高い。つまり、二つの謎は、同じ思想の過程から出てきたと見なすことはできないのだ。

二つの謎を同一視することができない理由は、もうひとつある。二つの謎は、似てはいない。まったく対立的な方向を指しているのだ。第二の謎、文学に関係する謎は、最も過激な存在の否定を、つまり無への意志を宿している。『豊饒の海』が到達した結論は、世界の存在すらも否定している。世界はない、と。第一の謎はどうだろうか。最後に三島は割腹自殺しているので、ここにも、存在の否定への指向が孕まれているかのように見える。だが、そうではない。ここでの存在の否定は、「存在」を担保にしてこそ可能になっているからだ。前提にされている存在、肯定されている存在、それに三島が与えた名前が、「文化概念としての天皇」である。

このように、二つの謎は、互いに正反対を指向している。両者を同じものと見なしえない所以《ゆえん》は、ここにもある。

では、二つの謎は無関係で、互いに独立しているのか。そうではあるまい。それどころか、両者の間には、密接な関係があるはずだ。そう認定する理由は、今しがた、二つの謎を同一視できない理由として指摘したことと同じ点にある。二つの謎が示している方向が、あまりにも完全に対称的なのだ。喩《たと》えるならば、メビウスの帯である。帯を一周すると、同じ地点に戻ってくる。しかし、出発したときと到着したときとでは、反対側を向くことになる。二つの謎の関係はこれに似ている。同じ地点（1970／11／25）に立っているのに、お互いに正反対を向いているのだ。

本書の目的は、三島由紀夫をめぐる二つの謎を解くことである。そのことが、同時に、謎の間の関係を示す運びになるはずだ。

＊

それにしても、繰り返しになるが、『天人五衰』の結末はふしぎである。この結末は、『豊饒の海』全巻のストーリーを否定してしまう、と述べた。実は、それだけではない。それは、三島の全文学的達成、全小説を否定している、とさえ見なすことができるのだ。この章の最後に、この点を暗示する事実を指摘しておこう。

『豊饒の海』第一巻『春の雪』の最も有名なシーンは、雪の日に、人力車で清顕と聡子が初めて接吻する場面であろう。この場面は、前半ではあるが、小説のクライマックスのひとつだと言ってよい。タイトルの「春の雪」とは、このとき降っていた雪を指している。

膝掛の下で握っていた聡子の指に、こころもち、かすかな力が加わった。それを合図と感じたら、又清顕は傷つけられたにちがいないが、その軽い力に誘われて、清顕は自然に唇を、聡子の唇の上へ載せることができた。

俥の動揺が、次の瞬間に、合わさった唇を引き離そうとした。そこで自然に、彼の唇は、その接した唇のところを要《かなめ》にして、すべての動揺に抗《さか》らおうという身構えになった。接した唇の要のまわりに、非常に大きな、匂《にお》いやかな、見えない扇が徐々にひらかれるのを清顕は感じた。

（『春の雪』）

三島は接吻をひんぱんに描く。接吻に取り憑かれている、と言いたくなるほどの執着が三島にはある。原点には、若き三島を一流の作家として人々に認めさせることになったあの作品、『仮面の告白』（一九四九年）の有名な接吻シーンがある。

私は彼女の唇を唇で覆《おお》った。一秒経《た》った。何の快感もない。二秒経った。同じである。三秒経った。——私には凡《すべ》てがわかった。

（『仮面の告白』）

ここで「彼女」で指示されているのは、「園子」という女性である。「私」は、園子と交際しており、周囲からは結婚するのではないかと思われている。園子も、口には出さないが結婚を望んでいる。「私」は、ここで初めて園子と接吻したのだが、期待していたような快感はみじんも得られない。結局、「私」は園子と別れ、園子は別の男と結婚した。

象徴的な言い方をすれば、三島の小説史とは、「失敗した接吻」を「成功した接吻」へと置き換えることだった、と言ってもよい。園子との接吻は不発に終わった。しかし、清顕は、聡子との接吻では、めくるめく快感を得る。『春の雪』の人力車での接吻は、三島の文学的な達成を表現しているのだ。

だが、『天人五衰』の結末を認めるとどういうことになるのか？　聡子は、清顕など知らないと言い、清顕は存在していなかったことになる。当然、接吻も、成功した接吻もなかったことになり、キャンセルされる。それは、三島が小説によってついに達成したことを、無化することを意味していないか？

＊1　高澤秀次『文学者たちの大逆事件と韓国併合』平凡社新書、二〇一〇年。
＊2　山本舜勝『自衛隊「影の部隊」――三島由紀夫を殺した真実の告白』講談社、二〇〇一年。
＊3　井上隆史『豊饒なる仮面――三島由紀夫』新典社、二〇〇九年。
＊4　井上隆史『三島由紀夫　幻の遺作を読む――もう一つの『豊饒の海』』光文社新書、二〇一〇年、二十九―三十頁。
＊5　引用した三島の構想の最後にある「バルタザールの死」とは、プルーストの初期の短篇小説「シルヴァニー子爵バルダサール・シルヴァンドの死」を指している。井上隆史によれば、三島は、この作品のタイトルを一貫して「バルタザール」と誤記しているとのこと（井上、前掲書＊4、三十一―三十二頁）。この作品で、主人公のバルダサールが、窓越しにインドへと発《た》つ船を眺めてい

ると、村の鐘の音が聞こえてくる。すると、過去のさまざまな記憶がよみがえり、彼は至福の中で死を迎える。三島は、このような幸福な臨終を本多に与えたかったのだ。

＊6　井上隆史が、『百年の孤独』と『豊饒の海』とを対比している（井上、前掲書＊4、二百四十三－二百四十四頁）。ここでの議論は、井上の指摘に触発されている。

＊7　ドナルド・キーン『声の残り――私の文壇交遊録』金関寿夫訳、朝日新聞社、一九九二年。

第二章　仮面の無意識

1　サド侯爵夫人は良人と別れた

前章で、三島由紀夫には二つの謎がある、と述べた。二つの謎は、同じく昭和四十五年（一九七〇年）十一月二十五日、三島の割腹自殺の日に結びついている。そのため、両者は、同じことだと見なす向きもあるが、そう考えるべきではない。二つの謎は互いに反対方向を目指しているからだ。一方は、〈存在〉へ、他方は、〈不在〉へと向かっている。だが、この完全な対称性は、両者の間に、ある密接な関係があることをも同時に示唆している。

謎が熟成するまでの時間も異なっている。この点も再確認しておこう。楯の会のメンバーとともにクーデタ（あるいは革命）を引き起こそうという計画は、数年間をかけて具体化していった。しかし、『豊饒の海』の結末は、何年も前から抱懐されていた構想ではない。その箇所を書いているまさにその最中に、啓示のように作者の脳裏に現れ、筆の先に出現した可能性が高い。結末の驚異的な転回は、ごく短時間に、しかも、三島が死を覚悟している中で現れたのだ。ジャック・ラカンによると、精神分析において患者が重要なことを言うのは、たいてい分析のセッションの終了間際である。[*1] 三島は、人生という「精神分析」の打ち切り（死）を意識したとたんに、それまで口にしたことがなかったことを書いたのだ。

ここで精神分析のセッションと三島の作家人生とを類比させたことには理由がある。患者は、分析の終了が近づいたときに、何か新しいことを思いつくわけではない。普段は抑圧され、無意識のうちに沈んでいたことが、切迫した状況の中で言語化されるのである。同じことが三島にも言えるかもしれない。人生の最後の最後に生《なま》のかたちで露呈したこと――『豊饒の海』の結末に対応する意味をもったこと――は、ずっと前から、三島の中に、抑圧された無意識の衝動のようなものとして潜在していたのではないか。精神分析の教えによれば、抑圧されていることは、夢やあるいは言いまちがえなどの形態で、つまり変形され加工されたかたちで存在し、その姿を現す。もし三島の文学の中に、「それ」が以前からずっと潜在していたのだとすれば、「それ」は、抑圧にともなう変形を被っているだろう。

このような推測をはっきりと裏付ける作品がある。三島の戯曲の中でも最高傑作と評価する者が多い「サド侯爵夫人」（一九六五年）が、それである。三幕物のこの戯曲は、昭和四十年（一九六五年）十一月に、劇団ＮＬＴ[*2]と紀伊國屋《きのくにや》ホールの提携によって、松浦竹夫の演出で初演された（ほぼ同時に、河出書房新社から書籍としても出版された）。この戯曲は、パリにある、サド侯爵夫人ルネの母親モントルイユ夫人の邸宅のサロンを舞台としており、登場人物はすべて女である。女たちの間の哲学的な会話だけで筋は展開していく。第一幕は、一七七二年秋、第二幕は、一七七八年晩夏、第三幕は、一七九〇年春、とされる。つまり、第一幕から第二幕の間には六年間が、第二幕から第三幕の間には足かけ十三年の年月が経過する。第三幕は、前年に勃発したフランス革命の渦中となることが重要である。

物語を駆動させる基本的な対立は、サド侯爵夫人ルネとその母モントルイユの間にある。ルネは、娼婦《しょうふ》たちとの破廉恥行為によって、高等法院から有罪判決を受けたために牢獄《ろうごく》に閉じ込められている夫のサド侯爵を、あらゆる手を尽くして救出しようとする。家名を汚すサドと娘との離別を望むモントルイユは、ルネのこうした試みを妨害する。この二人の対立に、娼婦のように不道徳で悪名高いサン・フォン伯爵夫人、美徳の誉れ高いシミアーヌ男爵夫人、そしてルネの妹で、義兄にあたるサドとも関係をもったアンヌが、絡んでくる。たとえば、第二幕の次の場面は興味深い。ルネの尽力で脱獄に成功したサドが、モントルイユのさしがねですぐに牢獄に戻されてしまったことを知って、ルネは、母親を激しく責める。そんなルネに、モントルイユが、お前の顔はアルフォンス（サド侯爵）に似てしまった、と怯《おび》えながら言うと、ルネは、ふしぎな返答をするのだ。「アルフォンスは、私だったのです」と。

ここで注目したいのは、第三幕の結末だ。第三幕では、十三年間も牢にいたサドが釈放されることになっている。だが、その釈放を待たず、ルネは、シミアーヌ男爵夫人の助けを借り、修道院に入ろうとしている。シミアーヌ夫人は、ルネが神の聖《きよ》い光の源の方に歩みを進め、サド侯爵をもその光に導こうとしているのだと解釈し、ルネの貞淑を讃《たた》えるが、ルネ自身は、自分を導く光は神とは別の方からさしてくる、といった趣旨のことを語る。彼女は、サドが獄中で執筆した物語「ジュスティーヌ」を読んで、その光を感じた。ジュスティーヌこそ、淑徳のゆえに不幸な運命をたどるこの女こそ、私だったのだ、と。ルネの考えでは、自分たちはただ、この物語を成就させるために生きてきたのである。ルネは、「悪の中から光りを紡ぎ出し、汚濁を集めて神聖さを作り出し」た「敬虔《けいけん》な騎士」たるサドは、今や、自分のついていけない高みにまでのぼってしまったのだ、とサドを賞賛する。

と、そこへ、家政婦が来て、サドの帰還をルネに伝える。ところが、ルネは、サドに会うことを拒否する。彼女は、家政婦をして、戸口の外で待つサドに「もう決してお目にかかることはありますまい」と告げさせ、そのまま自分自身は修道院に入る決意をするのだ。どうしてルネは、サドに会わなかったのか。彼女の長年の念願がまさに叶《かな》うところだったというのに。彼女は、この瞬間のためにこそ、二十年近くを費やしてきたのではないか。どうして、彼女は、サドとの再会を断固として拒否したのか。このとき訪問してきたサド（アルフォンス）は、すでに老人で、物乞いかと思われるほどに惨めで、そして蒼白《あおじろ》く太っていた、とされる。

すぐに気づくであろう。この「サド侯爵夫人」の結末は、『天人五衰』の結末を反対側から、つまり女の側から描いているのだ、と。実際には舞台に現れない、年老いたアルフォンスは、死が近いことを悟って、月修寺を訪問した本多繁邦に対応している。修道院に入ろうとしているルネは、出家して門跡にまでなった綾倉聡子に対応している。本多は、六十年以上の時を経て、聡子と再会できているが、サドは、妻のルネと再会できていないではないか、と言われるかもしれないが、この相違は、さして重要なことではない。サドも、そして本多も、ずっと欲望の対象としてきたものに到達できていない、ということがポイントである。主体たちは、その欲望の対象に、あとほんのわずかで到達できるというその瞬間に、対象の方が撤退してしまい、彼らはその対象を永遠に失うことになる。本多は、その実在を信じ生きてきた松枝清顕の存在を、聡子に否定されてしまう。サドは、自分のために献身してきた妻から拒絶され、彼女に会うことが叶わない。

どうして、ルネは、夫に会おうとしないのか。この結末は、三島の創作ではない。彼は、澁《しぶ》澤龍彦《さわたつひこ》の『サド侯爵の生涯』（一九六四年）に触発されて、この戯曲を書いている。「サド侯爵夫人」の「跋《ばつ》」で、三島は、澁澤によるサドの評伝をおもしろく読み、「サド侯爵夫人があれほど貞節を貫き、獄中の良人に終始一貫尽していながら、なぜサドが、老年に及んではじめて自由の身になると、とたんに別れてしまうのか、という謎《なぞ》」に最も作家的興味をそそられた、と書いている。芝居は、この謎の論理的解明の試みである、というのが三島の自己解説である。

だから、ルネの拒絶は、三島の想像力の産物ではなく、澁澤の書物に記された「史実」をもとにしている。だが、何も知らずに芝居を観《み》ている者は、最後のルネの返答に、驚きを、意外さを覚えることはまちがいない。そして、「なぜ」という疑問の余韻とともに、観劇を終えるだろう。いずれにせよ、三島が、澁澤が記したその部分に魅了された、ということが重要だ。一篇の戯曲を書かずにはいられないほどに、彼は、この事実に強く惹《ひ》きつけられたのである。

ここで述べておきたいことは、次のことだ。『豊饒の海』の結末において、突如として、その姿を十全に現すことになる、三島のある傾向性は、それよりずっと前から潜在していたのではないか。ただし、それは、抑圧され、無意識へと追いやられてもいる。言い換えれば、それは、変形され、馴致《じゅんち》され、その衝撃力を和らげられている。「サド侯爵夫人」について言えば、視点が反転しており、事態は、対象を喪失する主体の側からではなく、撤退する対象の側から見られている。この結末は、『豊饒の海』ほどには破壊的・否定的ではない。「サド侯爵夫人」の結末は、サドとルネの関係や、彼らの存在を否定するものではないからだ。ルネは、帰ってきたサドには会わないが、確かに存在し、サドを待っていたことも事実だ。しかし、『豊饒の海』では、女と男の関係が否認され、ついには、男の存在すらも疑わしいものになる。*3

ところで、「サド侯爵夫人」が発表され、初演されたのは、先にも述べたように、昭和四十年十一月である。同じ年の『新潮』九月号から、「豊饒の海」(「春の雪」)の連載が始まっているので、三島は、両者を、ほぼ並行して書いていたことになる。言い換えれば、『豊饒の海』全巻の結末において現れている三島のある傾向性は、「豊饒の海」を書き始めた頃にすでに——明示的・自覚的な小説の構想としては現れてはいないが——、無意識の衝動のようなものとしては準備されていた、ということになる。では、問おう。この無意識の衝動は、どこまで遡ることができるのか？　三島の作品の、あるいは彼の人生のどこまで遡って、「これ」の存在を確認することができるのか？　いつ頃から、この奇妙な衝動が、彼の中に宿ったのだろうか？　人生の最後の日に記したことになっている文章の中に噴出するマグマは、いつから地下深くに眠っていたのだろうか？

結論を言えば、三島の最も初期の作品の中に、すでにその痕を認めることができる。ということは、彼の全作品の無意識の層に、ライフ・ワーク的な長篇小説の——そして人生の——結末において噴出するマグマが伏在していたと解釈すべきではないか。

2　仮面の告白

ここで「最も初期の作品」と呼んだのは、『仮面の告白』のことである。『仮面の告白』が出版されたのは、昭和二十四年（一九四九年）、つまり三島が二十四歳のときである。前年に長篇執筆の依頼を受けたことで、三島は、創作に専念すべく大蔵省を辞している。二十代前半の若き日の作品ではあるが、『仮面の告白』は、三島の最初の作品ではない。厳密な意味で、一般に発表された最初の三島の小説としては、十六歳のときに著した「花ざかりの森」を挙げるのが普通であろう。この作品を、『文藝文化』に連載したとき、清水文雄の提案で「三島由紀夫」という筆名ができたということは、三島の読者ならば誰でも知っている。「花ざかりの森」は、十九歳のとき——太平洋戦争で日本は苦しい状況に追い込まれていたとき——、小説集『花ざかりの森』の中核作品に収められ、出版された。そのほかにも、三島は、「煙草《たばこ》」（昭和二十一年発表）のような短篇や『盗賊』（昭和二十二年―二十三年発表）のような長篇も書き、小説集も出版されてきた。だから、『仮面の告白』を、文字通りの最初の作品だというわけにはいかない。しかし、――前章でも示唆したことだが――それでも、『仮面の告白』によって、三島由紀夫という作家が、日本の――いや世界の――文学史の上に登場したことが告知された、と言ってよい。今日に至るまで三島由紀夫が繰り返し読まれ、そのことを通じてわれわれが考えるに値するのは、『仮面の告白』（以降の作品）があるからである。つまり、「三島由紀夫」は『仮面の告白』から始まっている。

前章で、『仮面の告白』に描かれた接吻の失敗についてふれた。主人公「私」は、交際相手の園子と唇を重ね合うが、なんの興奮も覚えない。この失敗した接吻を、聡子と清顕のめくるめく接吻に置き換えること、これが三島の文学的営為であった、と解釈することもできる。このように、われわれは論じた。さらに、『豊饒の海』の結末は、この接吻の達成を無効化してしまうものであるとも。そうだとすると、さらに、こう言うこともできるはずだ。その「結末」は、初発への、三島文学の端緒への弁証法的な回帰であったと見ることもできるはずだ、と。このことの意味を、厳密に説明する必要がある。

＊

さて、『仮面の告白』は傑作だ、と誰もが言う。だが、何がそんなにすごいのか？　この小説のどこがすばらしいのか？　普通は、自己の性的指向《セクシャル・オリエンテーション》の赤裸々な告白、その性的指向の由来についての明晰《めいせき》な分析と自己客観化の徹底性などが、賞賛されている。たとえば、『仮面の告白』を「三島文学の中でもっともすぐれた重要な作品」「文学史上画期的な意義を持つ作品」と評価する三島の友人、奥野健男《たけお》は、『三島由紀夫伝説』の中で、『仮面の告白』と森鷗《おう》外《がい》の『ヰタ・セクスアリス』（一九〇九年）とを比較し、後者は「平板な、自然主義的な告白」の域を超えないが、前者の三島作品は「はるかに屈折した異常な性欲を、深層意識的に分析した文学」になっている、と論じている。三島は、「人間の性欲、リビドーの本質をきわめて冷静に正確に把握認識し、それを幼児期の記憶、環境にまで遡って、そのよって来たる原因を、まるで科学者のように精密に分析し、それを大胆に極限まで表現し、文学化した」というわけだ[*4]。

『仮面の告白』は、しばしば、ほぼ同じ頃に発表された、太宰《だざい》治の『人間失格』（一九四八年）と共通する性格をもつ、と言われてきた。そのような解釈には、確かに、説得力がなくはない。『仮面の告白』には、あまりにもあからさまに、恥ずかしい性欲の真実が吐露されており、主人公は、その「性欲」の逸脱ぶりによって、自分は「変わった人間」であるどころか、もはや人間ですらない、と悩んでいるからである。もっとも、三島が、太宰治への嫌悪を隠さなかったことは、あまりにも有名である。[*5]

少しだけ『仮面の告白』の内容に立ち入っておこう。この小説は、主人公の「私」が、自分の同性愛的な指向について反省し、告白するという構成になっている。「私」は、記憶が及ぶ限り幼い頃にまで遡り――なにしろ「永いあいだ、私は自分が生れたときの光景を見たことがあると言い張っていた」の一文から始まるのだから――、同性愛的指向がいつからどのように始まったかを掘り起こそうとする。そして、思春期に至ってから、また成人してから、「私」が、同性愛的な性欲によって、自分が周囲とは異なっていることに気づき、そのことに悩み、傷ついてきた様が、洗練された文章によって綴《つづ》られていく。全体は、四つの章で構成されている。

第一章は、「私」の生い立ちが記される。非常に病弱だったこと、そして何より、祖母に溺愛され、母親から引き離されるように囲いこまれて、育てられたことが語られる。さらに幼い主人公が強い憧れをもって見たものが、いくつか列挙される。「汚穢屋《おわいや》」「花電車の運転手」「地下鉄の切符切り」の少年、「ジャンヌ・ダルク」、皮革にまじった「兵士たちの汗の匂い」などが、それらである。また、女奇術師の松旭斎天勝《しょうきょくさいてんかつ》やクレオパトラになりたいという願望をもち、彼女たちを真似《まね》て、扮装《ふんそう》して遊んだ、といったことが語られる。これらのエピソードの意味については、解説の必要もなかろう。「私」は、ごく幼い頃から、同性愛へと向かう強い傾きをもっていた、というわけである。

第二章では、「私」は、矢で射られた「聖セバスチャン」の殉教図を見て興奮し、はじめて射精を体験する。この部分の記述は鮮烈で、全文を引用したくなる。

その絵を見た刹那《せつな》、私の全存在は、或る異教的な歓喜に押しゆるがされた。私の血液は奔騰《ほんとう》し、私の器官は憤怒《ふんぬ》の色をたたえた。この巨大な・張り裂けるばかりになった私の一部は、今までになく激しく私の行使を待って、私の無知をなじり、憤《いきどお》ろしく息づいていた。私の手はしらずしらず、誰《だれ》にも教えられぬ動きをはじめた。私の内部から暗い輝やかしいものの足早に攻め昇って来る気配が感じられた。と思う間《ま》に、それはめくるめく酩酊《めいてい》を伴って迸《ほとばし》った。……

(『仮面の告白』)

この後、「私」は、自瀆《じとく》の悪習に耽《ふけ》るようになる。この章では、ほかに、近江《おうみ》という名の中学の同級生への性的関心について詳しく語られている。近江は、落第生で――したがってほかの同級生より少し年長で大人びており――、「私」は彼の肉体に関心をもち、そして彼に嫉妬もする。

第三章では、思春期から成人後までの時期について語られる。「私」は、男性にしか性欲が向かわないのに、女性に性的関心があるかのようにふるまい、必死に自己暗示をかける。「私」には、「正常」への狂おしいほどの願望がある。日本は戦争に入っているが、主人公に、戦争への政治的、イデオロギー的な関心はない。ただ、自分たちは死ぬものだと思ってもいる。やがて、彼は、「女性に接吻したい」という強い考えに取り憑かれるようになる。というのも、ほかの男たちは、接吻すると興奮し、勃起を経験したりするらしい、ということを知ったからだ。自分も、そのときには正常に復するのかもしれない、と。やがて、「私」は、学友の草野の美しい妹、園子と交際するようになる。そして、彼女の疎開先を訪問し、彼女と接吻する。それが、思ったような効果を生まず不首尾に終わったことについては、すでに述べた。草野から、妹との結婚について打診する手紙が届き、主人公は衝撃を受ける。彼は、もっともらしい理由をつけてこれを断る。ちょうどその頃、戦争は終わる。

第四章は短く、落穂拾い的である。「私」は、友人の導きで娼婦を買ったが、結局、うまくいかず、自分が女性に対して不能であることを確認しただけだ。「十分後に不可能が確定した。恥じが私の膝《ひざ》をわななかせた」。何も知らない別の友人が訪ねてきて、インポテンツの男が羨ましいね、プルゥストはソドムの男だったらしいよ、等の猥談《わいだん》に興じている間、無垢《むく》と平静を装った後、主人公は、どん底まで落ち込む。訪客が帰った後、「私は啜《すす》り泣いた。最後に、いつもながらの血なまぐさい幻想が訪れて私を慰めた。この何よりも身近で親しい残忍非道な幻影に私は身を打ちまかせた」。

3 「終わり」から遡及的に読むと

このような小説をどのように評価すべきなのか。この小説に対する当時の、そしてこれまでの解釈は、作者が、同性愛者であることを率直にカミングアウトしたことを評価してきた。現代風に言えば、ＬＧＢＴであることの苦悩を、勇気をもって表現したことが立派だ、ということになるのだろうか。これは、先駆的なＬＧＢＴ小説だということになるのか。もしこの作品の意義がこうしたことに尽きるのだとすれば、われわれは次のように言わなくてはならない。ＬＧＢＴのような性的少数者への偏見がなくなれば、この小説の主人公のように苦しむ人は減るだろう。この小説が書かれた、あるいはこの小説に書かれた時代、つまり戦前から戦後間もない時期は、同性愛者をはじめとする性的少数者への一般の理解は、今よりもさらに不十分だったから、あのようなものを書くことはたいへん困難だっただろう。

こうした評価は、まちがいだとは言うまい。が、そういうことであれば、現在、『仮面の告白』を読む意味は、それほど大きくはない。こうした評価は、今同じようなことを書いたとしても、性的少数者にとっての状況は当時ほどには過酷ではないので、それはたいしたことではない、という含意が伴っている。

『仮面の告白』は、それ自体、ほとんど完全な――自己を徹底的に客観化した――精神分析になっている……ように見える。この小説だけで、主人公の性欲についての解釈は終わっており、さらに付け加えるものは何もない、という印象を与える。たとえば奥野健男は、主人公の同性愛を、祖母への同一化に媒介された変則的なエディプス・コンプレックスの産物であると解釈している。[*6] だが、この解釈は、小説に書いてある「まんま」である。語り手（主人公）自身が、このような解釈へと読者を誘導している。

*

だが、「現在」に属するわれわれは、別の視点からこの小説を読むことができるし、またそうすべきである。「現在」に属するということが、どういう趣旨かと言えば、われわれは、すでに三島由紀夫の終わりを知っている、ということだ。三島の真の結末をわれわれは知っている。われわれは事後に、「終わり」の後に属している。われわれは、その終わりから、遡及的に作品を、読み返すことができる。

マルクスは、『経済学批判要綱』（一八五七年―五八年）で、サルの解剖が人間の解剖の鍵になるのではなく、逆に、人間の解剖がサルの解剖の鍵になる、と述べている。進化論の理解として、このような言明が適当かどうかは議論が分かれるだろうが、マルクスが言いたいことは、次のようなことだ。出来事の渦中や端緒においては、それが何であるかはわからないのだが、それが十全に展開した事後から遡及的に見直せば、その出来事の本質が見えてくる。たとえば、群衆が怒りに任せてバスチーユ監獄を襲撃したときには、それがどんな意味をもつ行動だったのかは、当事者にもこれを観察した者にもわからないが、十年以上経てから振り返ったときには、あの事件が、アンシャンレジームから近代への決定的な転換への一歩だったことがわかる。こうした見方を、三島の読解に応用することができる。

つまり、三島の全作品の結末から、彼の（事実上の）最初の作品に遡及的な眼差《まなざ》しを向け、これを解釈するのだ。結末とは何か。言うまでもない。それこそ、『豊饒の海』のあの最後の場面である。この場面を見てしまったところに視点を据え、『仮面の告白』を読み返す。すると、われわれは、『仮面の告白』が発表されたときには見えなかったことを見ることができる。それどころか、三島自身さえも自覚できていないことを、あぶり出すことができるのだ。先に結論的なことを述べておけば、遡及的な眼差しのもとでは、作品を構成している「図／地」の関係が完全に反転することになる。通常の読解において図であったことが地（背景）に、逆に地であったことが図になるだろう。どういうことか、説明しよう。

『仮面の告白』は、同性愛者であるがゆえに、男性の身体にしか、性欲を向けることができない男の話、女性を性的な関心をもって愛したいのに、どうしてもそれができない男の話である、と一般には読まれている。われわれもここまで、そのように論じてきた。実際のところ、そのようにしか読みようがない。はっきりそう書いてあるのだから。主人公は、殉教者・聖セバスチャンのような、若くひきしまった青年の身体にしか欲情しない。腋窩《えきか》や脇腹に矢が刺さっていて、流血していれば、なおのことよい。彼は、女の身体には欲望を感じない。彼は、園子がかなり美しい女性であることはわかっている。しかし、園子の裸を見たいとも、その肌に触れたいとも思えない。

が、ここで、あの結末を、三島の文学が最後に行き着いてしまう地点のことを思い起こしてみよう。『豊饒の海』の副主人公（本多）には、強い関心、願望、あるいは欲望をもって追求しているもの（松枝清顕とその輪廻転生した身体たち）がある。それは、愛の対象、いや性愛的な含みをもって追求している対象だと言ってもよい。しかし、彼は、その対象のところに到達し、それを我がものにすることは絶対にできない。それは、原理的に不可能なことが、最後に判明する。どうしてか。綾倉聡子がその理由を告げている。その対象は、存在すらしないからだ、と。これは、実に、実に恐ろしいことではないか。

この地点に至りつくことを前提にして、端緒の小説『仮面の告白』を見返したらどうなるのか？　この小説の中には、二つの性愛、二つの欲望がある。一方には、若い男の身体を対象として捉えた、サディスティックとも言える性欲がある。他方には、女の身体への不可能な性愛がある。この二つのどちらが、三島文学が最後の最後の地点に見出すことに近いのか。どちらが、最終産物の前史、最終産物の萌芽《ほうが》にあたるのか。対象の性別に惑わされてはならない。重要なことは、欲望と愛の形式的構造である。そのことに注意すれば、最後に到達する境地を暗示し、胚胎《はいたい》しているのは、前者（男への性欲）ではなく、後者（女への不可能な性愛）ではないか。

「私」は、女の身体を愛そうとするが、それは、欲望の対象としての像を結ばない。それは、欲望の対象としては存在していない。だから、「それ」への性愛は不可能だ。

ここから、次のように類推することができるのではあるまいか。普通は、『仮面の告白』で、女を性的に愛することができないということは、男にだけ性欲を覚えるということの反面であり、後者の真実を「図」として引き立てるための「地」であると解釈されている。事実、この作品を単独で読めば、はっきりそのように読めるように書かれてもいる。だが、最終的な到達点から逆算すると、真に中心にあるべきだったのは、実は、不可能な性愛の方だったのではないか。園子を得ることができない、ということの方だったのではないか。

『天人五衰』の最後で、本多は、愛の対象が存在しないということを知らされて、慄然とする。だが、もしこれが愛の対象の一般的な存在不可能性ではなく、愛すべき対象は、「これ」ではなくて、「あれ」だったのだ、ということであれば、状況は、はるかに受け入れやすいものになっていたはずだ。たとえば、松枝清顕の化身（愛すべき対象）は、「安永透」という若者ではなくて、別の誰かである、ということだけであったならば、本多の衝撃はたいしたことではなかった。本多がほとんど麻痺《まひ》してしまうまでに驚くのは、聡子によって――愛の対象の系列を全体として支配する「物自体」とも見なすべき――「清顕」そのものの存在を否定されたからである。

このことを念頭に置いて『仮面の告白』を見返せば、この小説で主人公が直面している事態は、性愛の対象の一般的な存在不可能性ではなく、「欲望の目標となるべきは、これ（女の身体、園子）ではなくあれ（男の身体）である」とされる状況だとわかる。世間から正常だと承認される性愛に執着する主人公にとっては、もちろん、この状況も過酷ではある。自分の性向（同性愛）に、切ない思いをもたざるをえない。しかし、性愛の対象の一般的な不在を知ってしまった本多が追い込まれた地点に比べれば、「私」の状況はまだ救いがあり、困難も小さい。

だが、このことは、次のように言い換えることもできるのだ。「私」が性欲を差し向けている若い男たちの身体は、もっと恐ろしい真実、三島が最期の日に見てしまう真実を隠蔽《いんぺい》するスクリーンのようなものになっている、と。「私」は、女を性的に愛することはできないが、男を愛することができる。そのように世界を解釈することで、「私」は、性愛の対象の一般的な存在不可能性を、本多が最後に突きつけられる事態を見ずに済んでいるのである。

＊

さて、すると、真の困難は、「同性愛／異性愛」ということとは別のところにあることがわかる。どういうことか。『仮面の告白』で、「私」が男にならば欲情するのは、「私」が、幻想の枠組みを──一種のスクリーンを──媒介にして他者の身体を見ているからである。幻想の枠組みとは、たとえば、「聖セバスチャン」の殉教図である。その枠組みにちょうどはまり、意味をもつものだけが、欲望の対象として措定されているのである。「聖セバスチャン」のごときもの、そのヴァリアント（変型）と見なすことができるものだけが、積極的な欲望の対象として存在し始める。女の身体は、『仮面の告白』の「私」にとっては、この枠組みから完全に逸脱しており、この中で意味づけられない。だから、「私」は、これをどうしても欲望の対象とすることができない。

ところで、こうした構成は、同性愛者にとりたてて固有なことではあるまい。異性愛の場合も、つまり男が女を欲望する場合も、同じメカニズムが働いているではないか。男は、女の身体を直接に欲望の対象としているわけではない。男は、自らの眼差しのもとで女を理想化し、特定の枠組みや物語の中にはめ込むことで、性愛の対象としているのだ。

だから、もし『仮面の告白』の主人公が、女を愛することができないのだとすれば、まったく同じ理由にもとづいて、一般の異性愛者も女を愛してはいない、と言わざるをえない。問題は、女（そして実は男も）の身体が、スクリーンとして設定されている幻想の枠組みに対して過剰であるということ、身体の女性性（男性性）が、その枠組みに「収まりえない」という余剰を呈することにあるからだ。

ここで、「サド侯爵夫人」を思い返すとよい。ルネは、サドが獄中で書いた小説「ジュスティーヌ」を読んで、自分がその設定の中で意味づけられ、その中の登場人物に見立てられていることを悟る。そうである以上は、ルネは、サドのもとから去らなくてはならない。サドの眼差しに対して存在しているのは、「ジュスティーヌ」としてのルネであって、ルネとしてのルネ、女としてのルネではないからだ。

幻想の枠組みの中で積極的に位置をもつものだけが――欲望や性愛の積極的な対象として――存在する。身体が、こうした枠組みに対してもつ余剰性を、同性愛者は敏感に検出する。彼らは、性愛の対象として一般に望まれている性とは異なる性の方に、枠組みを設定しようとするからである。だが、そうした枠組みを失えば、性愛の対象の存在が一般に不可能だという事情は、同性愛者か異性愛者かという区別には関与していない。

4　空っぽの椅子

さて、『仮面の告白』がどのように終わるのか。われわれはまだ、それを見ていない。園子は、「私」に、結婚の申し出を断られたため、戦後すぐに別の男と見合いをして、その男と結婚した。「私」と園子は、街で偶然出会ったのをきっかけとして、性が一切関わらない、逢瀬を重ねるようになる。二人は、ときどき会って会話をするだけだ。不貞以前の関係、肉体的な姦通《かんつう》には至らない精神的な姦通のようなものだ。ところで、「私」と園子とのこの再会、「私」がすでにほかの男のもとに嫁いでしまった女性と再び会うという設定は、『天人五衰』の本多と聡子の再会、本多が出家してしまっている聡子と会うという設定を、かすかに連想させないだろうか。

「私」と園子の最後の逢瀬が、『仮面の告白』を締めくくる。二人は平日の昼に会っている。園子が罪への予感に苦しんでいるので、彼らは、これ以上もう会わないことに決める。「私」は、園子の良人に些《いささ》かの嫉妬も感じず、彼女を性的に独占したいという欲望が湧かないことに相変わらず苦しんでいる。あと三十分で別れだというところで、二人は、「ルムバ」がかかっているダンスホールに入る。

このホールで、二十二、三歳の、粗野だが、整った顔立ちの若者が「私」の目に入った。途端に、「私」の視線は、彼に吸い寄せられてしまう。この若者は、半裸の姿で、汗に濡《ぬ》れて晒《さらし》の腹巻を腹に巻き直していた。男の腋窩のくびれからはみ出した黒い叢《くさむら》を見たとき、さらに彼の腕にある牡丹《ぼたん》の刺青《いれずみ》を見たとき、「私」は情欲に襲われた。この間、

私は園子の存在を忘れていた。私は一つのことしか考えていなかった。彼が真夏の街へあの半裸のまま出て行って与太《よた》仲間と戦うことを。鋭利な匕首《あいくち》があの腹巻をとおして彼の胴体《トルソオ》に突き刺さることを。あの汚れた腹巻が血潮で美しく彩《いろど》られることを。彼の血まみれの屍《しかばね》が戸板にのせられて又ここへ運び込まれて来ることを。……
（『仮面の告白』）

つまりは、若者が、殉教の「聖セバスチャン」のようになることを、想像していたのである。「園子の存在を忘れていた」という件《くだり》は、次のように読むべきであろう。園子の身体の不在

（の感覚）を、この血まみれの半裸の若者の身体が埋めている、と。

それにしても、この場面は、前章で引用した、『豊饒の海』第四巻の一九六九年二月頃の構想（二十九―三十頁）を連想させないだろうか。本多に対応する人物（「私」）の前に、天使のような若者（松枝清顕）が現れ、艶《なまめ》かしく、永遠の青春に輝くのだ。

だが、『仮面の告白』には、さらに続きがある。突然、主人公は園子から尋ねられる。「おかしなことをうかがうけれど、あなたはもうでしょう。もう勿論《もちろん》あのことは御存知の方《ほう》でしょう」と。主人公はうろたえ、「知ってますね」と嘘《うそ》を言うほかない。が、園子は、「どなたと？」と畳み掛けるように聞いてくる。「きかないで」と、「私」が露骨に哀訴の調子を響かせて答えたため、彼女は驚き黙ってしまった。「私」と園子はほとんど同時に腕時計を見た。もう別れる時刻だ。

このとき、「私」は、もう一度、あの若者がいた椅子の方を見る。

一団は踊りに行ったとみえ、空っぽの椅子が照りつく日差のなかに置かれ、卓の上にこぼれている何かの飲物が、ぎらぎらと凄《すさ》まじい反射をあげた。（前掲書）

椅子はもはや空っぽだ。結局、松枝清顕のような人物、婉然《えんぜん》たる若者はいない。ここに、『豊饒の海』の結末の無意識の先取り、そのかすかな予告を見ることができる。

＊1　精神分析において、患者は、自由連想によって、ただ語りたいことを語る。医師の質問に答える問診やカウンセリングのようなものとは違う。一セッションの分析の時間は、通常、およそ一時間である。しかし、ラカンは、これを半分から三分の一の時間に切り詰めた。患者が決定的なことを言うのは、たいてい、最後の五分間であることに気づいたラカンは、セッションを短くして、患者をいわば急《せ》かしたのだ。もしセッションの全時間が「終わり」であれば、患者は、常に有意味なことを語るはずではないか。それは、論理的に不可能なことだ。つまり「終わり」はセッションの一部であるほかない。だが、セッションの全体の時間を短くすることで、ラカンは「終わり」の比率を高めたのである。

＊2　三島は、昭和三十九年（一九六四年）の文学座正月公演のために書き下ろした「喜びの琴」の内容をめぐって、文学座の主流の俳優たちともめた。このとき怒って退団した三島由紀夫と行動をともにした文学座関係者が、昭和三十九年一月に結成したのが、劇団ＮＬＴ（Néo Littérature Théâtre 新文学座）である。

＊3　実は、『豊饒の海』の第一巻『春の雪』の最後こそ、「サド侯爵夫人」の結末の、そのままの反復になっている。主人公の清顕は、月修寺に退いた聡子を何度訪問しても、彼女に会ってもらえない。「サド侯爵夫人」と『豊饒の海』との関係を思うと、この第一巻の終わり方は、全巻の結末の、まだロマンチックな甘さを残した緩い先取りだったと——もちろん作者三島にとってはまったく

無意識の予兆だったと――解釈することができる。
＊4　奥野健男『三島由紀夫伝説』新潮社、一九九三年、二百二十二頁、二百九頁。
＊5　ただし、ドナルド・キーンによると、三島が太宰の悪口を言い出したのは、『仮面の告白』を書き終えてからのことである。
＊6　奥野、前掲書、二百二十四―二百二十七頁。

第三章　時代錯誤の決起

1　どちらがどちらを殺したのか

『仮面の告白』のうちに、つまり三島の初期の最も重要な長篇小説のうちに、『豊饒の海』の驚くべき結末が予感され、準備されていた。とはいえ、それは、積極的に受け入れるべきこととして用意されていたわけではない。三島自身であるところの主人公「私」の生を悲惨なものにする宿命的な条件として、描かれていたのである。その条件とは、愛の対象に到達することができない、それは存在すらしない、ということだ。以降、三島の文学や人生は、この条件からの逃避の試み、あるいはこれを克服しようとする努力となっている。

早くも『仮面の告白』の次の長篇小説に、つまり昭和二十五年（一九五〇年）六月に刊行された『愛の渇き』に、こうした解釈を裏付ける工夫を認めることができる。この小説の主人公杉本悦子は、夫の良輔《りょうすけ》を失った後、大阪府郊外の米殿《まいでん》村にある、舅《しゅうと》弥吉の、農園付きの別荘に身を寄せている。弥吉は、貧農の出身だったが、苦学力行して商船会社の社長にまで昇りつめた人物で、別荘は彼の成功の証《あかし》になっている。この別荘に、弥吉のほか、彼の長男夫婦、三男（シベリア抑留中）の妻とその子たちなどが同居していた。やがて弥吉と悦子は肉体的な交わりをもつようになる。

この小説の軸になっているのは、しかし、弥吉と悦子の関係ではなく、悦子と、この別荘兼農園で園丁として働いている三郎との関係である。悦子は、三郎の「単純な心、素朴《そぼく》な魂」、そして何より彼の若々しく逞《たくま》しい肉体に惹かれ、三郎に夢中になる。彼女は、三郎を想うときだけ活《い》き活《い》きとし、彼の白い歯や軍隊口調のかしこまった応対などを愛し、彼に靴下を贈ったりした。そして、火をふんだんに使った秋祭の夜、悦子は、偶然三郎の裸の背中の肉の感触を味わい、そこに鋭く爪を立て、血をしたたらせて陶酔する。この悦子—三郎のペアに、三郎と女中美代の関係が加わり、二組の三角関係（弥吉—悦子—三郎、悦子—三郎—美代）が絡まり合って、物語は展開していくが、ここでは、その詳細を追いかけるつもりはない。

すぐに気づくことは、園丁の三郎こそ、『仮面の告白』の「汚穢屋」や（結末に描かれていた）腕に刺青のある青年の系列に属する人物だということだ。要するに、三郎は、三島にとって、理想的な性愛の対象である。が、今度は、主人公は、その対象へと易々《やすやす》とアクセスできている。恋のライバル（美代）による妨害はあるが、それは本質的な障害物ではなく、主人公は、これを退けることに成功しているのだ。『仮面の告白』と『愛の渇き』の間にこうした違いが出た理由は、かんたんにわかる。後者では、主人公は女だからだ。三島由紀夫自身が自らを託す人物は、今や、女である。そうすれば、同性愛から来る問題は、消え去ってしまう。

前章で述べたように、性愛の対象となっている身体の存在そのものに到達できないという問題は、原理的には、同性愛／異性愛といった区別とは関係がない。しかし、主人公に同性愛の指向をもたせ、その人物を異性愛の規範的な地平の中に投げ込んだ場合には、この普遍的な問題を顕在化させることができる。逆に言えば、作者が同一化する主人公を、自分自身とは異なる性に設定したときには、同じ問題は潜在化する。『愛の渇き』のように、である。

だが、この小説の最後には実に奇妙な展開があり、問題はほんとうには解決しない。悦子は、三郎の帰省中に、彼の愛人の美代を屋敷から追い出したため、三郎以外のすべての者たちが、悦子の三郎への愛に気づく。悦子が、三郎を呼び出し、彼女への愛の証言を引き出そうと強要したとき、三郎も、彼女の自分への愛を自覚し、悦子に欲情する。そして、三郎は、悦子の身体を求め、彼女に挑みかかる。これこそ、悦子が待っていた瞬間ではないか。悦子は、性愛の対象と完全に結ばれるはずだった。ところが、悦子は、迫ってくる三郎を殺してしまうのだ。悦子は、騒ぎに気づいて駆けつけた弥吉が持っていた鍬《くわ》を奪い取り、それを三郎の頸筋《くびすじ》に打ち下ろしたのである。

この結末は、不可解でまことに意外なものであった。どうして悦子は三郎を殺したのか。ずっと欲望していたその対象がまさに手に入ろうとするその瞬間に、である。この終わり方が読者の理解をいかに大きく超えていたかということを示しているのは、小説の発表の後に、臼井吉見《よしみ》と中村光夫が『文學界』（一九五二年十一月号）誌上で行っている対談である。この二人の著名な批評家は、『愛の渇き』をとりあげ、その結末について「どうもわからん」「ちょっと頂きかねる」と言い合っているのだが、何と主客を完全に取り違え、三郎が悦子を殺したという前提で話しているのだ。これは、よくある、記憶の無意識的な改竄《かいざん》の実例である。記憶は、出来事の連鎖を、ありそうで納得のいく筋立てに編集しなおす傾向がある。二人の記憶違いは、どちらにしてもよくわからないのではあるが、それでも、三郎が強引に性交を迫って悦子を殺してしまったという事件ならば、「ありそうだ」と思えるくらいの、最小限の了解可能性があった、ということを示している。無数の小説を読み込んできた批評家にとってさえも、悦子による三郎の殺害は、理解のキャパシティを超えるものだったのである。

理解できずに困惑しているのは、読者だけではない。小説の登場人物たちにとっても同様だ。三郎が殺されたその夜、弥吉は興奮して眠れないのだが、彼のすぐ横では悦子は寝息を立て、「恩寵《おんちょう》のように襲った眠り」についていた。どうして悦子は三郎を殺さなくてはならなかったのか。その理由、その必然性は、三島のさらに後の小説から振り返ることで説明可能なものになる。

2　二つの時代錯誤

このまますなおに三島の文学的な業績を時間順に追いかけながら、重要な作品の読解に進んでもよいのだが、議論の展開を速めるために、少し工夫をしよう。いずれにせよ、『金閣寺』などの代表作の分析を避けることはできないが、議論が目指すべき場所をあらかじめ明確にするために、先に、三島の後期の作品や言動を見ておきたい。どのような趣旨なのか、説明しておこう。

われわれの疑問は、二つあった。第一の疑問は、陸上自衛隊東部方面総監室での割腹自殺に関係する謎、第二の疑問は、『豊饒の海』の結末についての謎だった。二つの疑問の間には密接なつながりがあるとわれわれは推測してはきたが、両者は同じ問いではない。前章は、主として、第二の疑問に関係する探究に充てられた。三島の最後の最後の文章、擱筆の日が三島最期の一日と一致している文章へとまっすぐにつながっている種子は、最初の真に成熟した長篇小説『仮面の告白』の中にある、ということを確認したのだった。[*1]

だから、今度は、第一の疑問に関係する主題を、考察しておきたい。三島由紀夫は、なぜ天皇に執着したのか。三島にとって、天皇とは何だったのか。このような問いにそって考察しようとすれば、自然と、三島の文学活動の後半の作品が主題となる。三島が、天皇に関連したことを論じたり、小説に書いたりするようになったのは、一九六〇年代に入ってから、とりわけその後半（昭和四十年代）だからである。三島は四十五歳で生涯を閉じているので、いかに早熟だったとはいえ、彼の職業作家としての活動期間は、およそ二十五年しかない。その後半、最後の十年間に、「天皇」という主題が、表面に現れる。

＊

さて、三島由紀夫が、天皇中心の日本の建設を訴え、自衛隊に決起を呼びかけながら失敗し、結局、割腹して自害したというニュースを聞いたときに、当時の多くの日本人がまずは感じたこと、そして現在のわれわれもなお感じることは、この行動と主張はとてつもなく時代錯誤的だ、という印象ではあるまいか。もし戦前の超国家主義の時代に誰かが似たようなことを叫び、行動していたとしたら、周囲は――仮に賛成はしなかったとしても――これを納得して受け入れただろう。しかし、戦後四半世紀も経ったときに、なぜ三島はあんなことをしたのか。

かつて柄谷行人《からたにこうじん》は、この「時代錯誤」の印象を相対化するために、昭和と明治の平行性に着眼するとよい、と提案したことがある。[*2] 確かに、昭和と明治の間には緩やかな対応があるように見える。たとえば、日本国憲法の公布は昭和二十一年（一九四六年）で、戦前の大日本帝国憲法の公布は明治二十二年（一八八九年）である。サンフランシスコ講和条約（と日米安保条約）によって、日本がまがりなりにも主権を回復したのは昭和二十六年であり、日清戦争によって、日本がとりあえず一人前の主権国家として諸外国から認められたのは、明治二十七年。日本人が、東京五輪の成功で「一流の先進国」へと復帰したという自信を回復したのが昭和三十九年で、日露戦争の勝利によって欧米の一流国と（かろうじて）肩を並べたという自覚をもったのは明治三十八年。戦後の左翼運動は、昭和四十七年の連合赤軍浅間山荘事件等によって壊滅的なダメージを受けたが、戦前の場合には、明治四十三、四十四年の大逆事件が似たような効果をもった。戦前の日本の最大の外交目標は不平等条約の改正にあり、それが成功したのは明治四十四年のことで、敗戦後の日本の最大の外交目標であった沖縄の本土復帰が実現したのは昭和四十七年。等々。

といっても、昭和と明治に神秘的な合致があるわけではない。こうした対応が成り立つことには、社会科学的に説明できる根拠がある。つまり、対応には、近代が六十年を周期に社会変動していることに真の原因がある。「六十年」という幅は、大きな技術革新を主因とする景気変動のひとつの波に相当している（コンドラチェフ循環）。たまたま明治時代の長さ（四十五年）と大正時代の長さ（十五年）を足すとおよそ六十年になるため、結果的に、昭和の出来事と明治の出来事の間には、年号的に一致するような対応関係が出てくる。[*3]

このように、昭和と明治はかなりきれいに対応する。すると、三島が自決した昭和四十五年は、明治四十五年＝大正一年にあたる、ということになろう。この年（の近辺）に、三島の自決に対比させうる出来事はあったか。あった、と柄谷は言う。乃木《のぎ》将軍が、明治天皇の死に際して殉死したことである。当時、乃木将軍の自殺も、時代錯誤的なものに見えていた。とりわけ、若い知識人には。白樺《しらかば》派の作家や芥川《あくたがわ》龍之介は、乃木の殉死を嘲笑している。しかし、より上の世代、江戸時代の最末期か明治初年頃に生まれた世代には、この殉死は、必然性のあるものとして、何かの終わりを象徴する出来事として実感されていたのだ。小説『こころ』（一九一四年）の中で、唐突に、この出来事に言及し、明治の精神の終わりついて記した夏目漱《そう》石《せき》は、そういう世代に属している。森鷗外なども、乃木将軍の自殺に同じような衝撃を受けた。

乃木将軍の殉死をめぐる見解の、こうした世代間の相違は、次のことを教える。一見、時代錯誤的で、文脈を外しているような印象を与えることであっても、視点を変えて捉えたときには、十分に時代的な必然性をもったものとして現れることがある、と。同じことは、三島の自決にも成り立つのではあるまいか。

3　昭和と一緒に生まれた世代

だが、三島事件の解釈は乃木将軍の殉死よりもずっと難しい。とりあえず、三島を、同世代の知識人と比較してみよう。「乃木将軍の殉死」の場合には、これをどの世代から捉えるかによって異なって見えていたのだから、この論理が三島の自決にも成り立つのか考えてみるのだ。あらためて確認すれば、三島由紀夫は――というか本名・平岡公威《きみたけ》は――、大正十四年（一九二五年）一月十四日に生まれた。そのため、昭和の年号と彼の満年齢とは一致する。

この世代《コーホート》、つまり大正時代の最末期から昭和のごく初期の間に生まれた世代は、一般的には、日本人にとっての「（第二次世界大戦の）敗戦」の意味を、最も敏感に感受する。彼らは、敗戦のとき、二十歳前後だったことになるからだ。この世代は、戦争や敗戦に――たとえ最小限だったとしても――何らかの責任があると感じうる世代の最若年にあたるのだ。客観的に見れば、彼らの戦争・敗戦への正／負の貢献・責任は微々たるものである。しかし、この程度の年齢であれば、戦争中に、家族や友人関係といった親密圏を超えた社会への参加意識をすでにもっており、主観的には、戦争に加担した、参加したという自覚をもちうる。彼らより若い世代、たとえば十歳前後で敗戦を迎えた世代は、戦争や敗戦の体験を記憶はするが、これらに自分に責任があるという感覚はもつまい。彼らにとって、戦争や敗戦は自然災害と同じだ。逆に、大正／昭和の転換点よりもずっと前に生まれた世代、より年長の世代はどうか。彼らは、もちろん、戦争・敗戦への関与の程度、責任の重さという点では、やっと成人したばかりの時期に敗戦を迎えた者たちよりもはるかに大きい。しかし、一般には、人は高齢になればなるほど精神的な柔軟性を失う。敗戦時に二十歳前後の者だけが、アイデンティティの根本から変化する余地をもつ。

そこで、三島とほぼ同世代の知識人の敗戦体験が、彼らの戦後の思想にどのような痕跡をとどめたのか、ごく簡単に見ておくことにしよう。三島との比較の参照点として、二人の思想家を召喚しよう。その二人とは、吉本隆明《たかあき》と鶴見俊輔《しゅんすけ》だ。吉本は、三島とほとんど同じ年齢で、誕生日は二ヶ月と違わない（大正十三年十一月二十五日生）。鶴見は、三島より二歳半ほど年長である（大正十一年六月二十五日生）。

二人とも戦争が終わったときに、こう思ったはずだ。「日本人は誤りに誤りぬいた」と。すると、戦後の思想的課題は、いかにして誤らないのか、どうしたら誤らない思想が可能か、ということに据えられる。「これは正しい」という主観的な確信だけでは、正しさの根拠にはなりえない。戦前だって、同じ確信をもっていたのに、その思想はまちがっていたことが判明したのだから。主観的な確信とは別のところに、つまり客観的なものに正しさと誤りとを判別するための根拠を見出さなくてはならない。それに依拠していれば、思想の正当性が保証されるような根拠が必要である。

結果的に、吉本も鶴見もほとんど「同じもの」を根拠として指定する。それを、吉本は「大衆の原像」と呼んだ。鶴見は、吉本ほどには独自の用語をもたないが、「ひとびと」とか「人民」とかといった語彙でそれを指した。とすると、吉本と鶴見は、同じような内容の思想を展開したかと言えば、そうでもない。その「同じもの」をどこから見ているかということに、つまり視点に違いがあるのだ。その違いは、端的に言えば、両者の出身階級の違いを反映している。

鶴見俊輔の父、祐輔《ゆうすけ》は、地方（岡山）から出てきて、一高・東京帝大を卒業し、官僚を経て、政治家に転身した人物で、総理大臣になる可能性もあったほどの有力者だった。つまり鶴見はエリートの家庭の出身である。一方吉本は、東京の生まれで、船大工の息子だ。実家は貧困ではなかったが、広義の庶民に属していた。鶴見と吉本は、それぞれ異なる立ち位置から「大衆」や「人民」を捉えていた。そのことがそれぞれの思想をどのように条件づけ、特徴づけたのかは、ここで詳しくは論じない。

ただ、三島との対比の上で重要な次の点だけは確認しておきたい。吉本隆明は、自ら告白しているように、戦前・戦中、皇国イデオロギーを愚直に信じ、これを熱心に支持していた。敗戦時に、「日本人は誤った」と認識したとき、その日本人に吉本自身も含まれる。鶴見は違う。彼は、皇国イデオロギーをまったく信じておらず、敗戦前から、それが誤った愚かな思想であるとわかっていたはずだ。そして、日本がアメリカに敗北することも予見していたはずだ。だから、鶴見は、戦争が終結したとき、少なくとも個人としては、「誤っていた」などとは思わなかっただろう。鶴見の立場から、誤った主体を特定するとすれば、自分の父親のような戦前・戦中のエリートたちだということになるだろう。

だが、興味深いことに、鶴見俊輔は、戦中から、その日本人の誤りにあえてコミットしようとしていた。日米間の戦争が勃発したとき、鶴見は、ハーバード大学に在籍する学生としてアメリカにいた。だが、開戦から一年半ほど経ってから、彼は、日米交換船に乗って、日本に帰った。アメリカに留《とど》まることもできたのだが、あえて日本への帰国を選んだのだ。その動機が独特だった。愛国的な理由から帰国したわけではない。今しがた述べたように、鶴見は、開戦と同時に、アメリカの勝利を確信した。彼には、戦争が終わったときに敗者の側にいるべきである、との直観があり、戦中に日本への帰国を決断したのだという。さらに、帰国後は、徴兵検査を受けさせられ、海軍軍属として戦争に参加した。結局、鶴見俊輔は、個人的には自分は誤らなかったが、日本人としては誤りに参画し、戦争に敗北もした、と言いたいかのよう、である。

それにしても、「大衆の原像」や「人民」に依拠したことによって、思想の正当性は保証されたのか。戦後史を振り返って検証されなくてはなるまい。しかし、それは、この論考の課題ではない。

＊

さて、三島由紀夫は、吉本隆明や鶴見俊輔と同じ世代に属しているが、戦争や敗戦の体験の仕方が、彼らとはまったく違う。対照的だと言ってもよい。ということは、戦後の出発点がまったく違っている、ということでもある。

出自に関して言えば、三島は、鶴見俊輔に少し似ている。父もそして祖父もエリート官僚だったからだ。祖父の平岡定太郎は内務官僚で、福島県知事等を務めたが、樺太《からふと》庁長官のときに疑獄事件に巻き込まれて失脚した。父の梓《あずさ》は、農商務省の役人だった。この二代の官僚については、猪瀬《いのせ》直樹の評伝『ペルソナ――三島由紀夫伝』に詳しい[*4]。

三島は、敗戦したとき、自分としては、いささかも「負けた」とも「誤った」とも思わなかったに違いない。なぜなら、三島は、吉本隆明とは違って、日本の戦争を主導した思想に、つまり皇国イデオロギーに、ほんのわずかも加担したことがなかったからだ。彼は、皇国イデオロギーにまったく共感せず、むしろこれを愚かな思想として軽蔑していたはずだ。

このことを裏付ける証拠となる文章をいくつか引いておこう。たとえば、昭和三十年（一九五五年）に書かれたエッセイ「八月十五日前後」によると、三島は「戦争末期には、ほとんど仮病を使って通した」。これは『仮面の告白』に書かれ、後には「私の遍歴時代」（昭和三十八年）でも言及されているよく知られた次の事実と符合している。昭和二十年の早春に赤紙が来たとき、たまたま気管支炎で高熱を発していたのを、医者が肺結核と誤診したため、不合格となり、三島は父とともに喜び勇んで即日帰郷した、という事実と、である。[*5] 戦争に参加した鶴見俊輔とはまったく違う。

やはり昭和三十年に書かれた「終末感からの出発――昭和二十年の自画像」には、敗戦は自分にとってはたいして痛恨事ではなく、それより妹の急死の方がはるかに痛恨事であった、と書かれている。このエッセイには、「私の私生活は、ほとんどあの季節の中を泳がなかった。私は要するに、小説ばかり書いて暮《くら》していた」（『ちくま日本文学全集12　三島由紀夫』ちくま文庫、一九九一年）ともある。「戦後の変化」は、三島にとって「私が愛してきたラディゲも、ワイルドも、イエーツも、日本古典も、すべて時代の好尚にそむいたものになってしまった」（「私の遍歴時代」『私の遍歴時代』ちくま文庫、一九九五年）という点にある。このように、三島は、戦争や戦後を、ただ自分の趣味との関係でしか見ていない。

だが、皇国イデオロギーへの三島のこうした極端な冷淡さは、奇妙と言えば奇妙である。彼は、戦前、吉本や鶴見よりも、とりわけ前者よりも、天皇やその側近を親しく感じうる境遇を生きていたからである。彼は、学習院の出身で、高等科を首席で卒業したときには天皇の謁見をえてさえいる。それ以上に重要なのは、三島が文学者としては日本浪曼《ろうまん》派のすぐ近くから、いやその中から出てきた、ということである。彼は、文学的な感性としては浪曼派に共鳴していたが、このグループの底流にある皇国思想にはまったく染まることはなかった。

三島とよく対比させられるのは、蓮田善明《はすだぜんめい》である。日本浪曼派に属し、三島よりも二十歳ほど年上のこの文学者は、三島の才能を高く評価し、「花ざかりの森」の第一回が掲載された『文藝文化』(昭和十六年九月号)の編集後記に「この年少の作者は(三島は当時十六歳)、併し悠久な日本の歴史の請《もう》し子である。我々より歳は遥に少いがすでに成熟したものの誕生である」と、実に大げさに、そして愛国的な論調で三島を賞賛していた。敗戦したとき、蓮田は太平洋戦線にいた。敗戦の知らせを受けるや、上官があまりに極端に変節したため、蓮田は憤り、その上官を射殺した上で、自身も同じ拳銃で自決した。三島は、蓮田とは正反対の位置にいた、と言ってよい。

その証拠のひとつが、昭和二十九年の三島の戯曲「若人よ蘇《よみがえ》れ」である。これは、昭和二十年八月の中から三日間を選んで描いた作品だ。三日間とは、八月七日、十五日、そして二十六日。つまり終戦を挟むおよそ二十日間についての戯曲だ。八月二十六日に含まれる台詞《せりふ》のひとつはこうである。「「人類のために」という言葉一つだって、もう決して滑稽にひびかないから、ふしぎじゃありませんか。「平和」「自由」「人類」すべてきのうまではお伽噺《とぎばなし》の言葉だった。〔中略〕古き帝国主義、古き民族主義、古き天皇制〔中略〕こういうものは二度と復活しやしないでしょう」。つまり「天皇」が「人類」にたった十日の間に置き換わったのだが、「若人」は、これになんの痛みも感じていない。「若人」は、蓮田に殺された上官のように振る舞ったのである。三島はこれを、アイロニーを込めて描いているが、蓮田のように怒ってはいない。むしろ受け入れている。

以上の諸事実は、三島の読者にはよく知られていることであって、何の新発見もない。だが、こうしてあらためて列挙してみると、次のことが明らかになる。三島は、「敗戦」ということに最も敏感になってもよい世代に属している。実際、同じ世代に属していた吉本隆明や鶴見俊輔は、敗戦のときに受けた衝撃こそを、生涯の思想的な課題とした。しかし、三島は、敗戦にそのような衝撃を受けてはいない。ある意味で、三島にとっては、敗戦としての敗戦は存在しない。……と言い切ると誤解を招くかもしれない。たとえば三島は、「私の遍歴時代」で「不幸は、終戦と共に、突然私を襲ってきた」と書いたくらい、終戦が彼の人生を規定しているからだ。しかし、今はまだ詳しく論ずる段階ではないが、この場合の「戦争」や「終戦」は、いわば美学に属する主題であり、政治や倫理にかかわる問題ではない。少なくとも、三島は、「勇んで即日帰郷」のあのエピソードに端的に現れているように、戦中や戦前に、まったく皇国イデオロギーに共感するところはなく、それをくだらないことと見なしていた。天皇の国が負けたことを嘆いてもいない。

すると実にふしぎである。このような人物がどうして、敗戦から四半世紀後に、市ヶ谷で「天皇陛下万歳」と唱えて自決することになったのか。三島の自決は、二十五年遅れの「蓮田善明の自殺」ではない。彼は、戦中には、蓮田のようにきまじめに天皇を尊崇していたわけではないからだ。それなら、なぜ、三島は、二十五年後に、天皇の熱烈な崇拝者になったのか。

4　英霊たち

この疑問を説得力のあるかたちで解いている論考はほとんどない。唯一、文芸評論家・加藤典洋《のりひろ》だけが、『戦後的思考』の中で、明快でしかも深い説明を与えている。[*6] これを手がかりとしよう。

加藤はまず、奥野健男の評伝に書かれていることを状況証拠のようなものとして、三島の態度に、戦中からすでに、天皇や皇国精神に関して「二重構造」があった、と仮定する。二重構造とは、次のことだ。一方では、ここまで見てきたように、三島は、天皇制や皇国精神を蔑《ないがし》ろにし、それを重要なことだとは思っていない。しかし、他方では、逆に、三島にも皇国精神に忠実だった側面もあった、ということだ。これは、召集令状を受けたとき、三島が「天皇陛下万歳」で終わるきまじめな遺書をしたためた、という事実をもとに言われている。

ここで加藤の論述を少し離れて先にコメントを加えておけば、戦中の三島の精神にこんな極端な二重構造があったのかどうかは、疑問である。ここまで見てきたように、戦中の三島に関して言えば、その言動は、皇国精神への無関心が圧倒的に優位であったように見えるからだ。もし、このような二重構造を想定するならば、これ自体が説明されなくてはならないだろう。どうして、ひとつの精神の中に、これほど極端な、矛盾とも言える二重性が孕まれえたのか、と。三島の人生全体の謎を、戦中の精神に、「二重構造」として移植しただけだ、とも言える。が、ここでは、こうした疑問はカッコに入れて、加藤の説明を見ておこう。いずれにせよ、後年の三島の天皇崇拝は、もともと三島の精神に二重構造があったと仮定しない限り説明できないように見えているということ、そのくらいこの問題は解き難いということ、この点を加藤の説明は教えている。

さて、加藤の見るところ、戦後から十五年ほど経った頃から、三島は、自分自身の理想や思想と日本社会の風潮との間の齟齬《そご》が拡大し、耐え難いものになってきたのを感じるようになる。この加藤の認定は、三島の書いていること、行っていることから十分に裏付けられる。死の四ヶ月前には、三島は、次のように書くまでに至っている。「二十五年前に私が憎んだものは、多少形を変えはしたが、今もあいかわらずしぶとく生き永らえている。生き永らえているどころか、おどろくべき繁殖力で日本中に完全に浸透してしまった。それは戦後民主主義とそこから生ずる偽善というおそるべきバチルスである」(「果たし得ていない約束——私の中の二十五年」

一九七〇年。『文化防衛論』ちくま文庫、二〇〇六年)。

一九六〇年前後に――ここで加藤は自らの年来の主題を三島の言動のうちに読み取りつつこう言う――、三島自身の中に「戦争の死者」の感覚がよみがえるのに出会ったのではないか、と。戦争の死者を直接に主題にした三島の作品は、「英霊の聲《こえ》」である。この小説が発表されたのは、昭和四十一年(一九六六年)で、すでに『豊饒の海』の執筆も始まっている。「英霊の聲」の前哨のような作品「憂国」が書かれたのは、昭和三十六年(一九六一年)である。

とすると最も重要な鍵は「英霊の聲」にある。この作品のプロットは次のようになっている。「私」はある浅春の一夕、木村先生が主催する帰神《かむがかり》の会に参加し、そこで戦前・戦中の若い荒《あら》魂《みたま》が相次いで降臨するのに立ち会った。この帰神の会では、木村先生が審神者《さにわ》となり、盲目の青年・川崎重男君が霊媒となって、霊をその身体に降ろし、列席者と霊を対面させる。その夜はいつになく不穏な気配があった。まず川崎君の口から発せられる声は、一人ではなく大勢が唱和する声だった。その声は、戦後の日本社会の頽廃《たいはい》を批判し、ついには、昭和天皇を糾弾するあの言葉を唱えた。「などてすめろぎは人間《ひと》となりたまいし」と。声は何者か。その声は、「われらは裏切られた者たちの霊だ」と言う。それは、二・二六事件で死んだ青年将校たちの霊であった。

さらに第二ラウンドがある。参列者たちが場所を変えて、感銘を語りあっているところに、さらなる霊たちが降りてくるのだ。次の霊の集団は、二・二六事件の霊に対して「弟神たち」

にある。飛行服を着て、日本刀を携えたその霊たちは「われらは戦《いくさ》の敗れんとするときに、神州最後の神風を起さんとして、命を君国に献げたものだ」と語る。つまり、第二の霊の集団は、特攻隊の死者たちの霊である。彼らも、同じように、昭和天皇を糾弾する。「などてすめろぎは人間《ひと》となりたまいし」と。

この小説から、次のように解釈することができる。英霊たちは、昭和天皇の名のもとにかつて戦場に赴き、そこで死んだ。もっとはっきりと言えば、彼らは、天皇が「神」であることを前提にし、神のためであればこそ犠牲になることを厭《いと》わなかったのである。この「神」ということを別の乾いた法律用語で言い換えれば、「統治権総攬者《そうらんしゃ》」「統帥権総攬者」ということになるが、英霊の犠牲の意味を理解するためには、端的に「神」の語で指示した方がよい。ところが、戦後(厳密には一九四六年元旦)の詔勅で、天皇は、自身が人間であることを宣言した。「私は人間でした」と。この宣言は、しかし、戦争の死者から見れば、とてつもない裏切りである。彼らが死んだのは、天皇が神だからである。天皇が神であれば、彼らの死は意味のある犠牲として報われ、彼らは救われる。だが、もし、天皇が、「私はもともとただの人間だったんだ」と言ってしまえば、つまり天皇＝神という想定を崩してしまえば、戦争への動員は詐欺だったことになり、死者たちの死はまったく無意味なものとして見捨てられることになる。英霊たちは、したがって三島は、これを怒り、批判しているのである。

戦争の死者たちを救済するためには、神としての天皇が必要である。こうして、三島は、人間となった昭和天皇を批判しつつ、あるべき天皇への崇拝者ともなる。

＊

以上が加藤の解釈の骨子である。非常に明快である。しかし、この説明の難点は、あまりにみごとに説明されすぎてしまうところにある。……とこんな批判は、言いがかりに聞こえるかもしれないが、次のような趣旨である。

精神分析の用語に、そして哲学者・アルチュセールが活用した用語に、「重層決定」という概念がある。重層決定というのは、数学で用いられている概念の隠喩的な転用である。数学では、次のようなときに重層決定（過剰決定）と言う。たとえば未知数が二つあるときに、独立の方程式が三本あるとする。未知数が二つならば、二本の方程式を使うだけで十分に解くことができる。つまり、方程式が一本余分なのだ。このとき、値が重層的に（過剰に）決定されている、という。三本の方程式の中のどの二本の組み合わせを使っても、同じ解答を導き出すことができる。ひとつの結果（解答）へと至る因果関係の系列がたくさんあるとき、重層決定の状態になる。

数学の連立方程式を解くようなときであれば、過剰決定は――逆の過小決定（方程式が足りないとき）とは違って――特に困ったことではない。使わない方程式は放置しておけばよいだけだ。しかし、社会現象や心理現象では、真の問いはその先にある。ある方程式eを使わずに、別の方程式f、gだけで、ことがらが説明できてしまったとする。しかし、その余っていた方程式eを使っても、答えを導くことができる（その場合、今度は方程式gが要らなくなるかもしれない）。このとき、要因eを含まない説明（f、g）とeを含めた説明（e、f）と、どちらが本質的で重要な連関なのか。これを問わなくてはならない。

加藤の説明はきわめて整合的だが、いわば、方程式を余らせているように見えるのだ。最もはっきりとした余りの方程式は、「二・二六事件の青年将校」である。人間であったと告白した天皇を、約束違反として批判している、とする加藤の解釈がよく当てはまるのは、英霊が特攻隊の死者だったときである。言い換えれば、二・二六事件の将校のことを無視しても、一貫した説明ができてしまうのだ。

このことは加藤も気づいている。というより、加藤が説明において最も力を入れているのは、どうして、呼び出された英霊に、特攻隊の死者だけではなく、二・二六事件の青年将校が入っているのか、という問題である。この点についての加藤の推論は、かなり技巧的だ。次のように。「英霊の聲」は戦争の死者に昭和天皇を批判させているわけだが、考えてみると、特攻隊員をはじめとする日本の軍人たちの犠牲を通じて戦争を生き延びてしまった三島も同罪であり、昭和天皇の共犯者である。戦後をのうのうと生きている者に、戦死者と一緒になって昭和天皇を糾弾する権利はない。このことの恥を心得ている三島は、自分自身を託すことができる文学的な「依《よ》り代《しろ》」として、戦争の死者に代えて、二・二六事件の死者を置いたのではないか。これが加藤の解釈である。

しかし、これはかなり苦しい説明である。……と加藤もわかっている。なぜなら、二・二六事件のことを加えたとしても、もともとの困難は解消されないからである。確かに、兵役を回避して生き延びた三島に、特攻隊の死者を代弁する権利などないかもしれない。だが、二・二六事件で死刑に処せられた将校ならば、三島は代弁できるのか。もちろん、それも越権行為だと言わねばなるまい。

二・二六事件の青年将校は、加藤の説明の筋からは外れている。特攻隊員は、確かに天皇が神であることを前提に動員され、散っていったのかもしれない。だとすれば、人間宣言は契約違反にあたる。しかし、二・二六事件の将校たちは、昭和天皇と約束があってクーデタを起こしたわけではない。彼らが勝手にやったことである。昭和天皇が激怒したのも無理からぬことである。そのことで、昭和天皇を裏切り者と批判することができるだろうか。できまい。

加藤の解釈に従った場合には、二種類の英霊のうち、より重要なのは、特攻隊の死者である。二・二六事件の将校は、仕方なしに呼び出されたおまけのようなものだ。しかし、三島自身にとって、ほんとうはどうだったのだろうか。三島にとっては、二・二六事件の青年将校の方が、特攻隊の死者よりも重要だったのではないか。その何よりの証拠は、「憂国」である。これは、二・二六の決起から取り残された将校の自決の話である。彼は新婚だったために、決起の仲間から除外された。クーデタの日にそれを知った主人公は、新妻と一緒に自決する。

＊

われわれは、二・二六事件の青年将校に中心的な役割を与えるような説明を見出さなくてはならない。実際、昭和四十五年の一一・二五に三島がなそうとしていたことは、二・二六事件に似ている。彼は、三十四年前のクーデタを反復しようとしていたようにも見える。

だが、二・二六事件の青年将校については、加藤が特攻隊員に対して適用したような説明が使えないのだとすれば、つまり「神としての天皇との約束」という論理が当てはまらないのだとすれば、彼らと天皇との関係はどのようになるのか。青年将校の「英霊」は、次のように主張している。

陛下に対する片恋というものはないのだ〔中略〕
恋して、恋して、恋して、恋狂いに恋し奉《たてまつ》ればよいのだ。どのような一方的な恋も、その至純、その熱度にいつわりがなければ、必ず陛下は御嘉納《ごかのう》あらせられる。陛下はかくもおん憐み深く、かくも寛仁、かくもたおやかにましますからだ。それこそはすめろぎの神にましますところ所以《ゆえん》だ

（「英霊の聲」『文豪怪談傑作選　三島由紀夫集　雛の宿』ちくま文庫、二〇〇七年）

略した部分で、英霊は軍人勅諭に言及し、それが天皇への片恋が片恋ではありえない根拠であるかのように語っているが、この部分は勇み足のようなものであろう。軍人勅諭があったから、天皇は、しぶしぶ将校たちを受け入れるわけではない。「恋して、恋して、恋して、恋狂いに恋し」さえすれば、天皇はこれに応えるのである。三島の理解では、それが、「天皇が神である」ということの意味である。[*7]

こうして、この章のわれわれの考察は一巡してきたことになる。『仮面の告白』で主人公が直面している困難は、愛そうとする他者に到達できない（もしかすると、それは存在すらしないかもしれない……）という問題であった。冒頭で見た『愛の渇き』では、悦子は、三郎を恋狂いに恋したのである。そして、三郎がこれに応じ、三郎を獲得しようとしたその瞬間に、なぜか、悦子は三郎を殺してしまった。

天皇はどうなのか。三島の理解では、天皇は、臣下たちの恋狂いの対象である天皇は、神として確実に存在し、臣下の恋に応じなくてはならない。このように考えると、「憂国」という小説のいささか奇妙な筋の意味も理解可能なものとなる。先ほど述べたように、「憂国」の主人公の近衛《このえ》歩兵一聯隊《いちれんたい》武山信二中尉は、新婚半年の身だという理由で、親友たちの配慮で決起のメンバーから除外されていた。しかし、常識的には、これはあまりにも変な話ではないか。

遊びや小さな仕事ではないのだ。「新婚」ということが、革命やクーデタの前衛集団から外される理由になるだろうか。もっと不可解なのは、武山とその妻の心中である。このままだと、決起軍討伐の命令がくだされることは必至で、武山は、親友たちと戦わなくてはならなくなる。かといって軍人である以上は命令を拒否できない。そのディレンマによって、武山は自殺するということになっているのだが、それならば、彼は一人で死ねばよいではないか。どうして、妻と一緒に死ななくてはならないのか。

こう考えればよい。青年将校の天皇への恋と武山の新妻への恋とは、言わば、互いに交換可能な等価的代理物になっているのである。武山は妻との恋に殉じたら、二・二六事件の将校と同じように殉死したことになる、というわけである。「憂国」を書いたとき、三島は、自分を武山中尉に見立てていたのではないか。戦後の日本社会を生きる自分は、「二・二六事件の決起軍」に呼ばれなかった。その代わりに、言葉によって、あるいはその他の実践によって、彼は、それと等価なことを行っているつもりだったのかもしれない。しかし、最後には彼は「武山中尉」として生きること、「武山中尉」のように生きることだけでは満足できなくなった。ほんとうに決起したのである。それが、一九七〇年十一月二十五日の行動である。

＊1　三島は、昭和二十三年（一九四八年）八月に、当時勤務していた大蔵省の仮庁舎で、河出書房

の編集者、坂本一亀《かずき》と志邨《しむら》孝夫から、書き下ろしの長篇小説の執筆を依頼された。大蔵省を辞めてから二ヶ月後の十一月二日に、三島は、坂本宛書簡で、「書下ろしは十一月廿五日を起筆と予定し、題は『仮面の告白』」となる、と記している（「『仮面の告白』のころ」『新文芸読本　三島由紀夫』河出書房新社、一九九〇年）。この手紙の通りだったとすると、『仮面の告白』の起筆日と『豊饒の海』の擱筆日は同じだったことになる。もっとも、『仮面の告白』刊本の月報によれば、実際に書き始めたのは、坂本宛書簡での予告よりも遅く、十二月だったらしい。三島が「十一月廿五日」に執着があったのか、それとも偶然の一致なのか、それはわからない。

＊2　柄谷行人『終焉をめぐって』福武書店、一九九〇年。

＊3　柄谷は、今では、六十年周期説を（したがって昭和・明治平行説も）放棄している。とはいえ、この説を完全に否定してしまったわけではない。六十年の二倍（百二十年）が一周期だったと捉え直したのである（『世界史の構造』岩波書店、二〇一〇年）。

＊4　猪瀬直樹『ペルソナ――三島由紀夫伝』文藝春秋、一九九五年。この本の文庫版（文春文庫、一九九九年）で鹿島茂が解説しているように、猪瀬の評伝は、三島の個人的な伝記としてよりも、日本の近代官僚史として価値が高い。

＊5　これは、自伝的なフィクションに書かれたことだが、父親・平岡梓の『伜・三島由紀夫』（文春文庫、一九九六年）にも正確に同じことが書かれているので、まちがいなく事実である。

＊6　加藤典洋「天皇と戦争の死者――昭和天皇VS三島由紀夫」『戦後的思考』第四部・Ⅵ章、講談社文芸文庫、二〇一六年。

＊7　ありていに言えば、ここでの英霊の言い分は、ストーカーの主張に少し似ている。「オレがこんなに想っているのに、なぜオマエは応えてくれないんだ」と。もちろん、そんなふうに追いかけ回されても、その恋慕に応じる義務は人間にはない。しかし、神だったらどうか。それに応じるのが神ではないか。……と三島は考えているらしい。

第四章　鉄の肉体

1　宇宙人たち

「憂国」を書き終えたすぐ後、つまり三島にとって、天皇の意味が急速に大きくなりつつあった頃、彼は、奇妙な——一見三島らしからぬ——SF的な長篇小説を書いている。昭和三十七年（一九六二年）に刊行された『美しい星』である。この小説は、次のような設定になっている。埼玉県飯能《はんのう》市に住む資産家大杉家の人々は、それぞれが独自に空飛ぶ円盤を目撃し、めいめいが不可解な感応を体験したことをきっかけとして、自分たちが生っ粋の地球人ではなく、別の星からやってきた宇宙人であったという意識に目覚める。驚いてしまうのは、彼らは地球上でひとつの家族を形成しているのに、一人ずつが、それぞれ違う（太陽系の）惑星の出身だということだ。父親の重一郎は火星を、その妻で一家の母である伊余子は木星を、大学で法学を勉強している息子の一雄は水星を、そして英文科に通う娘の暁子は金星を、それぞれの故郷だと自覚するようになる。ということは、地上における最も強い絆、つまり家族的結合でさえも、彼らにとっては、二次的・人為的な形成物だったということになる。[*1]

詳しいストーリーの紹介は省略するが、全体のクライマックスにあたるのは、大杉重一郎が、やはり地球人として生きている別の宇宙人——白鳥座第六十一番星の未知の惑星からやってきた羽黒一派——と激しく論争する場面である。主題は、「人類（地球人）の救済か滅亡か」だ。奥野健男は、この部分を、『カラマーゾフの兄弟』の「大審問官」の章を思い起こさせる、として高く評価している。[*2]確かに、日本文学の中に、論理に訴えた白熱の論争はめずらしい。ここでは論争の内容を詳しくは検討しないが、「大審問官」のケースと同様に、はっきりと決着がつくわけではない。というか、「大審問官」の章の論争では、ドストエフスキーが自身を託しているはずの主人公アリョーシャよりも、シニカルな兄イワンの方が圧倒的に雄弁で、優勢である。『美しい星』ではどうか。主人公の重一郎は、人類の救済を支持し、羽黒一派は、人類を滅亡に導くべきだとする。論争自体はどちらが勝ったとも言い難いが、主人公が重一郎であり、小説のその後の展開からも、この作品としては「救済」に軍配をあげたことにはなるだろう。しかし後に検討することになる三島自身の一般的な性向からすれば、三島は、ほんとうは「滅亡」の方に加担していたと見るべきかもしれない。実際、羽黒に、滅亡へと運命づけられている人類の欠陥、人類の三つの罪について語らせる三島の筆致は、嬉々《きき》としている（「大審問官」の言い分をイワンに語らせるドストエフスキーの文章が、さえわたっているのと同様に）。

いずれにせよ、ここでわれわれが主題化しておきたいことは、論争の勝敗ではない。どうして宇宙人が、わざわざ地球人の運命という主題をめぐって激しく対立しているのか、ということだ。[*3]その回答は、宇宙人が、地球人にとって、神に近いものとして位置づけられているからだ、というものになるだろう。あるいは、三島の作品と対応づければ、次のように言ってもよいのではないか。この作品の宇宙人は、「英霊の聲」の英霊のようなものである、と。宇宙は神々の座だということになる。

ここで確認したいことは、三島にとって、「天皇」というモチーフは、このような拡《ひろ》がりをもっている、ということだ。つまり、天皇や英霊を題材にして作品化されていることがらは、「宇宙」や「宇宙人」といった寓意《ぐうい》的素材によっても表現することができる「何か」だということである。だから、その「何か」を探りあてるために、敗戦とか憲法改正とか戦後史といった、「天皇」にだけあてはまる問題に目を奪われてはならない。三島が文学と政治行動の両方で賭けていたことは、敗戦等々の主題をその一部に含んではいるかもしれないが、もっと一般的な問題、より普遍的な問題だったはずだ。三島由紀夫の同世代の友人、奥野健男は、繰り返し嘆いている。[*4]三島が割腹したときに残した檄文《げきぶん》や演説に表明された自殺の理由、つまり自衛隊に決起を促し、国軍としての自覚をもたらすとか、日本国憲法の改正とか、天皇陛下万歳とかといったことがらは、「世界的に認められた天才的文学者が自らの生命を断つ演出としては、余りに理由が小さ過ぎ、人類的な一般性がなかった」と。奥野の目から見ると「三島由紀夫のそれまで書いて来た文学作品や芸術理論の大きさ深さに対し、彼の檄文や演説は余りに小さく浅かった」。その上、「世界の人間の精神、いや日本人の精神をも揺り動かす必然性に欠けていた」。こう述べたあと、奥野は『美しい星』に言及し、そこにはもっと本質的で壮大な議論が展開されていたではないか、と記す。だからこそ、われわれはこう言うべきではないか。その本質的で壮大な「何か」の方こそが、自殺の真の理由だったのだ、と。

「天皇陛下」等の主張が、嘘であったとか、単なる口実のネタに過ぎなかった、と言っているのではない。それらも真実であったに違いない。つまり、天皇等によっても表現される「何か」、天皇等に託すこともできる「何か」が問題になっているのである。しかし、それは何なのか。探り当てるのは難しい。なぜなら、三島自身も、明晰に言語化できていないからだ。だから、われわれは解釈に苦しんでいるのである。

＊

その三島が大事にした「何か」は、天皇等をも素材にして表出されているわけだが、それに対する最も適切な隠喩的な素材は、「太陽」であろう。自伝的な要素もある、長文のエッセイ「太陽と鉄」――これは一九六五年から六八年にかけて季刊雑誌『批評』等を通じて発表された――には、タイトルにはっきりと表明されているように、太陽への崇拝がすなおに記されている。それによれば、三島は、二回の出会いを通じて、「太陽」を発見した。太陽との最初の出会いは、昭和二十年（一九四五年）の夏、つまり敗戦の夏である。そして、第二の出会いは、昭和二十七年（一九五二年）の、はじめての海外旅行でのことだ。それにしても、太陽とは何か。「太陽」というイメージを付与されているところの概念は何であろうか。

「太陽と鉄」の「エピロオグ」で、三島は、「地球を取り巻く巨きな巨きな蛇の環」が見えた、と書いている。この蛇は、やはり、神のようなものであろう。天空にいる神のイメージである。これが、「宇宙人」という虚構的な設定を呼び起こす源泉にもなっている。この「エピロオグ」に記されていることは、三島が、自衛隊の戦闘機Ｆ１０４に乗ったときの体験である。これによると、三島は、実際、戦闘機を宇宙船のように感じており、宇宙旅行を経験したような気分になっている。「蛇の環」は、その擬似的な宇宙旅行の中で見た一種の幻覚である。

天皇―蛇の環―宇宙（神）―太陽……は、「同じもの」に対する隠喩的な連鎖を構成していると考えるとよい。この系列の中で、あえて全体を代表するような項を挙げるとすれば、述べてきたように「太陽」ということになる。しかし、三島は、土俗的な太陽信仰のようなものを復活させようとしていたわけではない。太陽はたとえば天皇、神としての天皇と互換性がある。

『豊饒の海』全四巻の中で、三島の最後の行動をはっきりと予告していると言ってよいのは、言うまでもなく、第二巻の『奔馬』である。この巻の主人公飯沼勲は、昭和の「神風連」たらんとして、財界の大物蔵原を刺殺したあと、切腹して果てる（もちろん、このとき勲は二十歳である）。切腹の瞬間、彼は、太陽を見る。いや、太陽が彼を見ているのを見る。

勲は深く呼吸をして、左手で腹を撫《な》でると、瞑目《めいもく》して、右手の小刀の刃先をそこへ押しあて、左手の指さきで位置を定め、右腕に力をこめて突っ込んだ。
正に刀を腹へ突き立てた瞬間、日輪は瞼《まぶた》の裏に赫奕《かくやく》と昇った。
（『奔馬』）

これが、『奔馬』の結末である。『美しい星』の結末も見ておこう。宇宙人の大杉一家が、丘の上に登っていくと、そこには、銀灰色の円盤が待っている。それは、「息づくように、緑いろに、又あざやかな橙《だいだい》いろに、かわるがわるその下辺の光りの色を変えている」。大杉一家は、この輝く円盤で昇天し、宇宙へと帰っていくだろう。円盤が、勲が見た「日輪」と同じように昇っていくのである。『美しい星』のこの最後の箇所について奥野が指摘していることが鋭い。*5これは『豊饒の海』全体の結末、つまり第四部の大団円の構図と重なっている、と。ただし、実際に書かれた結末ではなく、計画だけされた結末の方である。第一章で見ておいたように、「昭四十八年」の計画によれば、本多は、天使のように――つまり宇宙人のように――降臨してきた清顕が「光明の空」へと船出し、帰っていくのを見るところで、『豊饒の海』は終わるはずだった。

それにしても、太陽とは何であろうか。太陽という隠喩によって表現されているものとは。この点については、後に考察するとして、今は、もう一度、強調しておく。この隠喩の系列は、一方で、実際になされた三島の割腹自殺を予言し（『奔馬』）、他方で、実際には書かれなかった『豊饒の海』の結末を先取りしている（『美しい星』）、と。この事実は、三島のクーデタ（未遂）は、われわれが今日完成された作品として読む、『豊饒の海』の結末ではなく、予定だけされて、書かれなかった結末の方に結びついている、というわれわれの解釈に対する、傍証となる。言い換えれば、『豊饒の海』の実際の結末は、別の方向を指しており、もうひとつの可能性を示唆していることになる。

2　鉄の肉体

太陽の相関項、太陽と対になっているのは、あのエッセイのタイトルが端的に指示しているように「鉄」である。太陽はとりあえず脇におくとして、それならば、鉄は何であろうか。それは何を意味しているのか。この問いへの答えは、さしあたっては、簡単だ。肉体である。鉄と親しいもの、鉄と結びついているものは、筋肉、肉体である。三島にとっての「肉体」の意味について、ここで考察しておこう。そうすると、『仮面の告白』と『愛の渇き』の後の、ここまでの考察の中でスキップしてきた、初期の作品をあらためて振り返ることもできる。

「太陽と鉄」で記しているところをそのまま受け取れば、三島は、太陽を発見すると同時に、筋肉の思想に目覚める。太陽こそが、筋肉を照らし、筋肉を見ている。先ほど引用した『奔馬』の結末でもそうである――もっともこの場面で、肉体は刀によって引き裂かれており、この点が重要なのだが、今は、先に進もう。鉄塊は――具体的にはダンベルやバーベルということになるのだろうが――、筋肉をよみがえらせ、形成する。三島は、おもしろい類比で、鉄と肉との関係を示している。それによると、近代生活において、筋肉は、古代ギリシア語のようなものである。近代生活では、古代ギリシア語は必要ないので、これを使えるようにするためには、特別な訓練や教養が必要である。同じように、筋肉は、忘れられた死語のようなもので、これを沈黙から饒舌へと転換するためには、鉄の助力による教養が必要なのだ。このように三島は語る。鉄と筋肉は密な関係にある。端的にこう言ってもよいだろう。鉄のような肉体が求められているのだ、と。あるいは、こうも言いたくなる。肉を己の身体から外化し、対象として措定すれば、それは鉄（のごとき塊）である、と。

三島由紀夫が、贅肉《ぜいにく》をもたない筋肉質の肉体に、つまり鉄の肉体に異常に執着し、自身の身体を徹底的に鍛え上げたことは、「三島由紀夫」という名前を知っている人ならば誰でも知っていることだ。いつから三島は、肉体を鍛え始めたのか。彼がジムに通いボディビルディングを始めたのは、昭和三十年（一九五五年）九月十六日であると、正確にわかっている。それは、三島が三十歳で、代表作中の代表作ともいうべき『金閣寺』の連載がスタートするわずか三ヶ月前である。その日から始まって、昭和四十五年（一九七〇年）の自裁の日まで、三島は、それこそ一日も欠かさず鍛錬を重ねた。三島の家族や彼と親しく交際してきた人たちの証言によれば、来客中であっても、しかるべき時刻がくれば、三島は鍛錬に励んだという。きわめて強《きよう》靱《じん》な意志、非常なまじめさである。

三島はどうして、これほどまでに肉体の改造にこだわったのか。よく知られていることを、まずは復習しておこう。もともと三島の筋肉はきわめて貧弱で、彼の運動神経は誰もが戸惑うほどに鈍かった。このことは、三島自身も認めていることだ。だが、三島が自分で書いている以上に、彼の肉体は貧相で、運動は苦手だったようだ。東大時代の友人で、評論家の丸山邦夫によれば、友人たちと一緒に海に行っても、ほかの皆は裸を晴天に晒《さら》しているのに、三島一人、長袖を着たままで、決して肉体の表面を露出させることはなかったという。*6 後年には――すでに見てきたように――「太陽―筋肉」は対をなすものとされるわけだが、最初は、三島の肉体は、太陽から逃げていたことになる。言い換えれば、太陽（からの視線）は、肉体が一定の価値を有することを承認している、ということにもなる。

ついでに述べておけば、鍛錬によって筋肉は改良されても、運動神経は向上しない。三島の運動神経の鈍さを伝えるエピソードはたくさんある。たとえば、三島は、ボディビルディングと同時にボクシングを始めるのだが、あまりにも動きが遅いため、相手からめった打ちにされ、これを見ていた石原慎太郎が、これでは世界的作家の脳が破壊されてしまう、とボクシングをやめさせた、という。あるいは、奥野健男が、角川版文学全集の折り込み月報に、揶揄《やゆ》ぎみに――もちろん親しみをこめて――、三島がスポーツが苦手な証拠として、あれほどたくさんの小説やエッセイを書いているのに、どこにも球技が登場しない、と書いたところ、三島は、本気で怒り、これは営業妨害だと、奥野に抗議したという[*7]。
この最後のエピソードがよく示しているように、三島は、自分の肉体の貧弱さに深い劣等感を抱いていた。肉体改造への三島の異常なまでの熱意は、この劣等感をばねにしている。述べたように、まじめな優等生のような徹底ぶりで鍛錬し、周囲で親しく交際している者には、ほとんど奇跡と思えるほどに、みるみるうちに、三島の肉体は逞しくなっていったという。会うたびに、筋肉がついていくのがはっきり確認できるほどだった。このように、三島の筋肉への拘《こだわ》りは、もともとの肉体への劣等感に由来している。

……ということは誰にでもわかることだ。が、こんな理解ですませていては、三島の文学や行動を真に理解したことにはならない。三島に、肉体やスポーツに関して、かなり暗い劣等感があったということはまちがいないし、それが、肉体への関心の原因（のひとつ）だったことも事実であろう。だが、われわれが、三島由紀夫に関心をもち、彼に魅了されるのは、彼が驚異的ながんばりで筋肉質の肉体を獲得し、劣等感を克服したからではない。三島個人にとっては、これもそこそこ重要なことだったかもしれないが、われわれにとっては、どうでもよいことである。

われわれは、三島の思想や世界観や美意識の全体に惹かれている。少なくとも、そこに並々ならぬものがあると感じている。そして、「肉体」は、三島の思想の中核的な要素である。若い頃三島にかわいがられていた高橋睦郎《むつお》は、三島の自決に関して、それは、国体のための殉死ではなく、肉体のための殉死だったはずであり、そのように断じても、決して三島の死を貶《おとし》めることにはならないだろう、と語っている。[*8] そうであるとすれば、われわれは、この水準で、「肉体」の意義を捉えなくてはならない。肉体がかくも重要であった理由を、思想的に説明しなくてはならない。

＊

留意しておくべき論点を確認しておきたい。三島は、『中央公論』の一九六八年七月号に、「文化防衛論」という文章を寄稿し、ここで「文化概念としての天皇」を提起した（第一章）。この文章に対して、橋川文三《ぶんぞう》が、同誌の九月号に批判的な文章を載せている。[*9] 橋川が特に問題視したのは、三島が、天皇と軍の直結を求めていた点である。橋川は、軍と天皇を結びつけてしまえば、それは文化概念の範囲をこえて、政治概念へと転じてしまう、とする。また事実の問題としても、天皇のもとに、国民皆兵の軍隊を集結させたことが、天皇の政治化を導き、悲惨な結果を生んだ、とも橋川は指摘している。

三島は、同誌の十月号に、短い再反論（「橋川文三氏への公開状」）を寄せているのだが、この論点に関しては、正面からは答えてはいない。だが、この指摘を無視したわけではない。逆である。むしろ、三島は、この批判点にとくに注目し、とりあげている。そして、奇妙な態度を取っている。三島は、橋川が論理的には正しいことを認めているのである。ならば、ひきさがって自説を修正したかと言えば、そうではない。橋川が正しいと言いつつ、天皇と軍の直結という点は譲れない、としているのだ（「文化（天皇）を以て軍事に栄誉を与えつつこれをコントロールすることであると考えます」[*10]）。

ということは、軍の上に天皇が直接に君臨し、天皇が軍に命令をくだすことは、三島にとっては、死活的に重要であって、論理がどうだとか、事実がどうだとかいうことには、まったく関係がない、ということである。どうしてなのか。天皇が、軍人として、あるいは戦士・武士として鍛えられた肉体の上に立ち、これを承認することが重要だったからではないか。

もうひとつ、「肉体」に関係することで、留意を求めたいことがある。「太陽と鉄」のごく最初の方で、言葉と肉体の関係について、いささかふしぎな、しかしたいへん印象深いことが書かれている。普通は、まず肉体があって、あとから言葉がやってくる。人は、言葉に熟達する前に、まずは肉体的な存在である。ところが、自分にとっては逆だった、と三島は言う。つまり、三島の場合には、「まず言葉が訪れて、ずっとあとから、甚だ気の進まぬ様子で、そのときすでに観念的な姿をしていたところの肉体が訪れた」というのだ。このようであったがために、肉体は「すでに言葉に蝕まれていた」と三島は書く。この点は、白木の柱と白蟻に喩えられ、次のように言い換えられている。

〔普通は〕まず白木の柱があり、それから白蟻が来てこれを蝕む。しかるに私の場合は、まず白蟻がおり、やがて半ば蝕まれた白木の柱が徐々に姿を現わしたのであった。

（三島由紀夫『告白――三島由紀夫未公開インタビュー』TBSヴィンテージクラシックス編、講談社、二〇一七年）

白蟻が言葉に、白木の柱が肉体に対応することは明らかだろう。「白蟻に蝕まれたもの」として白木の柱が、つまり肉体が現れ、存在を開始した、というわけだ。どういう意味であろうか。

3 「潮騒《しおさい》」と「密室」

三島自身の説明によると、肉体は、まず言葉のレヴェルで存在し始めた。実際の事実の問題としても、この自己解説通りになってはいる。どういうことか。前節で、三島が肉体の鍛錬を始めたのは、『金閣寺』を書き始めた頃で、三十歳だった、と述べた。しかし、そうした鍛錬によって獲得することが目指されている肉体は、小説のレヴェルでは、その前年に完成しているからである。その小説とは『潮騒』である。この小説の主人公、「歌島」という小島（伊良《い ら》湖《ご》岬の西方の三重県神島《かみしま》がモデル）に住む、漁師の若者久保新治の肉体こそ、三島が、何が何でも獲得したいと願う肉体にほかならない。

だが、見ようによっては、これは奇妙なことである。『潮騒』という作品にはふしぎなところがあるのだ。どこが？　今述べたような思想的にきわめて重要な意味を担うには、この小説は、文学的にはあまりにも駄作なのだ。『潮騒』は、三島の作品の中でおそらく最も有名で、広く読まれている小説だろう。何度も映画になったり、テレビドラマになったりしており、高い人気を誇っている。が、文学の専門家で、これを三島の傑作のひとつに数える者はほとんどいまい。そもそも、この作品には三島らしさが全然ない。三島的なひねりがまったく見られないのだ。

新治は、心身ともに、健康そのもの、これほど健康なところが病気だ、と言いたくなるほど健康である。親孝行で、村にもよく尽くし、大人たちへの反抗心も抱かず、正直者で、陰湿なところは微塵《みじん》もなく、働き者で、常に前向きだ。彼の恋の相手となる少女、宮田初江も同じように健康である。敬老の徳をもち、優しく、美しく、純潔だ。二人は、大人たちに隠れて性交渉をもつこともない。彼らは、村の掟《おきて》にかなった大恋愛の末に、善良な村人たちに祝福されて結ばれる。その間、邪悪な者の企みは破られる。

このように、文科省認定の道徳の教科書に収まっていそうな、つまらない作品である。考えてみると、三島という作家は、ずいぶんたくさん手抜きの、文学的には価値がない小説も書いてはいる。一生懸命書いたが、失敗に終わった、というのではなく、自分でも自覚的に手を抜いて書いた作品が三島にはずいぶんあるのだ。『にっぽん製』（一九五三年）、『永すぎた春』（一九五六年)、『愛の疾走』(一九六三年)などがそうした部類に属する作品である。[*11] とすると、『潮騒』も、そのような肩の力を抜いた作品のひとつだろうか。違う。そう見なすこともできない。奇異な表現かもしれないが、この作品に関しては、三島は意図的に、きわめて慎重に、一生懸命駄作を書いたのではないか、と言いたくなるのだ。たとえば、次のような風景描写を読んでみよ。

歌島燈台からは東南に太平洋の一部が望まれ、東北の渥美湾をへだてた山々のかなたには、西風の強い払暁《ふつぎよう》など、富士を見ることがあった。〔中略〕明るい海の空に、鳶《とんび》が舞っている。鳶は天の高みで、両翼をためすようにかわるがわる撓《しな》らせて、さて下降に移るかと思うと移らずに、急に空中であとずさりをして、帆翔《はんしよう》に移ったりした。(『潮騒』)

奥野健男はこの部分を引用して、まるで「銭湯のペンキ絵みたいな陳腐な伝統的風景」と酷評している。[*12] 確かにその通りで、観光案内の説明書を読んでいるようだ。しかし、逆に、ここまで隙なく紋切り型の表現で固めるためには、かなり慎重に語彙を選び、文章を組み立てなくてはならない。作家は、『潮騒』に大きなエネルギーを注いで、それを「駄作」にしているように見えるのだ。

ところで、ここで、またしても奥野健男に導かれて、次の事実に注目してみよう。『潮騒』

は、昭和二十九年（一九五四年）六月十日を発行日とする書き下ろしの小説なのだが、三島は、これとほとんど同時期に発行されたと思われる『新潮』七月号に、「鍵のかかる部屋」という短篇小説を発表している。「鍵のかかる部屋」は、『潮騒』とはまったく対照的で、三島的なひねりのある作品である。それは、人間の暗部を意地悪く暴いており、人間の性的な頽廃を、タブーをものともせずに指摘している。この作品は、成人した男の、まだ十歳にも満たない少女への欲望を描いている。次のようなストーリーである。

主人公の児玉一雄は、大学を出たばかりの財務省のエリート事務官である。彼はある日、ダンスホールで、桐子という人妻を知る。桐子に招かれて、彼女の家に行くと、夫は深夜まで帰宅しないとのことで、「肥った、まっ白な、毛の薄い、蛆《うじ》のような」女中のしげやがいて、さらに、桐子と、その九歳の娘房子――孤独でひとなつっこい女の子――が、一雄を迎えた。晩《ばん》餐《さん》の後、桐子は、一雄を応接間に導き入れ、ドアの鍵をかけた。この部屋で二人は関係をもつ。その後、桐子と一雄は、この「鍵のかかる部屋」で秘密の情事を重ねたのだが、ある日、桐子が情交の最中に、衝心で死んでしまう。桐子が死んでから一月ほどして、一雄がまたその家を訪ねると、房子が喜んで彼を迎え、母親の死を悲しんでいる様子はまったくない。それだけではなく、房子は、桐子の真似をして、一雄を応接間に入れ、鍵をかけた。

その後の小さな出来事は省略するが、しばらく間をおいたある日の昼間、一雄は、突然、あの「鍵のかかる部屋」で休みたくなり、その家を訪問してみると、女中のしげやだけではなく、学校に行っているはずの房子も在宅しているので、一雄は少し驚く。一雄は、例の応接間に通され、そこで待っていると、房子が、着物を着て、爪にマニキュアを塗ってやってきた。房子の妙に大人っぽい姿に「女」を感じた一雄は、彼女に接吻した。その後、しげやに呼ばれた一雄は、二つのことを聞かされる。まず、その日、房子に初潮があったこと。そして、驚いたことに、房子は、桐子の子ではなく、しげやの子だったということ。一雄は、房子に別れを告げ、もう二度と会わない、と彼女に言う。房子は、一雄の別れの告知を黙って聞いていたのだが、一雄が部屋を去ると、自ら内側から鍵をかけた。「一雄は鍵のかかった扉に背をあてて立っていた。部屋のなかには物音一つしなかった。部屋のなかにいるのは桐子かもしれなかった」で、作品は閉じられる。

『潮騒』と「鍵のかかる部屋」との間には、ストーリーの点では何のつながりもない。登場人物もまったく関係がない。設定に、ほんのわずかな重なりもない。が、しかし、私は、ここでひとつの大胆な仮説を提起してみたい。同時に発表されたこの二つの作品は、ある構造的な依存関係がある、という仮説である。もっとはっきり言えば、一方で、「鍵のかかる部屋」のような作品を書いていたからこそ、三島は、他方で、『潮騒』を書くことができたのではないか。それは、自分の文学的・芸術的な趣味に合わない凡作を書いたストレスを、本気で書いた小品で発散させていた、というような意味ではない。『潮騒』のような、慎重に組み立てられた「駄作」、そして自身の「肉体」の理想を提示する作品を書くためには、何らかの理由によって、

「鍵のかかる部屋」のような作品が同時に書かれている必要があったのだ。『潮騒』を書く態度を可能にする論理的な条件を、「鍵のかかる部屋」を書くことが与えているように思えるのだ。

4　悠一は俊輔の求愛を受け入れられるか

こんな奇抜な仮説を立てるにあたっては、もちろん、根拠がある。根拠とは、これら二作よりも前の作品である。

まず『潮騒』に関して、三島は、次のように語っている。よく引かれる文章である。

こんな試みのあとでは、何から何まで自分の反対物を作ろうという気を起し、全く私の責任に帰せられない思想と人物とを、ただ言語だけで組立てようという考えの擒になった。
（「十八歳と三十四歳の肖像画」一九五九年）

『潮騒』の主人公の新治に関して、当時の三島のことを思えば、「何から何まで反対物」であるというのは、まさにその通りである。三島は、新治とは正反対の虚弱な肉体の持ち主で、彼とは無縁の暗い情念やコンプレックスに囚《とら》われていた。が、同時に、この自己解説は、文字通りに受け取れない部分もある。というのも、述べてきたように、新治の肉体こそ、その後、三島が求めるものでもあるからだ。つまり、新治は、三島とまったく無縁とは言えない。三島は、新治でありたい、と願っているからだ。

ところで、この引用で気になるのは、「こんな試みのあと」という表現である。どの試みのことを指しているのか。引用文の前を読むと、すぐにわかる。それは、二部構成の長篇小説『禁色《きんじき》』のことである。『禁色』に関して、三島は、「私の人生がはじまった」という一文に続けて、こう述べている。「私は自分の気質を徹底的に物語化して、人生を物語の中に埋めてしまおうという不逞な試みを抱いた」と。つまり、『禁色』では、自分自身の人生を物語として言語化しようとしたが、それに苦戦し、挫折したので、今度は、自分とは正反対の人生を言語によって組み立ててみようと思った、というわけである。

だが、『禁色』という小説の構造と内容を見ると、事態はもう少し複雑であることがわかる。この作品の第一部と第二部は、少し間を置いて書かれている。第一部は、昭和二十六年（一九五一年）に『群像』で連載され、同年中に単行本として刊行された。その後、例の世界旅行――「太陽」の二度目の発見の機会となった半年間の世界旅行――が挟まれ、第二部は、昭和二十七年（一九五二年）の夏から翌年の夏にかけて、『文學界』で連載された。第二部が単行本として刊行されたのは、昭和二十八年（一九五三年）九月のことである。『禁色』には、倒錯的で悪魔的な人生が描かれている。

まず第一部からストーリーを要約しよう。主人公は、檜《ひのき》俊輔《しゆんすけ》という名の老作家である。彼は、作家としては高く評価されたが、肉体的には醜く、恋愛や結婚という点では不幸だった。

結婚は三度してすべて失敗に終わり、その他、多くの惨めな恋愛を経験してきた。そのため、俊輔は、女を深く憎悪している。ここで、すぐにわかるはずだ。檜俊輔とは、将来の三島由紀夫にほかならない。三島が「自分の気質を徹底的に物語化し」たとき、導かれるのが、「檜俊輔」である。実際の三島は、四十五歳で自殺しているから、俊輔の年齢まで生きていない。しかし、当時二十六歳の三島は、四十年後の自分を思い描いているのだ。さらに付け加えておけば、老醜をさらしている檜俊輔は、『豊饒の海』の本多の前史であると見ることもできる。

さて、『禁色』の最大の工夫は、俊輔の「道具」となる副主人公がいることだ。南悠一という名の青年である。悠一は絶世の美青年、究極の、これ以上はありえない美青年ということになっている。三島は、彼の容姿について、形容詞を尽くして描いているのだが、その割には——というよりそのせいで——具体的なイメージを思い浮かべられない。とにかく「希臘《ギリシャ》古典期の彫像よりも、むしろペロポンネソス派青銅彫像作家の制作にかかるアポロンのような」感じらしい。ここでわかるだろう。悠一は、『潮騒』の新治に当たるということが。『潮騒』では、著者である三島が、作品の外にいて、作品の中に新治という人物・肉体を造形したわけだが、この「三島：新治」という、作品の内部と外部の関係が、『禁色』では、作品そのものの内部に、「俊輔：悠一」という形式で入っているのだ。

三島由紀夫（外部）：新治（内部）

＝俊輔（内部）：悠一（内部）

悠一は、醜いために女に決して愛されることがない俊輔が求めている肉体、俊輔にとって（到達できない）理想としての肉体である。この悠一は実は同性愛者だという設定になっている。俊輔が悠一を使って、女たちへの復讐《ふくしゅう》を果たす、というのが『禁色』第一部の基本的な筋である。悠一は美しいので、女たちは彼を好きになるが、悠一の方は、女に関心がないので、女たちは絶望せざるをえない。十九歳の康子は、悠一と結婚したため、同性愛者の妻という不幸を生きなくてはならなくなる。また、かつて俊輔に美人局《つつもたせ》を仕掛けた鏑木《かぶらぎ》元伯爵夫人は、悠一を愛するが、悠一と自分の夫が恋仲で、二人の情交を覗き見てしまったショックで自殺してしまう。

変な話といえば変な話ではあるが、第一部は、このように、とりあえず筋が通されている。しかし、第二部の構成に、三島はたいへん苦労したようだ。そのことは、冒頭から示される。第一部の結末を書き換えるところから始まっているのだ。自殺したことになっている鏑木夫人は、実は失踪だった（つまりまだ生きている）と、修正される。このことは、最初のプラン通りには、小説が書けなくなったことを示している。どこに困難があったのか。

第一部では、悠一は、俊輔の完全な操り人形であり、彼の道具であった。ところが、悠一は、突然、こう叫ぶ。「僕はなりたいんです。現実の存在になりたいんです」と。悠一自身が、俊輔から独立した能動性を主張し始めたのである。第二部では、悠一は、俊輔の意向とは関係なく勝手に次々といろいろな男と関係をもつ。さらに悠一は、失踪した鏑木夫人に恋愛感情をもつようになる。もっと困ったことは、俊輔の方が、自分の同性愛的な性向に目覚め、次第に悠一を愛するようになってしまうことだ。俊輔と悠一との主客関係が、第一部とは逆転してしまう。

この小説をどうやって終わらせればよいのか。結末は、俊輔と悠一の関係をどのように決着させるかにかかっている。当然、論理的には二つある。悠一が俊輔の求愛を受け入れるか、拒否するか、である。三島は、創作ノートで、その両方を検討している。三島は、悠一が俊輔を拒むという方向で、筋を運ぼうとしていたようだ。また、逆に、悠一が俊輔を受け入れる場合はハッピーエンドに見えるが、この結末に、三島は、とんでもない展開を付け加え、悠一が拒否したときよりもっとひどいことになるだろうと暗示している。俊輔は、悠一のような美しい青年が、自分のような醜悪な者を愛するのにはとうてい耐えられないという理由で、服毒自殺してしまうのである。どちらに転んでも、俊輔によいことはない。結局、どちらの結末が選ばれたのか。実際に書かれた結末は、このどちらでもない。俊輔による悠一への性的な意味合いの求愛は直接に描かれず、その象徴的な代理物として、二人はチェスの勝負をする。俊輔は、このチェスに敗れ、自殺する。俊輔の莫大《ばくだい》な遺産を相続することになった悠一は、茫然自失《ぼうぜんじしつ》して取り残されることになる。これが『禁色』の終わりである。

ここで三島は逃げている。悠一が、俊輔を受け入れるかどうかを決めることから、である。チェスに委ねることで、悠一は決断せずに済んでいるのだ。三島は、『禁色』を、自ら失敗作であると述べている。どこに困難があったのか。

悠一は、俊輔＝三島にとって、理想の肉体を具現している。ということは、俊輔＝三島の醜さを補い、さらに反転するような究極の美が、悠一の肉体において実現していなくてはならない。悠一が、俊輔＝三島にとって理想の肉体であるためには、悠一が、ただの人形、ただの玩具《おもちゃ》であってはならず、それ自身、固有の主体性・能動性をもたなくてはならない。すると、ここには、ひとつのアンチノミー（二律背反）が出現する。一方で、悠一は、俊輔に対して、自分がそうなりたい——したがってそうなりうる——と見なしうる像として提示されているのだから、悠一の肉体と俊輔の肉体は、少なくともそうした希望が有意味でありうるくらいには類似していなくてはならず、それゆえ、両者の間に相思相愛の関係が成り立ってもおかしくないはずである。しかし、他方で、俊輔に類似しているようでは、悠一は、俊輔の醜さについての劣等感を完全に埋め、反転させることができなくなってしまう。悠一の肉体の美しさは、俊輔から圧倒的に隔絶していなくてはならず、両者の間の恋愛など不釣り合いで、とうてい成り立たない。要するに、悠一という肉体は、俊輔＝三島と（ほぼ）同じでなくてはならず、かつ、俊輔＝三島から圧倒的に隔たっていなくてはならない。この矛盾はもちろん満たすことができないので、作品は破綻した。

『潮騒』は、この失敗に対処するものだと解釈できる。まず、作家を、作品の外部にはじき出した。つまり、三島は、自分の分身を作品の中の登場人物に据えることを断念したのである。

その上で、三島は、悠一に当たる人物、つまり新治を、自分とは何から何まで正反対な人物とし、とりわけその肉体は、いかなる欠陥もなく、完璧に健康で美しいものにした。これで『潮騒』の世界になるわけだが、しかし、まだ重要な課題が残っている。

三島にとっては、自分とは無縁な世界をただ造形してみただけでは、意味がない。新治は、三島本人とはかけ離れているようであっても、なお、三島が自分をそこに投影できるような理想でもある。三島は、こう言えなくてならないのだ。新治は、私の反対物でありかつ、私自身でもある、と。このアンチノミーが通用しなくては、『潮騒』は成り立たない。その矛盾を可能なものにしたのが、「鍵のかかる部屋」である。どうして、「鍵のかかる部屋」がそんな不可能を可能にしたのか。その理由は、ただ作品の内容をたどるだけでは説明できない。作品そのものから離れた、いささかめんどうな哲学的な推論が必要になる。次章は、その説明から入ることになる。

＊1　吉田大八監督が、この作品を、二十一世紀の現在（二〇一七年）の文脈に移して映画化した。
＊2　奥野健男『三島由紀夫伝説』三百八十六頁。
＊3　この不自然さを回避するため、吉田監督の映画版では、大杉家の一人が「地球人」とされている。

＊4　奥野、前掲書、四百五十七頁。
＊5　同書、三百八十九頁。
＊6　同書、三百三十七頁。
＊7　同書、三百三十九頁。
＊8　高橋睦郎『在りし、在らまほしかりし三島由紀夫』平凡社、二〇一六年。
＊9　橋川文三「美の論理と政治の論理――三島由紀夫『文化防衛論』に触れて」(中島岳志編『橋川文三セレクション』岩波現代文庫、二〇一一年)。
＊10　三島由紀夫『文化防衛論』ちくま文庫、二〇〇六年。
＊11　三島自身が、手を抜いた凡作をまさに凡作として自覚し、世に送っていたということは、たとえば、三島と親しい関係にあって、ずっと彼から献本を受けていた者による次のような証言からもわかる。三島は、自ら文学的に価値があると認めている本は、署名して献本したという。それに対して、手を抜いた作品は、署名なしで送られてくる。たまに、友人の文芸批評家が、どこかの雑誌などに依頼されて、その手抜き作品を書評したりすると、三島はたいへん機嫌が悪かったという(奥野、前掲書、三百四頁)。
＊12　同書、三百十五頁。

第五章　「吃《ども》り」の告白

1　『私が見出した世界』という本

三島の全小説の中で最も「小説」らしい小説、小説であることの必然性を帯びた（唯一の）小説[*1]、あの自伝的な小説『仮面の告白』は、どうして「仮面」の告白なのか。告白の主体が仮面であるということは、自家撞着的《どうちゃくてき》ではないか。告白するということは、「私」についての真実、嘘偽りのない「私」の素顔、「私」の深層を吐露することだからだ。「仮面が告白している」という言明には、嘘つきのパラドクスを連想させる矛盾があるように思われる。どうして、仮面の告白なのか。

この疑問に対する正解は、こうである。通念に反して、仮面だけが告白することができるからだ、と。いや、告白すれば、その主体は必然的に仮面になるからだ、と言った方がより正確かもしれない。このことの意味を例解する、まさに「仮面」――比喩ではなく実際の仮面――を用いた、まことに教訓的な事実がある。二〇〇一年十二月にアルゼンチンが経済危機に陥ったときのことだ。国民の批判は、経済大臣のドミンゴ・カヴァロに向けられた。カヴァロは、その十年前に経済大臣にあったときには、兌換制《だかんせい》の導入によってハイパーインフレーションを鎮圧することに成功した実績があったので、今度も危機を打開してくれるだろうと国民に期待されて経済大臣に復帰していたのだが、二〇〇一年には逆に、彼の兌換制への執着が不況を深刻なものにしてしまった。怒り狂った群衆が、カヴァロがいた建物の周りに押し寄せたとき、彼は、仮面を被って建物を脱出し、群衆の中を通り抜け、まんまと逃げることに成功した。そのときカヴァロが被った仮面は、何と自分自身の仮面だったのだ。当時、彼を嘲るデモ隊のために、巷《ちまた》では、カヴァロの仮面がたくさん売られていたらしい。*2 この例は、自分自身の仮面こそが最も完全な仮面、仮面の中の仮面だということをわれわれに教えてくれる。

このエピソードが示していることは、「仮面」として機能する表層が提示されると、われわれはその「仮面」の向こう側に、「仮面」そのものとは異なる「素顔」の存在を想定してしまう、ということだ。表層として提示されているものが、言語による告白であった場合も同じである。告白されたというそのことによって、それは、素顔＝真相を隠蔽する、あるいは素顔＝真相そのものとは合致しない、「仮面」あるいは「スクリーン」になる。告白こそが、仮面にならざるをえないのだ。「私はXである」(①)という告白が仮面になるということは、この言明が、「私は not Xである」(②)に変換されてしまう、ということだ。①と②の両方の言明を総合すると、「私は not 私である」(③)という、自同律を真っ向から否定する言明を得ることができる。

こうした論理を前提にすると、前章の後半に提起した疑問を解くことができる。三島は、最初は、自分自身の分身を主要登場人物に据えた小説（『禁色』）を書こうとしたが、失敗した。その後、逆に、自分とは正反対の人物を主人公とした小説（『潮騒』）に、三島は「成功」する。ただし、その正反対の人物は、三島にとっては、自らが獲得を目指す理想の「肉体」でもある。この「成功」には、ほぼ同時に発表された短篇「鍵のかかる部屋」が与《あずか》っていたように見える。だが、どのような意味で、「鍵のかかる部屋」が、『潮騒』の「成功」の条件となったのか。これが、懸案の疑問であった。

＊

基本的な哲学的構成だけを説明するかたちで、この疑問に答えておこう。ポイントは、短篇小説の表題にもなっている部屋、鍵がかけられてしまう部屋である。主人公の児玉一雄は、最初は、その部屋の中に導かれて、人妻の桐子と不倫の情事を重ねるのだが、小説の結末では逆に、その部屋から締め出されることになる。一雄が情欲を感じた少女、房子が、部屋の中に引きこもり、内側から鍵をかけてしまうのだった。一雄は、もうその部屋に入ることはできないだろう。扉に鍵がかかっているということによって、部屋は、その外にいる者にとっては「原理的に行くことができない場所」を一般的に表現する隠喩としての価値をもつことになる。

人間にとって、「原理的に行くことができない場所」とは何であろうか。たとえば「死」がそうである。われわれは生きている限り、――当たり前だが――死んでいない。つまり生きている限り、死の世界に入ることはできない。これは古代ギリシアの哲学者エピクロスが言ったとされている箴言《しんげん》だが、真理だと言わざるをえまい。ずっと後に、ヴィトゲンシュタインが『論理哲学論考』に、同じことをこう記している。「われわれの生は終わりをもたない」[*3]（筆者訳）と。この命題は、人間という動物が死なないという非科学的なことを主張しているわけでもなければ、霊魂は不死だという宗教的なことを述べているわけでもない。生の内側から、終わり（死）に到達することはできない、と述べているのである。終わりに辿り着いたときには、もはや生ではないからだ。そうだとすれば、生には終わりが属していない、生には終わりがない、と結論せざるをえない。死は、生との関係で、いわば「鍵がかかっている部屋」にあたる。人はどうしてもそこに入ることはできない。

ここまでは当たり前のことだが、その上でふしぎなことは次の点だ。にもかかわらず、われわれは「死」について何ごとかを知っているのだ。われわれは、自分自身が死んでいるという状態が当の自分にとってどのようであるかを経験することは原理的にできないし、想像することすらできないはずなのに、自分の死について何かを知っている。さもなければ、われわれは、死に特別な恐怖を抱くことがない。動物の個体も死を回避する傾向をもつが、死に特別な恐怖を——ほかの危険に対する恐怖とは別種の恐怖を——抱いているわけではない。ところが、人間は、死に形而上学的な恐怖を抱いたり、ハイデガーが唱えたごとく、死への先駆を通じて生の有限性への痛烈な自覚をもったりする。そうである以上、ある意味で、人間は自分の死を知っている。われわれが獲得する（自分自身の）死についての観念や想像は、どこにあるのか。生の側か死の側か。それは、定義上、生の内側にあると見なさざるをえない。生の中に、「生の否定（死）」が入り込んでいるのだ。

「鍵のかかる部屋」という小説の哲学的な含意は、後ろから遡及的に読むことによって、引き出すことができるのではないか。というか、この小説自体が、そのような読みを示唆している。前章で引いておいたように、結末で、一雄は、自分の背中側で閉じられた扉の向こう側に——そこからは何も聞こえてこない沈黙の空間に——、（本来いるはずの房子ではなく）すでに死んだかつての愛人、桐子がいるのではないか、という予感をもつ。一雄は、もはやそこへと行くことができない場所の空虚を、過去の生＝性の記憶によって埋めているのである。これは、生のうちへと参入した「死」の隠喩として読むことができる。われわれは実際、「死」——具体的に経験することも想像することも不可能な世界——を、何か特殊な生の様態として、思い描くだろう。

「原理的に行くことができない場所」は、私の死だけではない。先に引用したヴィトゲンシュタインの『論理哲学論考』の命題は、こう続く。「われわれの視野に限界がないのと同様に」。

この命題も、人間の視線は神の全知の視線のように遍《あまね》く届き、すべてを見通すことができる、という趣旨ではない。視野の限界やその向こう側は、定義上、視線が届かないのだから、視野の中にはない。つまり視野には限界が含まれないことになる。「鍵のかかる部屋」という比喩に、「死」よりもっと適合的なのは、こちらの方であろう。閉じられた部屋の中は、文字通り、視野の限界（の向こう側）だからである。

「視野の限界」についても、「死」と同じ不可解さがある。われわれは絶対に視野の限界を見ることができないはずなのに、自分の視野に限界があることを知っているのだ。まるで、視野の限界（の彼方《かなた》）を見たことがあるかのように、である。

ヴィトゲンシュタインは、『論理哲学論考』の別の箇所で、ほぼ同じ趣旨を一般化したかたちで、こうも述べている。もし『私が見出した世界』という本があって、私が見たこと、経験したこと、考えたこと等のすべてが書かれているとしても、そこには、まさにこの本を書いている主体としての「私」だけは決して言及されることはない、と。[*4] もちろん、その本には、「私がこのような日記のような本を書いている」ということが書かれているだろうが、しかし、そのように対象化されている「私」は、まさにこれを書いている主体としての「私」とは一致しない。結局、「私」は、『私が見出した世界』という本の全体によって定義されなくてはならないが、この本自体がまるごと、同じ本の中で言及され、引用されることはない。『私が見出した世界』を、この本の中で、「これ」として指し示すためには、まさに「これ」が、それとの差異において同定される対照項、つまり、「私が見出さなかった世界」「私の視野の外の世界」が、『私が見出した世界』の中に書き込まれていなければならない。しかし、もちろん、そのような本のことが、「私が見出した世界」で言及されることはない。それは、私が見出していないのだから。……ここまでが、ヴィトゲンシュタインが述べたことの解説だが、繰り返せば、ふしぎなことはその先にある。

　それにもかかわらず、私は、私の視野に限界があること、すなわち「私が見出した世界」は有限で、その外部に「私が見出さなかった世界」が同じ権利で存在していることを知っているのだ。あたかも、『私が見出した世界』の中に、「私が見出さなかった世界」が言及されているかのように、である。

「私が見出さなかった世界」は、定義上、私の否定「not 私」であり、要するに、他者である。「私」そのものと同一視することができる本『私が見出した世界』の中に、「not 私」が、何らかの仕方で組み込まれ、言及されている。結論的に言えば、「鍵のかかる部屋」とは、まさにこれに、「私」の内にあって、あるいは「私」自身でありながら「私ならざるもの（not 私）」に対応しているのだ。「鍵のかかる部屋」というタイトルをもつ小説は、このような場所を、三島自身の精神のうちに確保するものだったのではないだろうか。

『潮騒』は、この場所、「鍵のかかる部屋」に対応する場所に、新治という青年を代入したのである。新治は、三島から見れば、「私の反対物」つまり「not 私」である。しかし、新治は三島のあるべき肉体、当為としての肉体を具現しているのであり、その限りでは、「私」自身でもある。

2 「私は、……貞三は……」

前章で紹介したように、三島は、「太陽と鉄」の中で、肉体——ここまでの論述からこれが「not 私」の位置を埋める形象であることは明らかであろう——は言葉の後からやってきた、と論じている。つまり、自分の場合には、まず「白蟻」（言葉）がいて、そのあとに、白蟻に蝕まれるべき「白木の柱」（肉体）が浮上したのだ、と。ということは、肉体は、言葉の、告白の効果であり、その産物だということになる。ここまでのわれわれの議論は、三島のこのような自己反省に符合していると言えるだろう。

三島についての以上の解釈に対して傍証となるような作品を、ひとつ取り上げておこう。「博覧会」という短篇小説である。いかにも未完成といった印象を与える小品で、三島の文学的評価が目的であれば取り上げるほどの小説ではないのだが、三島の精神の変容を見定めるにはよい。というのも、「博覧会」が発表されたのは、「鍵のかかる部屋」のわずか一ヶ月弱前、つまり昭和二十九年六月なのだ。この作品は、「鍵のかかる部屋」の直前に書かれたに違いなく、それゆえ、「鍵のかかる部屋」への道程をわれわれに教えてくれる。しかも興味深いことに、「博覧会」は——この作品はいかにも未完成の印象を与えると述べたが——まさに、未完成の小説についての小説なのだ。
この小説は、「私」と一人称で語られる。「私」が、西鶴《さいかく》の『好色一代女』の女主人公が堕胎した児《こ》の幻を見る場面等を思い出しているところから始まる。そして、「私」（つまり三島自身）は、「小説家もたびたび流産をする」と語る。原稿用紙で二、三枚ほど書かれたところで、放棄される小説がある、という意味である。このとき、準備された主人公は打ち捨てられることになる。「大庭貞三」という名前の主人公もその一人だという。だが、「私」は、大庭貞三という名を気に入っている、といった趣旨のことが語られる。その大庭貞三は、夜の帳《とばり》が降りる頃、ときどき現れる。「私」が、「時間の急転直下の陥落」を感じるような瞬間に、貞三は「私」に憑依《ひょうい》するようなかたちで現れるのだ。この小説では、貞三は――「私」以外の人には見えない――、公園内の自動車博覧会に出向き、自動車製作の図解を逆にたどるようなかたちで、想像の中で自動車を解体したりする。
われわれの考察にとって興味深いのは、貞三に取り憑かれた「私」が、自分が「私」なのか、貞三なのかわからなくなってしまうことである。その奇妙な感覚は、次のように記される。

私は、というより、貞三に憑《つ》かれた私は、「貞三は」と書いたほうがいい、……貞三は身を起す。そうして彼自身の世界を彼のまわりに発見する。

この世界には何かが欠けている。たとしえなく大きなもので、しかも目に見えないものが欠けている。根本的な条件が欠けているのだ。
この世界に直面するとき、貞三の中にまだ残っている私は、云わん方ない恐怖を味う。自分の手が脱落し、足が脱落するのが感じられる。カレンダアから曜日が落ち、行為からは意味が落ちる。
しかしこの恐怖は永くつづかない。貞三は完全に私に乗り移る。貞三の世界は、貞三にとっては自明の理だ。

（「博覧会」『文豪怪談傑作選　三島由紀夫集　雛の宿』）

大庭貞三は、まさしく「私」の内なる「not 私」、「私」であるところの「not 私」であろう。[*5]
今引用した箇所は、先に紹介したヴィトゲンシュタインの思考実験と見事に対応する場面だ。これは、『私が見出した世界』が、『貞三（＝not 私）が見出した世界』へと変容しようとしている瞬間にあたるからだ（「私は……」が「貞三は……」に置き換えられ、貞三の世界が見出される）。変容が不完全であるときには、何か根本的なものが、目に見えない何かが欠けているという恐怖感が残るが、変容が完了したときには、その恐怖は消える。
いずれにせよ、大庭貞三は、流産の結果、外界に出てきてしまい、十分に生きることができなかった胎児である。ストーリーの上では、全然つながりがないが、次に書かれた短篇小説「鍵のかかる部屋」は、早産に過ぎた「博覧会」を継承した完成品であろう。この小説で、三島は、独り立ちできる子を創ったのではなく、胎児がその中で十分に成長することができる健康な子宮を創ったのだ。その子宮こそが、鍵がかけられた部屋である。その中には、とりあえずは、桐子とか房子とかといった「鍵のかかる部屋」の女たちが入れられた。しかし、この子宮のような部屋の中で十分に成長し、産声をあげ、独り立ちをした最初の子どもは、『潮騒』の主人公、久保新治である。

＊

「博覧会」で、大庭貞三という人物は、はっきりとした輪郭をもてず、最後には人ごみの中に消えてしまう。（大庭貞三が取り憑いた「私」の想像の中で）原形を失うまでに分解され尽くす自動車は、この未完成で、あいまいな主人公の隠喩であろう。先ほどこの大庭貞三が成長し、明確な輪郭をもったときに現れるのが、久保新治だと述べた。大庭貞三の「成長した姿」、大庭貞三の変異したヴァージョンは、実は、もう一人いる。奥野健男をはじめとする何人かの批評家がすでに指摘してきたことだが、それは、三島の晩年の短篇小説「荒野より」（一九六六年）で、三島の家に闖入《ちんにゅう》してきた青年である。この青年は、「博覧会」で視野の外へと消え去った後に、回帰してきた大庭貞三であるように見える。ここでの考察をさらに補強する意味もあるので、この晩年の作品をもごく簡単に見ておこう。

「荒野より」は、梅雨時のある朝、熱狂的な三島ファンの青年が勝手に三島の書斎に入ってきて、家中が大騒ぎになり、警察を呼んで逮捕させた事件の顚末《てんまつ》を語っている。実話であるかのように書かれているが、作り話であろう。小説の中で、青年は、三島の地図にはない荒野からやってきた、とされている。三島がもっている「地図」は、まさしく三島の目が届く視野、つまり三島の『私が見出した世界』にほかなるまい。青年は、三島の『私が見出した世界』の外から、この本の中に、突如として侵入してきたのだ。

書斎で、青年の蒼ざめた顔と対峙《たいじ》したとき、「私は自分の影がそこに立っているような気がした」。大庭貞三と同様に、この青年もまた、他者でありつつ、三島自身の分身である。「荒野より」で三島は、「私の精霊は、日夜、孤独のありあまった人々の住家《すみか》を歴訪する」と書く。この孤独な彷徨《ほうこう》は、大庭貞三の徘徊《はいかい》を連想させる。

3 『仮面の告白』から『金閣寺』へ

さて、今や、長篇『金閣寺』を論ずる機が十分に熟した。そう認定する理由はすぐ後に述べるが、その前に、この作品の概要について確認しておこう。『金閣寺』は、昭和三十一年(一九五六年)一月から十月にかけて『新潮』で連載され、連載完結後すぐに、つまり昭和三十一年十月に、単行本としても新潮社から刊行された。この作品の文学的成功は著しい。多くの批評家が、これを、三島由紀夫の最高傑作と見なしている。いやそれどころか、この作品を、日本の近代文学の最高傑作のひとつに挙げる者もいる。仮に、文学的評価については見解が分かれるとしても、この作品の完成度の高さは、誰もが認めるところだ。三島が、若くして「大家」として扱われるようになったのは、この作品以降だと言ってよい。[*6] そして、後ほど述べるように、『金閣寺』は、われわれの考察にとっても重要だ。謎をとく「鍵」と言ってよいほどの重要性がこの作品にはある。

よく知られているように、『金閣寺』は、昭和二十五年（一九五〇年）七月二日未明に、金閣寺の見習い僧侶が実際に起こした金閣寺放火事件に取材した小説である。三島は、この事件について、そして犯人の若い僧侶について、かなり詳しく調べたようだが、率直に言って、事件の真相を知ろう、犯人の動機を理解しようといった意欲は、小説からは感じられない。この点で、光クラブ事件に取材した『青の時代』（昭和二十五年）等の作品と同様である。『金閣寺』は、現実の事件に仮託した完全なフィクションである。三島は、この小説で、独特の美学を展開する。要するに、自分の言いたいことを表現するために、社会的な事件を物語の枠組みとして利用しているだけで、もともと事件そのものへの関心は薄い。

ところで、私は、今しがた、目下のこの論脈は、『金閣寺』を論ずるにふさわしいと述べた。それは、『仮面の告白』『愛の渇き』『禁色』『潮騒』……と年代順に追ってきて、そろそろ『金閣寺』が登場する番になった、という意味ではない。[*7]『金閣寺』が分析の対象としてここに呼び寄せられる——われわれの考察の展開にそった——論理的な理由があるのだ。結論を先に言えば、『金閣寺』は、『仮面の告白』の反復、そのやり直しとして解釈することができるのである。

だが、「それはおかしい、納得しがたい」と直《ただ》ちに反論されるだろう。『仮面の告白』は自伝的な小説だが、『金閣寺』には、三島にとっての自伝の要素はこれっぽっちもないからだ。『金閣寺』は、もともと、三島本人とは何の関係もない事件をもとに創られている。三島に、事件についてノンフィクション風のリアリズムにのっとって書く意図はまったくなかったとはいえ、この小説の主人公（放火事件の犯人）ほど、三島本人のそれとかけ離れた人生を歩んできた者もそうはいないだろう。ほぼ同じ世代に属し、同じ日本で生まれ育ったということを別にすれば、二人の人生は何から何まで違い、交わるところは少しもない。片や、エリート官僚の家系に生まれ、皇族たちも通う学校や東京大学を卒業し、短期間ながら自らも官僚を経験したのちに、作家として華々しく活躍している青年。片や、日本海に面した辺鄙《へんぴ》な寒村の貧乏な寺に生まれ、父親のコネで金閣寺に託され、そこで修行しつつ、大谷《おおたに》大学に通わせてもらっている見習いの若い僧侶。あまりに違いすぎて、前者が後者のことを小説にしても、自伝の代わりになるはずがない。『金閣寺』が、『仮面の告白』の修正された反復だという解釈には、当然、このような反論がありうるだろう。

しかし、ここで重要なのは、内容ではなく、形式である。形式に着眼したとき、『金閣寺』は、『仮面の告白』の反復――つまり『仮面の告白』が逢着《ほうちゃく》したある困難を乗り越えようとする試み――として解釈できる。この点を理解できるように説明するためには、一歩ずつ着実に議論を進めていかなくてはならない。

まず、『金閣寺』は、一人称で書かれていることを確認しておかなくてはならない。主人公は、「私」で指示されている。「幼時から父は、私によく、金閣のことを語った」が、劈頭《へきとう》の文である。主人公の名前は、「溝口」だが、地の文で、主人公がこの名で指示されることはない。誰かが主人公を呼ぶ会話の中に、この名前が現れるだけだ。だから、『金閣寺』は、実際、溝口の自伝、放火事件までの半生を回顧した自伝のスタイルをとっていることになる。もっとも、この作品は、一人称の小説としてはかなり破格である。事態を客観的に記述する文章が大半を占めているため、読者は、一人称で書かれていることを忘れそうになるほどだからだ。それだけではない。「私」は、しばしば、自分自身についてでさえも、突き放して、距離をおき、まるで他人について記述するかのように語る。たとえば、自分の性格について説明しているのに、「こういう少年は、……」などと書く。要するに、『金閣寺』は、三人称で書くこともできたのに、それどころか、三人称の方がより自然であったはずなのに、無理矢理、一人称で自伝風に書かれているという印象を与えるのだ。

いずれにせよ、私としては、自伝を擬態しているということ（だけ）から、『金閣寺』が『仮面の告白』の反復だと言いたいわけではない。わざわざそのようなスタイルをとった積極的な理由がどこにあるのか、それが問題である。そうした理由に裏打ちされた必然性がなければ、全面的に虚構の自伝――『金閣寺』――は、本ものの自伝（に近い小説）――『仮面の告白』——にかなうわけがない。

ていねいに論じてきたことではあるが、ここでもう一度、『仮面の告白』から始まって、『禁色』、『潮騒』を経由して……という過程の中で、三島がどんな問題に直面していたかを思い起こしておこう。それは、「私が私を語ることはいかにして可能か」、つまり告白はいかにして可能か、という問題である。「私」について語ることが、逆に「not 私」について語ることへと反転してしまう機制《メカニズム》について、前節までの展開の中でていねいに説明してきた。この機制の原点にあるのは、この章の冒頭で述べたこと、つまり仮面の告白である。告白は、どうしても仮面（虚偽）に帰せられるかたちで実現される。それは、素顔（真実）の告白にはなりえない。なぜ？

その原因のひとつは、言語こそが超越論的なレヴェルを構成している、という条件にある。つまり、こういうことである。言語に先立って、告白されるべき真実があるわけではない。まず、隠された真実があって、それが告白によって表面に現れてくる、という構成にはなっていないのだ。言語こそが、告白における言語化こそが、まさに告白に値する真実を生み出しているのである。いわゆる、哲学における「言語論的転回」の中で繰り返されていた言い回しを用いれば、シニフィエ（真実）はシニフィアン（言語）の効果である、ということになる。だが、真の問題、真の困難はその先にある。

シニフィエはシニフィアンに還元されているのに、告白されていることは、なお真実を逸しているように、主体自身によって感じられてしまうのだ。言語（シニフィアン）から独立して、真実（シニフィエ）は存在していないはずなのに、言語化された「それ」は、真実から外れ、どうしても「嘘」になってしまう。意図することなく嘘になってしまうのだ。だから、（素顔ではなく）仮面の告白だ、ということになる。

どうしたら、私は私の真実を告白することができるのか。ここには、一種のアンチノミーがある。一方で、真実は言語から独立しては存在しない。しかし、他方で、語られたことは真実とは対応していないように感じられる。

4　「吃り」の告白

『金閣寺』は、このアンチノミーを踏まえて読まれなくてはならない。この作品は溝口という若い僧侶の自伝的な告白のスタイルをとっているわけだが、この語りには、文字の上には現れにくいある性質が貫徹していることに留意しなくてはならない。「私」には、生まれついての「吃り」があったのだ。溝口は、生来の吃音者《きつおんしや》であると、設定されているのである。現実の放火犯（林《はやし》　承賢《しようけん》）も重篤な吃音症だったと報告されているから、この設定自体は、三島の独創ではない。しかし、「吃り」を、主人公のすべての行動に、放火にまで至るすべての行動に通底している決定的な条件にまで高めたのは、三島である。その意味では、「吃り」もまた、三島の創作と言わねばならない。

三島の華麗な文体のために気づきにくいが、犯人の告白として書かれている以上は、ほんとうは、『金閣寺』の文全体が「吃って」いるということになる。もし溝口がこの小説の文章をそのまま語ろうとしたら、われわれは、激しい吃音のために、聞き取るのに苦労したに違いない。文字は、声に随伴している吃音を消してしまう。しかし、たまに、「私」と誰かの会話の記述を通じて、「私」が「吃って」いたことが確認される。たとえば、大谷大学に入学して間もない頃、溝口が、実に悪魔的な性格の人物であったことが後に判明する友人柏木に初めて話しかける場面。溝口は、柏木との会話を始める口実に、終わったばかりの講義について柏木に質問すると、柏木は、無遠慮にも、いきなりこう答える。「何を言ってるのかわからん。吃ってばかりいて」と。われわれも、この小説を声で聞いたら、「吃って」いて、何を言っているのかわからないと感じたはずだ。

主人公は、重度の吃音に苦しんでおり、そのことに深いコンプレックスを抱きつつ、しかもこれに執着する、極度に内向的で暗い青年である。その上、もう一度強調するならば、三島は、この主人公の人生を、第三者として外から記述しているわけではない。自伝的な手記を装う以上は、三島自身が溝口なのだ。ここで、この章で説明してきたあの論理が、つまり「私は not 私である」の論理が作用している。「私は大庭貞三である」と同じように、「私は溝口である」と。

これらの点に、つまり主人公に、そして主人公と作者の関係に着目したとき、『金閣寺』は、三島の小説の中できわめて例外的な作品であることがわかる。『金閣寺』は、まちがいなく三島の代表作ではあるが、しかし、とうてい典型とは言えない。三島の書いたものの中に、これほどまでに暗く、うじうじしていて、過剰に内向的で、外見的にも醜い人物が主人公になる作品はない。本書で言及してきた作品を振り返ってみればよい。『豊饒の海』の四人の主人公たち、『愛の渇き』や『青の時代』『禁色』、あるいは晩年の「憂国」、戯曲の「サド侯爵夫人」等の主人公や主要登場人物たちのことを思い起こしてみよう。彼らはみな、暗く屈折した欲望をもっており、しばしば犯罪者であったり、悪に手を染めたりもしているが、しかし、溝口のようにみじめで醜い人物は一人もいない。全員がカッコよく、スマートで、威厳をもっている。これまで言及しなかった、『仮面の告白』よりも前の作品、たとえば『盗賊』のような、主題の点で『金閣寺』に連なる面が感じられる作品を考慮に入れても、事情は変わらない。あるいは、(後にほんの少し考察を加えるが)『金閣寺』のすぐ前に書かれた長篇小説『沈める滝』(昭和三十年四月)の主人公も、性的指向にかなりの逸脱的傾向があるが、非常にスマートである。それでも、溝口に最も近いと言えるのは、自身の性欲にコンプレックスを抱き、それについて思い悩む、『仮面の告白』の主人公には違いないが、彼も、階級的には上層に属し、知的・文化的なエリートの一員であって、溝口のような陰惨な暗さを感じさせはしない。

率直に言えば、溝口は、三島が常日頃から最も嫌悪していたタイプの人物そのものである。三島が、太宰治や彼の小説の主人公を嫌ったのは、溝口タイプだったからだ。ネクラで、頭でっかちに懊悩《おうのう》し、コミュニケーションの能力に乏しく、そして貧乏くさい。[*8] だが、三島はその溝口に同一化して、『金閣寺』を書いているのだ。こう考えると、『金閣寺』と『潮騒』は、対照的な作品だということがわかる。『潮騒』の主人公、久保新治は、三島は、何度も述べてきたように、三島がそれになりたいと欲望する理想の肉体を具現しているが、三島は、この人物の人生を第三者の立場から、つまり他人のこととして語る。『金閣寺』の主人公、溝口は、三島の忌避の対象となるような人物なのに、三島は、この人物に直接自分自身を同一化して語る。「三島由紀夫」を媒介にして、「新治＝溝口」（百二十一頁、④）という等式を導くことができるのだとすれば、これこそ、「対立物の一致」（ニコラス・クザーヌス）の、あるいは「思弁的同一化」（ヘーゲル）の実例であろう。

このように考察を進めてくれば、われわれは、「私」（溝口）と並ぶ、『金閣寺』の重要人物、柏木に目を向けないわけにはいかない。つい先ほど述べたように、溝口は、大谷大学で柏木と出会い、親しくなる。『金閣寺』の哲学は、溝口と柏木の間の、文字通り弁証法的と呼ぶに値する葛藤の中で展開していく。柏木は、ときに溝口を圧倒し、溝口を魅了する。その柏木には、顕著な身体的な障害がある。彼の両足は、先天的な内翻足《ないほんそく》なのだ。溝口にとっての「吃り」と柏木の内翻足は、等価な意味がある、ということが繰り返し暗示される。人付き合いが苦手な溝口が、自分から柏木に近づいたのも、柏木の内翻足に親しみを感じたからだ。溝口のこうした真意は、柏木にも完全に読まれていて、「吃って」いてお前の言っていることはわからん、という先に引用した不躾《ぶしつけ》な応答に続けて、柏木はこう言う。「君が俺に何故《なぜ》話しかけてくるか、ちゃんとわかっているんだぞ。〔中略〕片輪同士で友だちになろうっていうのもいいが」云々《うんぬん》。

すぐにわかるだろう。柏木の身体は、三島が理想化した肉体の正反対である。柏木は、『潮騒』の新治を、何からなにまで反対にしたような人物である。身体の点でも、また考えていることがらの点でも、だ。しかし、柏木は、『金閣寺』の中で、決して否定的に描かれてはいない。「私」は、柏木に畏敬の念を抱いている。溝口は、「放火」への行動を完遂するためには、最終的には柏木の哲学を乗り越えられなくてはならないのだが、少なくとも、乗り越えの対象として十分な価値をもつほどには、柏木は有意義である。柏木がいなければ、溝口の思想は深まることがなかっただろう。しかし、このような人物、肉体にこうした障害がある人物が、三島の小説の中でポジティヴな意味を担うことは、異例だと言わなくてはならない。

さらに付け加えておこう。溝口と柏木のペアに、もう一人、鶴川という若い僧侶が絡んでくる。鶴川は、溝口の同僚で、一緒に金閣寺に属している。彼は、東京の実家の寺を継ぐことになっているのだが、それまで金閣寺で修行している、というわけだ。鶴川は、明るい健康優良児のような人物で、金閣寺の僧たちの中でただ一人、溝口に親しく接してくれており、彼の吃音を侮辱するところもない。溝口の、暗い意図にもとづく言動は、すべて、鶴川によって、明るく健康的に解釈——好意的に誤解——されるのだ。つまり、鶴川は溝口の陽画であり、溝口は、自分の悪意ある行動が善意として受け取られることもあることに衝撃を受ける。要するに、鶴川は、『金閣寺』の中にあって、『潮騒』の新治に対応する人物なのである。

鶴川は、溝口が柏木と親しくしていることに危惧を感じ、柏木からは距離をおくように、と溝口に再三忠告したが、溝口は、鶴川のこの忠告を受け入れない。その鶴川が、東京に帰省中に、事故で死んでしまう。溝口は、これにたいへんショックを受け、一年間も喪に服することになるのだが、小説の結末の近くになって、この事故死について、衝撃的な真実が明らかになる。実は、鶴川と柏木は恋愛関係にあり、鶴川の死は、この恋愛関係を原因とする自殺だったのだ。すると、この恋愛関係を基にして、またしても、対立物の一致を含意する等式を導くことができるだろう。「柏木＝鶴川」(⑤)と。ところで、柏木は、「不具」を媒介にして、溝口と等号で結ぶことができ、鶴川の方は、新治に対応する価値をもっていたとすると、⑤の等式からもう一度、④の等式を確認することができることになる。

*

さて、溝口の「吃り」という性質がもつ拡がりについて説明してきた。このことが、告白のアンチノミーとどう関係しているというのか。告白したことが、どうしても虚偽になってしまう、仮面に帰せられてしまうという問題と、どうつながっているのか。

われわれは、語ってしまえば、どうしても真実を逸してしまう。語られたことは、自分がほんとうに言いたいこととはずれている、と感じる。かといって、語る言語とは独立に、真実や真意が内面に既在しているわけでもない。このようなときでも、真実は、語られたこと、語られた対象の側にではなく、語るという行為、語る主体の側に刻まれることがある。どういうことか。

　たとえば、あなたが、心底から愛している人に、その真情を告白しようとする場面を想像してみるとよい。あなたは、言葉を尽くして思いを打ち明けようとするのだが、とても、その気持ちは表現できるものではない、と感じる。あなたは、いろいろ言い換えようとするが、あれもちがう、これもちがう、という気分になる。あなたは言い淀《よど》み、つっかえ、動揺し、苛立《いらだ》つことになるだろう。要するに、あなたは、相手に真実を語ることに失敗する。では、あなたの思いは、相手にまったく伝わらなかっただろうか。ちがう。相手の人は、あなたの深い愛情を理解しただろう。それは、あなたが上手に自分の気持ちを語ったからではない。逆である。あなたが、語ることに失敗したからである。あなたが、つっかえたり、適切な言葉が見つからず苦しんだりしたことこそが、逆に、あなたの真実を表現していたのだ。語られたことの側ではなく、語る行為の側に真実が刻まれる、というのは、このような現象を指している。*9

　語られたことのレヴェルに注目すれば、言語論的転回の中で言われていたことは正しい。シニフィエはシニフィアンの効果である、と。発話はシニフィアンの主導のもとに置かれる。だが、語る主体のレヴェルで見たときには、シニフィエ（真実）の主導的なポジションが回復する。ただし、このとき、シニフィエとシニフィアンはうまく対応しているのではなく、その対応に成功しないということ、対応の逆接を通じてこそ、真実は伝わるのである。

今や明らかであろう。「吃り」こそは、この語ることの失敗を代表しているのである。人は「吃る」ように語ったときにだけ、真実を告白している。語られることが真実なのではない。語ることの失敗が、否定的な仕方で、真実の次元を指し示すのである。溝口は、こう言っている。「人に理解されないということが唯一の矜りになっていた」と。シニフィアンのレヴェルでは、つまり語られたことの水準では、理解できないようなことを語っているとき、人は、その語るという行為において、真実が告白されているのだ。

『金閣寺』の主人公の「吃り」を、一部の人が襲われる不幸の問題と考えてはならない。そのように受け取った場合には、この小説は、幼い頃から差別されていた人のルサンチマン（怨恨）の表出について語っている、ということになる。つまり、大半の人には関係がない、不幸な精神の末路を哀れむだけになるだろう。しかし、「吃り」は、障害の問題ではなく、ここで見てきたように、発話の普遍的条件に関連する象徴である。このように読んだとき、『金閣寺』は、『仮面の告白』の反復、そのやり直しと見なすことができるのだ。

＊

それにしても、溝口は、どうして金閣寺に火を放ったのか。これこそ、『金閣寺』の主題である。そして、われわれの探究が解くべき謎の鍵も、ここにある。そのことには、誰もがすぐに気づくだろう。溝口は、小説の中で、金閣寺を燃やし、破壊した。この小説を書いたときには、三島自身想像だにしていなかっただろうが、溝口の放火とほぼ同じことを、三島が、十四年後に実行する。自衛隊での割腹自殺である。

三島の自衛隊への突入は政治行動で、溝口の行動は観念的で美学に関わることだ、などと分けて考えてはいけない。両者は直結している。実際、溝口は、金閣寺放火を、世界を変革するテロのように想像している。日本海を眺めながら、「金閣を焼かなければならぬ」と決意した後、京都にもどる途中に立ち寄った田舎の駅で、彼はこんなふうに考える。

私は革命家の心理を理会した。あかあかと火の熾《おこ》った鉄の火鉢を囲んで談笑しているこの田舎の駅長や警官は、目前に迫っている世界の変動、自分たちの秩序の目近《まぢか》の崩壊を露ほども予感していなかった。

『金閣が焼けたら……、金閣が焼けたら、こいつらの世界は変貌《へんぼう》し、生活の金科玉条はくつがえされ、列車時刻表は混乱し、こいつらの法律は無効になるだろう』　（『金閣寺』）

実際、三島自身が、いずれ革命家として行動する。なぜ溝口は金閣寺を燃やさなくてはならなかったのか。それを解明することは、三島の最期を理解することにつながるはずだ。

＊1　松浦寿輝《ひさき》が、「三島を憐れむ」というエッセイの中で、実質的に、このような趣旨のことを述べている。作家としての三島のキャリアは『仮面の告白』とともに始まり、かつ終わっているのだ、と（『青の奇蹟』みすず書房、二〇〇六年、二百七十七―二百八十頁）。慧眼である。

＊2　Carl Packman, "Big Brother and the mask of Domingo Cavallo", https://www.frostmagazine.com/2010/06/big-brother-and-the-mask-of-domingo-cavallo/

＊3　Ludwig Wittgenstein, Tractatus Logico-Philosophicus, 1921（→ Translated by Charles K. Ogden. 1922）. proposition 6.4311.

＊4　ibid. proposition 5.631.

＊5　大庭貞三という主人公に関しては、太宰治の「道化の華」（昭和十年）、『人間失格』（昭和二十三年）の主人公「大庭葉蔵」との類似が、しばしば指摘されてきた。本文で述べたように、三島は、大庭貞三という名が気に入ったと書いているのだが、太宰も、「道化の華」で、「大庭葉蔵」という名について、「僕はこの大庭葉蔵に手を拍《う》った。この姓名は、僕の主人公にぴったり合った」「大庭葉蔵とこう四字ならべたこの快い調和。この姓名からして、すでに劃《かっ》期的ではないか」（「道化の華」『晩年』新潮文庫、一九八五年）等と自画自賛している。この二つの姓名の類似が三島による意図的なものか、それとも偶然かはわからない。奥野健男は、そのどちらでもなく、無意識の連合

の結果と、つまり「太宰の小説は忘れてしまったが、大庭葉蔵が大庭貞三に変って深層意識の中からひょっこり出て来たのではないか」と推測している（『三島由紀夫伝説』三百二十四―三百二十五頁）。この推測が正しいとすれば――実際正しい可能性は高いが――、たいへん興味深いことである。あとで本文でも少しふれることになるが、三島が太宰を嫌っていたこと――太宰本人の面前でそのように言い放ったこと――は、あまりにも有名だからだ。太宰からの無意識の影響があったとするならば、公言されていた太宰への三島の嫌悪は、無意識の愛情の表現であり、太宰こそ、三島にとっての「not 私」――「私ならざる者」とされていながらその実「私」そのものである者――だということになるかもしれない。そうだとすれば、三島にとって、新治のような健康的で美しい肉体をもった青年は、ポジティヴに理想化される「not 私」であり、太宰のように、内向的に煩悶し、中年になって自殺するような人物は、ネガティヴな嫌悪の対象となる「not 私」である。なお本文の第3節の後半も参照されたい。

＊6　三島は、非常に若くしてその才能を認められ、同世代のほかの作家たちがまだ無名のうちから注目されていた。『金閣寺』の前までは、三島の文壇での地位は、若手の旗手、若手作家の中の第一人者といったものだった。ところが、『金閣寺』の連載・出版の前年に、すなわち昭和三十年の『文學界』七月号に、石原慎太郎の「太陽の季節」が発表され、文壇の注目を集めた。石原慎太郎は、三島より若い世代の中で、文壇内に確固たる地位を得た最初の作家だと言ってよい。三島は、石原に「若手の旗手」的な地位を譲ると同時に、自らは、『金閣寺』によって、中間的なポジションをスキップして、一挙に文壇の大御所、国際的大作家の地位に就いた。だいたいこのような構図

で状況を理解してよいだろう。

＊7　そもそも、われわれの探究は、三島の作品を年代順に追ってなどいない。第三章のことを思い起こしてほしい。

＊8　三島が嫌った太宰の主人公の典型、溝口と同類の人物の典型が、『人間失格』の主人公だ。それこそ、本章＊5で述べた大庭葉蔵である。「三島由紀夫＝大庭貞三＝大庭葉蔵」という等価的人物の系列の最後にもう一項、「＝溝口」を加えることができる。

＊9　こうした状況と正反対なのが、セールスマンのトークではないだろうか。セールスマンの「お薦め」が胡散臭《うさんくさ》いのは、彼らがあまりにも上手に、スラスラと淀みなく、商品のよさを解説するからである。

第六章　猫を斬ってもなお残るもの

1　「行為」の一歩手前で

『金閣寺』の主人公、溝口は、金閣寺に火を放った。それは、彼にとっては、一種の「革命」の行為だった。どうして彼は金閣寺を燃やさなくてはならなかったのか。

実は、放火の直前、溝口、つまり「私」は、一瞬、放火の行為の手前にとどまるのではないか、と思わせる感想を述べている。まず、それまでを振り返って、彼はこう言う。

……私は行為のただ一歩手前にいた。行為を導きだす永い準備を悉く終え、その準備の突端に立って、あとはただ身を躍らせればよかった。一挙手一投足の労をとれば、私はやすやすと行為に達する筈《はず》であった。（『金閣寺』）

この後、金閣を眺め、美についてあらためて考察した後、溝口はこう呟《つぶや》く。

『行為そのものは完全に夢みられ、私がその夢を完全に生きた以上、この上行為する必要があるだろうか。もはやそれは無駄事ではあるまいか。
〔中略〕
見るがいい。今や行為は私にとっては一種の剰余物にすぎぬ。それは人生からはみ出し、私の意志からはみ出し、別の冷たい鉄製の機械のように、私の前に在って始動を待っている。その行為と私とは、まるで縁もゆかりもないかのようだ。ここまでが私であって、それから先は私ではないのだ。……何故私は敢《あえ》て私でなくなろうとするのか』（前掲書）

この部分は、研究者や批評家によってしばしば引用されてきた。それにははっきりとした理由がある。ここで溝口は、行為についてすみずみまで認識し、夢想してきた以上は、もう行為そのものは余分であると論じている。それは、もはや「私」には属していないことだ、と。だから、放火は実行される必要はない、と溝口は言っているように受け取ることができるのだ。おそらく、三島に好意的な研究者や批評家は、ここに、三島が、市ヶ谷の自衛隊駐屯地で割腹自殺しなかった可能性を見ているのであろう。このときの溝口の心境になっていれば、三島はあの暴挙に出ることはなかったのに、と。

だが、実際には、溝口は放火を思いとどまったわけではなく、このあと放火を実行した。この本来の筋を重く見るべきである。いや、そもそも、引用した溝口の独白は、反語的に解釈すべきである。その「行為」によって、私が私でなくなるならば、私は積極的にそうしなければならない、と。前章で論じたことを、三島が溝口に託した告白は、「私は not 私（非私）である」という命題にまで、自同律の完全な否定にまで至る告白だったということを、もう一度思い起こすべきである。「行為」が、この転回を完成させるものだとするならば、その行為は断固として実現されなくてはならない。

金閣寺を燃やすこと。溝口＝三島には、これは必然であると見えている。どうしてもなされねばならないことだ、と。なぜこれが必然だったのか。何がこのような行為を強いるのか。順を追って、問題を解いていかないとならない。

2　女としての金閣

金閣寺は、溝口にとって「美」そのものの物化された姿である。それにしても、どうして、三島にとって、美がかくも重要な問題になったのか。すべての課題が美に従属している。『金閣寺』の主人公溝口に関しては、とりあえず次のように説明される。「私が人生で最初にぶつかった難問は、美ということだった」わけだが、それは、田舎の素朴な僧侶だった父親の影響である、と。父親は、繰り返し、「金閣ほど美しいものは此世《このよ》にない」と「私」に教えていたのだ。

金閣は、溝口にとって、まだ見ぬうちから、ただの観念ではなかった。つまり、それは、どこか別のところにある何らかの「本質（美の観念）」の象徴ではなかった。美そのものであるところの金閣は、溝口にとって、具体的な「物」、見ようと思えば見ることができ、指で触れることもできる物である。

だが、その物としての金閣を初めて実見したときの溝口の反応は興味深い。少年の溝口は、父親に連れられて金閣寺を訪ねた。父親と金閣寺の住職（老師）は、若き日の友、禅堂の友である。父親に案内されて実物の金閣を見るのだが、予想していたような感動は全然起こらない。金閣の建物は、平凡な、古く黒ずんだ小っぽけな三階建にすぎず、まったく美しくないからだ。「私」は、「美というものは、こんなに美しくないものだろうか」と驚く。少年の溝口は、「金閣がその美をいつわって、何か別のものに化けているのではないか」とさえ想像したりする。「美が自分を護《まも》るために、人の目をたぶらかすということはありうること」だと。

京都から戻りしばらくすると、金閣は、再び、溝口の心中で、美しさをよみがえらせることになる。実際に見る前よりももっと美しいくらいである。中学生の溝口は、下宿先からわざわざ父親に（初めての）手紙を送り、「地上でもっとも美しいものは金閣だと、お父さんが言われたのは本当です」と書いたくらいである。いずれにせよ、初めて見たとき、物としての金閣はちっとも美しくなかった、ということは銘記しておかなくてはならない。

＊

父親の死後、その遺言通り、溝口は金閣寺の徒弟となる。が、その前の溝口の少年時代の出来事として、無視するわけにはいかないのが、有為子《ういこ》という女性をめぐる事件である。有為子がなぜ重要なのか。結論を先に言ってしまえば、溝口にとって、有為子と金閣は完全な等価物だからだ。小説の内容にそって説明しよう。

有為子は、溝口が下宿し、そこから中学に通っていた叔父の家の近所に住む美しい娘である。少年の溝口は、いつも有為子の体を思っていた。彼女の白い肉に、自分の指が触れるときの熱さや、その指にさからってくる弾力や、花粉のような匂いを想像していた。あるとき、彼は、欅《けやき》の幹に身を隠し、有為子が自転車でやってくるのを待った。何をしようとしていたのでもない。有為子がやってくると、溝口は彼女の自転車の前に走り出て、自転車を急停車させた。この瞬間、「私は自分が石に化してしまったのを感じた。意志も欲望もすべてが石化した」。溝口は何もできない。身体が硬直し、言葉も出てこない。有為子は、最初は怖《おそ》れたが、溝口だと気づくと威丈高になり、「何よ。へんな真似《まね》をして。吃りのくせに」と言って去っていった。

この件は、彼女が母親に告げ口したために、溝口の叔父の知るところとなり、溝口は叔父から厳しく叱責された。以降、溝口は、寝ても覚めても有為子の死を願うようになった。自分の恥の立会人が消え去ることを欲したのだ。この欲望は、数ヶ月後に満たされた。

溝口たち年少者は知らなかったが、海軍の脱走兵が彼らの村に逃げ込んでいた。その脱走兵と有為子の間に関係があったのだ。憲兵は、まず有為子を逮捕した。このニュースはすぐに村中に伝わり、溝口ら少年を含む村人たちが、憲兵に捕らわれた有為子の周りに集まってきた。溝口は有為子を見て思う。自分の顔は世界から拒まれた顔だが、このときの有為子の顔は逆に世界を拒んでいた、と。彼は、息を詰めて有為子の顔に見入ってしまった。「歴史はそこで中断され、未来へ向っても過去へ向っても、何一つ語りかけない顔」。このときの有為子の顔に、溝口は至高の美しさを見る。金閣と同じ美しさ、と言ってよいだろう。

　が、その美しい顔は、突然、変容した。彼女が、裏切りを、恋人への裏切りを決心したときに、である。彼女は、脱走兵の隠れ場所を、そこが山かげの金剛院だということを、憲兵に教えたのだ。「有為子の裏切りの澄明《ちょうめい》な美しさは私を酔わせた」。そして、溝口は、こう思わずにはいられなかったと語る。とうとう彼女は、俺をも受け入れたんだ、と。

　ところが、有為子は、もう一度、裏切った。今度は、溝口（たち）を、である（と溝口は解釈した）。憲兵は、有為子を囮《おとり》にして、脱走兵をおびき出そうとしたのだが、出てきた男に、状況を打ち明けてしまったのだ。男は、有為子を射ち殺し、自分も拳銃で自殺した。有為子は、世界を全的に拒むでもなく、全的に受け入れるでもなく、ただの愛欲の秩序に身を屈した、と溝口は総括する。

　金閣寺に放火するまでの、溝口のその後の人生の中で、特にそのクリティカルな場面で、有為子が、幽霊のように現れる。厳密に言えば、小説の全篇の中で、三回、「有為子がいる」「有為子のよう」といったことが言及される。第一に、戦争中、南禅寺で男女の別れの儀式を目撃したとき。男は士官で、女はその士官の子を孕んでいると思われる。彼女は、胸を出し、白い乳を茶碗《ちゃわん》に絞り出し、男に飲ませていた。溝口は、その女を、「よみがえった有為子《うい こ》その人だ」と感じる。第二に、戦後、米兵が娼婦を連れて金閣寺に来たとき。その娼婦は、否定態によって有為子を現前させる。というのも、彼女の顔は、「有為子と似せないように似せないようにと、吟味して描いた肖像のようであった」からだ。第三に、金閣寺放火をはっきりと決意した溝口が、京都の遊郭に行った場面で。寺を出るときから、溝口は、有為子はなお生きていて、どこかに隠れ棲《す》んでいるという空想にとらわれている。そして、自分の足が自然と導かれてゆく先に有為子がいる筈だ、とも思う。だが、暖簾《のれん》をくぐった店には、有為子はいなかった(と溝口は思った)。これに対する溝口の表現がおもしろい。単純に有為子はいない、有為子はすでに死んでいる、等ではなく、「有為子は留守だった」と記述されたのだ。つまり、有為子はやはりいるのだ。ここではない別のところに、たとえば風呂屋に。有為子の「留守」で安心して、溝口は、一人の娼婦と関係をもつ。これが溝口の初の性体験である。

このように有為子は肝心なところで出現する。また、有為子が現れてしかるべきタイミングで、「金閣」が出現することもある。最もはっきりしているのは、華道の師匠を前にしたときである。南禅寺で目撃した儀式の女、つまり溝口がそこに有為子を見た女は、後に、柏木(内黐足の友人）が師事する華道の師匠であることがわかる。士官の方は戦死したらしい。溝口が、彼女に、別れの儀式をたまたま目撃してしまったことを語ると、師匠は感激し、着物から乳房を掻《か》き出して、溝口を誘惑した。だが、溝口には、最初、それはただの肉塊にしか感じられない。が、ふしぎなことに、それがやがて美しく見え出した。「私には美は遅く来る」。すぐに気づくだろうが、これは、最初は古くきたない建物に見えていた金閣が、後で美しく見えてきたという過程の、小さな反復である。実際、師匠の乳房は金閣に変貌した。結局、溝口は、師匠と関係をもつことはできず、彼女の部屋から締め出されるかのように立ち去ることになる。

このエピソードからもわかることは、「金閣寺＝有為子」という等式である。有為子という媒介を入れることで、金閣を、三島の文学作品全体のコンテクストに位置づけることができる。有為子は、まちがいなく、『豊饒の海』の綾倉聡子の前史だからである。有為子を逆に過去の方へと遡ると、『仮面の告白』の園子を見出すことになる。『仮面の告白』で、「私」は、園子との接吻に失敗する。それに対して、『豊饒の海』の松枝清顕と聡子は、春の雪が降る日、人力車の中で唇を重ねる。清顕は聡子と愛し合い、性的な交わりをもつ。園子から聡子までの変遷の中のどこで、接吻や性的関係が可能になったのか。両者の間にある有為子はどうなのか。

ここまで紹介した『金閣寺』の中のエピソードでは、溝口は、有為子に触れ、彼女と接吻したり、肉体的に交わったりすることには成功していない。彼女の自転車の前に立ちはだかったときには、石化してしまうし、有為子と同定した女が乳房を剝《む》き出しにしてせまってきたときにも、これに応じられない。有為子をもとめて遊郭に行ったときにも、有為子は「留守だった」。しかし、溝口は、有為子との関係にことごとく失敗しているわけではない。彼は、独特の意味において、関係に成功する。それは、金閣でもある有為子に、まさに「炎上」に相当することが引き起こされたときである。

*

金閣寺そのものに戻ろう。美を体現する金閣は、醜い吃音者である溝口を拒んでいる。溝口は、そのことを強く実感している。だが、太平洋戦争の末期、つまり終戦までの一年間は、溝口が金閣に最も親しみを覚えた期間になる。この期間だけ、溝口は、金閣に受け入れられているのを感じ、金閣の美に安心して溺れることができたのだ。

どうしてなのか。京都への空襲によって金閣が焼き滅ぼされる可能性が高かったからである。この段階では未《いま》だ、溝口は、金閣への放火など露ほどにも思い至ってはいない。だが、金閣が空襲によって焼き尽くされることが確実ならば、放火が予定されているのと同じことになる。空襲の切迫した可能性が、後の放火の効果を先取りするかのように作用しているのだ。

ここで、有為子の事件を少しだけ振り返っておこう。憲兵に逮捕されたときの有為子は、鬼気迫る美しさにおいて、溝口を含む世界を徹底して拒否していた。が、彼女の（最初の）裏切りによって、溝口は、彼女が自分を受け入れた、と感じる。ここで、空想の世界においてではあるが、溝口は、有為子と結びつくことに成功している。だが、有為子が恋人を裏切ったことが、どうして、溝口の受け入れを意味するのか。有為子の恋の純一性が破壊されたからである。その破壊が、「金閣」の崩壊と同じ効果を発揮しているのだ。

さらに振り返ってみるならば、愛する対象が、その破壊において獲得される、という発想は、『仮面の告白』の次に刊行された長篇小説『愛の渇き』に早くも認めることができる。この作品は、『仮面の告白』の主人公が直面した問題を、きわめて安易な方法で解消している。『仮面の告白』の「私」は、女を愛することができない、男にしか性的欲望を覚えない、ということに苦しんでいた。それならば、主人公を女にしてしまえば、問題は消えるではないか。これが『愛の渇き』である。それゆえ、この小説の主人公の設定をめぐる工夫に関しては、とりたてて見るべきことはない。ただ、この小説において異様なのは、主人公の悦子が、ずっと思い焦がれていた園丁の三郎と結ばれようというまさにそのとき、三郎を殺してしまうことである。この結末が、当時の批評家たちの理解を超えていた、ということは、前に指摘した通りである（第三章）。

今や、こう言うことができる。この殺害は、金閣放火の予兆だったのだ、と。あるいは、むしろ、こう言うべきであろう。それは、早産された金閣放火である、と。溝口が金閣に放火したように、悦子は三郎を殺害した。ただ、『愛の渇き』には、なぜそのような奇妙な行為が必要なのか、そのことを説明するいかなる手がかりも書かれてはいない。

3　南泉斬猫《なんせんざんみょう》と童貞脱却

どうして「私」は金閣を燃やさなくてはならなかったのか。この本来の問いはまだ答えられていない。『金閣寺』は、溝口の行為の必然性を、柏木の思弁との対比を通じて描こうとしている。前章で述べたように、柏木は、先天的な内翻足の障害がある。溝口にとっての吃音にあたるのが、柏木にとっては内翻足だ。柏木は、溝口にとって畏敬すべき友人であり、また分身のようでもあり、かつライバルでもある。柏木は、独特の哲学によって溝口を圧倒し、溝口をリードする。溝口は、その柏木を乗り越えることで、金閣寺の放火へと向かっている。金閣に火が放たれなくてはならなかった理由は、柏木との対照を媒介にすることで浮かび上がらせることができるのではないか。

三島は、柏木に「認識」を、溝口に「行為」を対応させている。つまり「柏木：溝口」という関係は、「認識：行為」である。「行為」は、この章の冒頭で述べたように、直接的には金閣寺への放火を、そして、間接的には、それと類比させることができるような破壊の行動を指している。問題は、柏木が代表している「認識」とは何か、である。

『金閣寺』は、柏木と溝口の対照を説明するための枠組みとして、中国の仏教書『碧巌録《へきがんろく》』に収録されている難解な公案「南泉斬猫」を活用している。いや、もう少し厳密に言うと、「南泉斬猫」は、柏木の哲学を図解する寓話《ぐうわ》となっている。柏木は、この寓話の中に、溝口の立場を位置づけようとする。溝口はしかし、その寓話の枠組みそれ自体を否定し、拒否することで、放火へと向かう。「南泉斬猫」の公案が、何を意味しているのかを理解することは、金閣放火の真義を解明する上で不可欠な条件となる。

この公案は、物語の中では、金閣寺の老師が、終戦の日の夜、寺の者たちに聞かせた講話として導入される。「南泉斬猫」とは、次のような話だ。唐代の頃、池州南泉山に、南泉和尚の異名をもつ普願《ふがん》禅師という名僧がいた。一山総出で草刈りに出たとき、一匹の仔猫《こねこ》が現れ、皆の関心を集めた。最後に、東西両堂の争いになった。どちらも、この仔猫を自分のペットにしたかったのだ。これを見て南泉和尚は、仔猫の首をつかみ、一同に言った。「大衆道ひ得《い》ば即《すなは》ち救ひ得ん。道ひ得《い》ずんば即ち斬却せん」と。誰からも答えがなかったので、南泉和尚は仔猫を斬って捨てた。日が暮れてから、高弟の趙州《ちょうしゅう》が帰って来た。南泉和尚が昼間の事の次第を話すと、趙州に意見を質《ただ》した。すると趙州はすぐに、はいていた履《くつ》を脱いで、頭の上にのせて、出て行った。南泉和尚は嘆じて言った。「ああ、今日おまえが居てくれたら、猫の児《こ》も助かったものを」と。

これは難解を以《もっ》てきこえている公案である。とりわけ趙州の履の件の解釈が難しい。この公案に対する、金閣寺の老師の解説は、「いかにも」という教科書的なものでおもしろくないし、またわれわれの探究に資するところもない。柏木が、この公案を活用して自説を展開しており、われわれの関心はこちらにある。柏木がどう解釈したかは、後で述べるが、さしあたって次の点だけ確認しておこう。仔猫は非常に美しかったに違いない。仔猫は金閣や有為子にあたる。実際、われわれは皆、美しい物、とりわけ美しい女は争いのもとであることを知っている。「美は誰にでも身を委《まか》せるが、誰のものでもない」と柏木は言う。

さてすると、南泉と趙州、どちらが柏木で、どちらが溝口なのか。溝口が金閣寺を燃やしてしまうことを思うと、蠱惑的《こわくてき》な仔猫を斬って捨てた南泉と同じことをやったかのように見える。だが、公案は明らかに、趙州に、南泉すらも感服させるような深い解決策があったかのように示唆している。すると、『金閣寺』は、溝口の放火を、趙州の水準にまで達することができなかったことによる迷いの産物として描いているのか。そうではあるまい。では、公案と溝口の行為、公案と柏木の認識との対応を、どのように解釈すればよいのか。その点は後述しよう。

＊

柏木の言う「認識」とは何か。それは、彼が溝口に語った一種の身の上話、いかにして童貞を脱却したのか、という話の中で、実質的にはすべて解かれている。溝口が初めて柏木に話しかけた後、彼はいきなり、長々と、自分がどうやって童貞を捨てたかを、まだ童貞の溝口に語って聞かせた。溝口はこれにいたく感動した。柏木の話を要約しよう。

柏木は禅寺の息子で、生まれついての内翻足だった。内翻足こそ、柏木の柏木たる所以、彼の存在の条件である。ということは、柏木は、ほかの男のように女に愛されてはならないということ、普通に女に愛されうると信じてはならないということである。普通の五体が調った男と同じように女に愛されたいと願ったり、そういうことがありうると信じることは、自分の身体的条件（内翻足）を無視することであり、それと言わば平和的に和解してしまうことを含意しているからだ。それゆえ、商売女で童貞を破るなどもってのほかと言わねばならない。商売女は、客が誰であろうとも、たとえば美男だろうが醜男であろうが、身体に障害があろうがなかろうが、まったく平等に扱うからだ。商売女は、内翻足があたかも存在しないかのように、柏木に対するだろう。

あるとき信じがたいことが起きた。寺の檀家の子で、美貌で知られた、裕福な娘が、柏木に愛を打ち明けたのだ。普通の男ならば、この打ち明け話に、「奇貨居《お》くべし」と、彼女の愛を受け入れ、彼女と交わっただろう。だが、柏木は彼女の愛を受け入れるわけにはいかない。女に、「〔俺は〕愛していない」と答えたのだ。内翻足ゆえに世界に拒否され、世界を拒否しているということこそ、柏木の自尊心の源泉だからだ。内翻足が愛されるということを肯定してしまえば、この基礎が崩れてしまう。……ここまででも、柏木の屈折した人生観がよく出てはいるが、より重要なのは、この後の展開、童貞の克服へと至る展開だ。

柏木が愛していないと言えば言うほど、その美しい女は、柏木に執着してきた（言わずもがなのことだが、この女は、溝口にとっての有為子に対応する）。そしてある晩、ついに女は柏木の前に体を投げ出してきた。「彼女の体はまばゆいばかり美しかった」という。が、ここで、柏木にとって想定外のことが起きる。柏木は、女と交わることができなかったのである。彼は（この瞬間は少なくとも）性的に不能だったのだ。これを、女は、柏木が「愛していないこと」の紛れもない証拠と受け取り、柏木から去っていった。

柏木は、自分が不能だったことに、女を抱けなかったことに狼狽《ろうばい》した。彼には、自分が不能だった理由がわかっていた。「俺は自分の内翻足が彼女の美しい足に触れるのを思って、不能になったのだ」。以降、彼は、俄《にわか》に、精神ではなく肉体に関心をもつようになる。そして、奇妙な仕方で童貞を破る。

彼の村に、たった一人で暮らしている老いた寡婦がいた。柏木は、あるときその老婆の亡父の命日に、父親の代理として経をあげに行った。家には親戚一人いなかった。仏前には柏木と老婆だけだった。経をあげた後、暑い日だったので、柏木は、水浴びをさせてもらえないか、と所望した。裸になった柏木の内翻足に、老婆がいたわしそうな視線を向けているのに気づいたとき、柏木にある企みが浮かんだ。自分が生まれたとき、母親の夢に仏が出現し、この子が成人した暁に、この子の足を心から拝んだ女は極楽往生するというお告げがあった、というでまかせの嘘をついたのだ。信心深いこの寡婦は、これを真に受け、経を唱えながら、熱心に柏木の足を拝み始めた。

やがて、柏木は自分が昂奮《こうふん》しているのに気づいた。自分が不能になったと思っていた柏木としては、これは驚きだった。彼はいきなり老婆を突き倒し、老婆と交わった。彼の眼前には、老いた女の、化粧もしない、日焼けした顔があったが、彼の昂奮は衰えなかった。「俺はしらずしらず誘導されていた」と言いつつ、柏木は続ける。

だが、しらずしらず、などと文学的には云うまい。俺は凡てを見ていた。地獄の特色は、すみずみまで明断に見えることだ。しかも暗黒のなかで！
老いた寡婦の皺《しわ》だらけの顔は、美しくもなく、神聖でもなかった。しかしその醜さと老いとは、何ものをも夢みていない俺の内的な状態に、不断の確証を与えるかのようだった。
（『金閣寺』）

こうして柏木は不能を克服し、童貞を捨てた。これ以降、柏木が、どんな女にも臆することなくアプローチし、巧みに操り、ときに性行為にまで持ち込むことができるようになったらしい、ということが後の展開から明らかになる。

＊

まず、確認しておこう。柏木の「いかにして童貞を脱却したか」というこの物語は、溝口が――したがって三島が――直面していた困難を、独特のやり方で解決した、という話になっている。溝口の困難とは、女（有為子）に接することができない、女を我が物にすることができない、というものだった。柏木も、檀家の美しい娘と肉体関係を結ぶことができないことを自覚したとき、同じ困難にぶつかっている。だが、彼はこれを克服し、童貞を脱した。

しかし、これはほんとうに解決になっているのだろうか。柏木がやったことは、目指す対象を、美しい女から醜い老婆に置き換えることだ。これは、問題の解決ではなく、むしろ回避である。同じ困難を回避することなく正面からぶつかっていったのが、溝口である。それが、金閣への放火という形態をとるのだが、その論理については、後で論じよう。

とりあえず、後の考察のために、細かいことだが、次のことだけ注意を喚起しておく。柏木は、まず美しい娘を目の前におき、ついでこれを醜い寡婦へと転換した。溝口に関しては、この順序が逆になっている。金閣寺は、最初、美しくは見えない。むしろ、それは古く醜いみすぼらしい建物である。が、やがてそれは美しく変貌した。あの華道の師匠の乳房も、いきなり露出されたときには、醜い肉の塊に見える。が、美が遅れてやってくる。

4 「認識」

こうした点について考察を深める前に、まず理解しておかなくてはならないことは、柏木の

「童貞克服」の話のどこに、「認識」と呼ぶべきものがあるのか、ということだ。この話のどこに明察が含まれているのか。柏木の話は、実のところ彼固有のひねりが入っていて、いささかわかりにくい。われわれは、いきなり応用問題を与えられた状況になっているのだ。ひねりのない単純な例題で考えた方がよい。そうしたとしても、ことがらの本質はいささかも失われないからである。難しそうに見える複雑な問題も、単純な問題の中にある本質的な核を理解してしまえば、簡単に解くことができる、ということを、われわれは、中学や高校の数学の演習で学んできただろう。幸い、われわれは、そのような単純な例題として役にたつ話を、三島由紀夫とは別のコンテクストから拾ってくることができる。

たとえば、アガサ・クリスティ原作のエルキュール・ポアロ物のひとつ『百万ドル債券盗難事件』（テレビドラマ版、LWT制作）に次のような場面がある。それは、犯人特定の鍵となる事実をポアロが見出す場面だ。彼は、ある醜い看護師が、実は、大西洋横断の豪華客船でポアロの同僚ヘイスティングスの隣室にいて知り合いになった美女と同一人物であることに気づくのだ。その美女は鬘《かつら》で変装するだけで、さえない醜女《しこめ》に変身していたのである。ヘイスティングスは、最初、これを全然信じない。「だってミランダ〔美女の名前〕はすごくきれいだったじゃありませんか」と。しかし、やがて、事実を認めざるをえなくなる。

ヘイスティングスは暗い気分になる。美しい女が、いくらでも自分を醜く見せることができるということは、逆も可能だということを意味しているからだ。どんな美人でも、実は醜女の変装かもしれない。もしそうだとすると、男が美しい女を愛し、夢中になっているとき、いったい男は何を愛していることになるのか。男は実体のない虚妄に心酔しているだけだ、ということになりはすまいか。もし最愛の妻や恋人が、ほんとうはこの美しい人ではないのだと思うようになったら、愛は消え去ってしまうのではないか。ヘイスティングスは、こんなふうに思って落ちこむ。ヘイスティングスに対して、ポアロが例の調子で言う。「そうじゃありません。友よ。それは智慧《ちえ》（wisdom）の始まりを告げているのです」。

ここでポアロが「智慧」と呼んでいるものと、柏木の「認識」とは同じものである。老婆との交わりを通じて柏木が洞察したことは、どんな美女であろうとも、よくよくすみずみまで見るならば、老婆だということだ。美女の顔は老婆の顔の偽装であり、すみずみまで明晰に認識するならば、前者は後者へと還元される。柏木は、先に引用した言葉に続けて、こう言っている。「どんな美女の顔も、些《いささ》かの夢もなしに見るとき、この老婆の顔に変貌《へんぼう》しない、と誰が云えよう」。彼が得た「不断の確証」とはこれである。

初期仏教から説かれている修行のひとつに、墓場における死体観察というものがある。それは、ポアロの智慧、柏木の認識を、最も徹底したかたちで得るための修行だと言える。死体の棄て場に行くと、悪臭を放ちつつ、腐乱している身体を見ることができる。どんなに美しい女性の身体であれ、結局は、これになる。いやこれである。人は、このことを覚《さと》る。この修行は、主として、女の身体への愛欲を断つためのものだ。[*1]

柏木の言う認識が、同じ洞察を中核としていることは明らかだろう。ただ普通の人と違うのは、性欲の方向だ。一般の人は、この認識によって、性欲が消える。柏木は、逆に、安心して性欲を亢進《こうしん》させることができる。それは、柏木が、内翻足をもつ自分の身体を老婆と同じように醜いと見なしているからである。が、いずれにせよ、柏木が、女に欲情しているとき、その女に執着しているわけではない。逆に、いっさいの幻想や執着から解放されたことによる欲望なのだから、結局、柏木の認識は、仏教的な悟りやポアロの智慧と同じ方向を向いていると言ってよい。柏木の場合には、自虐的とも言える屈折した自尊心で捻《ね》じ曲げられて現れてはいるが、それらはみな基本的には同じ洞察を基礎にしている。

＊

では、あの南泉斬猫の公案は、どのように解釈されるのか。先に述べたように、仔猫は金閣であり、有為子である。非常に美しく、寺の者たち全員を魅了した。その争いの原因となる仔猫を斬り捨てて問題を解消したのが南泉であった。ここまではすぐにわかるだろう。その後の、趙州の履の話は何を意味しているのか。

柏木は、巧みな比喩によって解釈してみせる。美は虫歯のようなものだ、と。気になって気になって仕方がない。虫歯は、痛みによって、自分を主張し続ける。われわれは、虫歯に支配されているような気分になる。ついに耐えられなくなり、歯医者に歯を抜いてもらう。すると、医者から、血まみれの小さい茶色の汚れた歯を見せられる。すると、こう自問せざるをえなくなるだろう、と柏木は言う。「これか？　こんなものだったのか？　俺に痛みを与え、俺にたえずその存在を思いわずらわせ、そうして俺の内部に頑固に根を張っていたものは、今では死んだ物質にすぎぬ。しかしあれとこれとは本当に同じものだろうか？」。

猫を斬るのは、虫歯を抜くようなものである。だが、虫歯を抜いたからといって、実は、美そのものを根絶したことにはならない。それによって、人は美から解放されるわけではない。趙州は――柏木によって解釈された趙州は――、そのように批判しているのである。猫が死んだとしても、猫の美しさは死んでいないかもしれない。趙州は、猫を殺す（虫歯を抜く）ということで事足れりとする解決の安易さを諷《ふう》して、頭に履をのせたのだ。結局、人には、虫歯の痛みに、美の魅惑に耐えるほかに、解決の道はない。これが趙州の出した結論である――と柏木は南泉斬猫を解釈する。

その上で、柏木自身は、さらにこれより少し先にまで進む。趙州の解決は、結局、美は認識によって――しかも共同主観化された認識によって――守られて眠るべきだ、というものである。美しいものを殺したり、壊したりしたところで、人は美から解放されない。だが、ここまでに解説してきた柏木の哲学からすれば、美を見出す認識は、仮に認識だとしても、歪《ゆが》んだ認識、ほんとうはなくてもよいような余り物の認識である。なぜなら、真に実相を認識するならば、人は、そこに美などはないことを知るからである。ともに嵐山に出かけたとき、柏木は、苔《こけ》むした石塔の頭をべたべたと平手で叩《たた》きながら、こう言った。「石、あるいは骨、人間の死後にのこる無機的な部分さ」。これに「私」が「ばかに仏教的なんだね」と答えると、柏木はさらにこう言う。「仏教もくそもあるものか。優雅、文化、人間の考える美的なもの、そういうものすべての実相は不毛な無機的なものなんだ。龍安寺《りようあんじ》じゃないが、石にすぎないんだ。哲学、これも石、芸術、これも石さ」。

こういう柏木風の考え方をとれば、美は幻影だということになる。美しいものがあると認識することは、実相から目を背ける慰藉《いしや》である。たとえば、ヘイスティングスの憂鬱のことを思うとよい。本来的に美しい人がいると信ずることができれば、ほんとうは醜い人が鬘や化粧で偽装しているわけではなく、それ自体において美しい人がいるのだと信ずることができれば、ヘイスティングスは安心しただろう。趙州も、柏木の観点からは、慰藉としての美とともにあることを許容している。

しかし、柏木の認識、彼の徹底的に透徹した認識は、美が慰藉として活用されることを許さない。美なるものは存在しないはずだからだ。では、この観点から、溝口を見たときにはどうなるのか。金閣の美に執着していることを思えば、溝口は、まさに慰藉としての美の中に安住していることになる。彼は、美によって守られているのだ。さらに、このことにすら耐えられず、美しい金閣を壊してしまえともくろんでいるとすれば、彼は、趙州の水準からさらに後退して、南泉の水準で対応していることになろう。

＊

だが、溝口の反論は、柏木の予想を超えていた。美は慰藉なんかではない。

「美は……」と言いさすなり、私は激しく吃った。埒《らち》もない考えではあるが、そのとき、私の吃りは私の美の観念から生じたものではないかという疑いが脳裡《のうり》をよぎった。「美は……美的なものはもう僕にとっては怨敵《おんてき》なんだ」

（『金閣寺』）

敵としての美。これは、今まで見てきたどの対応（南泉、趙州、柏木）の中にもない概念だ。さすがの柏木も、驚き大仰に目をみひらいた。美が怨敵であるとはどういうことなのか。いずれにせよ、ここから、金閣への放火という行動が導かれてくるのだろう。美が敵だという見方がどのようにして出てくるのか。それがいかにして、金閣への放火という行動へ溝口を駆り立てるのか。次にこれらのことを説明しなくてはならない。

次の考察のために、この章の最後に、柏木に反論しておこう。柏木の言っていることは、単純化してしまえば、こうである。あの美しい娘の実相は、醜い老婆である。この過酷な真理から目を覆うために、人は美という幻影をもつ。その意味で美は慰藉である。

だが、よくよく事態を見直してみよ。柏木は、最初、まばゆいほどに美しい女の裸体の現前に、圧倒されたのであった。そのため、彼は、女と交わることができなかった。ここから捉え直してみれば、むしろ、その女の体も老女の醜い身体と変わらないという「認識」の方こそ、このときの衝撃から目を背けるためのスクリーンになっているのではないか。真理が、「認識」の方にあるのではなく、「美」の方にあるのだとしたらどうだろうか。そうだとすると、「美」が「認識」に対して欺瞞的な慰藉として働いているのではないことになる。逆に、「認識」こそが「美」の衝撃を緩和する慰藉になっているのである。

＊1　ほとんど同じ修行を、カトリックの聖職者も行う。たとえば目の前に美しい肉感的な女性がいて欲情したとき、その身体が、ずっと後に、十年、二十年、三十年、四十年の後にはどうなっているのか、と想像するのだ。肌はかさかさに乾き、顔には多数の皺が刻まれ、乳は垂れ、……となるだろう。これをさらに延長して、蛆がわく死体まで見るのが、仏教だ。

第七章　美の現れ

1　プラトニズムの内／外

『金閣寺』の主人公にして語り手である溝口を金閣寺の放火へと駆り立てた論理、つまり溝口の「行動」を必然化した論理は、彼の友人である柏木の「認識」の論理を否定し、乗り越えるものでなくてはならない。溝口は──前章の最後で述べたように──放火の直前、はじめて柏木に真っ向から反論して、美的なものは「僕にとっては怨敵なんだ」と言い放つわけだが、こうした言動から、ありがちな解釈、たとえば、醜い溝口の美しい金閣寺に対する嫉妬に放火の動機を求める説明は、正鵠《せいこく》を射た解釈とは言えない。そんな嫉妬など、柏木が提示した明晰な認識によって、つまりどんな美女も醜い老婆に還元しうるという柏木が示した「真理」を納得すれば、雲散霧消するはずのものだからだ。ならば、どのように考えればよいのか。

柏木の認識なるものがどのような世界観を敵視しているのか、どのような（別の）真理を闘争の標的としていたのか、それが打ち倒そうとしている思想はどのようなものなのか。まずは、この点を再確認することから始めよう。柏木の認識に対して「アンチ」となるような理論——それが柏木の認識よりも高い説得力をもつかどうかについてはまずは問わずに——、そうした理論を正確に把握しておこう。柏木の認識への反措定としての溝口の行為は、その種の理論と同一ではないとしても、同じ方向にあると推測することができるからである。

　柏木の認識の対極にある思想、柏木の批判のターゲットとなるような理論の極限は、プラトンの哲学であろう[*1]。柏木は、美しい物のそれ自体としての存在を否認する。美しく見える物も、その実相を明晰に認識してみれば、醜いつまらない物でしかないからだ。美は、共同の幻想においてしか存在しない、というのが柏木の思想である。一見、これと似て、プラトンも、美しくあることを目指して制作された物の価値を、要するに芸術の価値を否認する。だが、美的対象を斥ける根拠が、プラトンは、柏木の場合と正反対である。どういうことか。

　柏木の認識とは逆に、プラトンにとっては、美は、この上なく明白に実在する。それにもかかわらず——というよりむしろまさにそれゆえに——、芸術作品を、プラトンは無価値なものと見なす。芸術作品はまがいものだからである。もう少し正確に言えば、芸術作品は、二重の模倣《コピー》の産物、模倣の模倣だからだ。芸術が自然の模倣だということは、しばしば言われることだが、どうして、ここでは、その模倣が、「二重」ということになるのか。プラトンの観点からは、通常の物質的対象がすでに模倣だからだ。何の？　「イデア」の、である。真に実在するのはイデアのみだ。われわれがこの世界の中で見たり、触ったりしている物質は、そのイデアの写しに過ぎない。とはいえ、このような物質しかわれわれは実際の経験の対象にできないのだから、この第一段階の写しは、容認しないわけにはいかない。芸術作品は、たとえば絵画や彫刻は、この（イデアの）写しのさらなる写しである。したがって、存在論的には、三つのレヴェルが想定されている。まず、イデアがあり、それの物質による模倣があり、そしてその模倣の模倣としての芸術がある。だが、この第三のレヴェル、つまり、すでにまがいものであるもの（第二のレヴェル）のさらなるまがいものなど、なくてもよい、いやない方がよい。これが、プラトンの考えである。第二のレヴェルにおいて、人は、すでに真の実在ではないものを実在と取り違えてはいるのだが、それは必要悪として許容できても、第三のレヴェルの芸術は、もはや必要ですらない、端的な悪である。

このプラトンの哲学を基準にして柏木の理論を見るならば、彼は、三つのレヴェルのうちの第二のレヴェル——プラトンにとっては「（真の実在の）写し」に過ぎない第二のレヴェル——だけが、真に実在する、と主張していることになるだろう。柏木の認識が、「無」へと還元しようとしているのは、当然（第三のレヴェルの芸術ではなく）第一のレヴェルのイデアである。美的対象の「美」の根拠となるような、イデアなど存在しない、と。

では、溝口はどうであろうか。溝口と金閣寺との関係は、反柏木の極限であるプラトンの哲学の中で、整合的に理解することができるだろうか。できる。溝口にとっての金閣寺を、プラトン的な枠組みの中で解釈することができるのだ。溝口にとって、真の金閣寺とは、美のイデアそのものであり、物質的な建築物としての金閣寺は、いわば、その現れ（コピー）のように感じられている。たとえば、敗戦の日の金閣寺の印象に関して、溝口は、「金閣が折々に示した美のうちでも、この日ほど美しく見えたことはなかった」と述べたあと、次のように記している。

私の心象からも、否《いな》、現実世界からも超脱して、どんな種類のうつろいやすさからも無縁に、金閣がこれほど堅固な美を示したことはなかった！　あらゆる意味を拒絶して、その美がこれほどに輝やいたことはなかった。

（『金閣寺』）

金閣が、心象《イメージ》からも、また現実世界の経験的な対象としてのあり方からも独立して、堅固に実在しているのは、それがイデアだからである。この文章の直前には、金閣は、「昔から自分はここに居り、未来永劫《えいごう》ここに居るだろう」という表情を取り戻していた、とも記されている。これもまた、金閣のイデアとしての存在を示唆している。

すると、柏木のシニカルな「認識」に対して、溝口のプラトニズムを対置すればよいのだろうか。仮にそうだとして、後者は、前者の思想を「超えている」と判定することができるだろうか。溝口がプラトニズムに準拠しているとして、それがどうして、金閣への放火という行動を要求するのか。

だが、そもそも、仔細《しさい》に検討すれば、溝口と金閣との関係は、プラトンの哲学の範囲内に収めることができないことがわかってくる。一方には、確かに、『金閣寺』の中に、プラトンの存在論の寓意的な表現として解釈できる描写もある。しかし、他方には、プラトンの存在論の範囲から明らかに逸脱している場面もあるのだ。要するに、溝口の金閣への態度には両義性がある。『金閣寺』の中に、溝口が女と肉体関係をもとうとするが、その瞬間に、「金閣」が出現したがために失敗する、というエピソードが二回出てくる。一見、同じことの反復のように見えるが、「プラトン」というメルクマールとの関係では、両者の位置は対照的である。一方は、プラトン的な世界の内側にあり、他方は、その外側にある。[*2]

*

最初のエピソード。溝口は、柏木の導きで、柏木の下宿の娘と肉体関係をもちうるチャンスを得た。柏木たちとの嵐山へのハイキングの最中でのことである。柏木の相手は、少し前に彼が口説き落とした美しい令嬢だが、溝口に与えられた下宿の娘は、小太りで容貌の点でも劣っていた。読解の上で重要なことは、この時点で、溝口は、柏木のあの認識、彼のあの悪魔的な世界観を受け入れようと心に決めていた、ということである。

溝口は、自分には、「人生の明るい表側」に入る資格はない、と感じてきた。しかし、柏木流の認識は「裏側から人生に達する暗い抜け道」を指し示しており、そこを通っても、結局、「他の通例の生と等価の生」を手に入れることができるはずだ……これがこの時点での溝口の考えだ。巧みな比喩によって婉曲《えんきよく》的に語られていることを、わざと極端に俗悪な表現で言い換えてしまえば、次のようになろう。自分のような暗い男は、美しく魅力的な恋人を得ることはかなわないが、しかし、醜女とならば、肉体関係をもつこともでき、柏木風に人生を見れば、結局、美女といえども醜女と本質的な違いはないのだから、醜女の側から入って得た人生は、普通の人の人生と価値の点で劣らないはずだ、と。

というわけで、人生への最初の「関門」を通り抜けようと、溝口は、あまり美しくない下宿の娘と肉体関係を結ぼうとする。が、その瞬間、金閣が現れた。「威厳にみちた、憂鬱な繊細な建築。剝《は》げた金箔《きんぱく》をそこかしこに残した豪奢《ごうしや》の亡骸《なきがら》のような建築。近いと思えば遠く、親しくもあり隔たってもいる不可解な距離に、いつも澄明に浮んでいるあの金閣が現われたのである」。金閣の出現によって、下宿の娘は遠く小さくなり、塵《ちり》のように飛び去ってしまった。金閣はこの娘を拒んだのだ。ということは、溝口の人生も金閣に拒まれたわけだ。溝口は思う。「一方の手の指で永遠に触れ、一方の手の指で人生に触れることは不可能である」と。[*3]

この場面で、柏木流の世界観はプラトニズムの逆襲を受けている。「永遠」とは、イデアの水準を指し、「人生」とは、諸々《もろもろ》の物質的対象に満たされた経験的世界を指す。溝口は、柏木の世界観に則って、美のイデアの存在を無視し、美のイデアの反映をいささかも含んでいない女と関係をもとうとしたわけだ。これに対して、美のイデアが溝口に懲罰を加えているのである。溝口は、金閣（美のイデア）自らが化身して現れ、「私の人生への渴望《かつぼう》の虚《むな》しさを知らせに来たのだ」と思っている。イデアの世界と物質の世界とははっきりと区別され（永遠と人生を同時に取ることはできない）、両者の間の優劣の階梯《かいてい》も明白だ。イデアは、経験的世界の彼方にその本来のルーツをもっており、自らの反映（化身）を経験的世界に送ってきたのである。

だが、もうひとつのエピソードは、女と肉体関係をもとうとした瞬間に金閣が出現するという点ではまったく同じ筋道を辿っているのに、プラトン的な図式に当てはめて解釈することができない。こちらのエピソードは、前章ですでに紹介してある。南禅寺で目撃した女（華道の師匠）が誘惑してきたのに応じて、溝口が彼女と肉体関係をもとうとしたその瞬間、再び金閣が現れる。この女は下宿の娘と違って美しく、溝口には、有為子のよみがえりであると感じられていた。女は、乳房を掻き出して溝口に迫ってくるのだが、そのとき、金閣が出現する——というより、厳密には、彼女の乳房が金閣寺へと変貌したのだ。この金閣寺の出現によって、溝口は、またしても女との交わりを阻まれてしまい、童貞を捨てることができなかった。

この第二のエピソードに関しては、プラトン哲学の図式によっては説明できない。なぜか？ この「金閣」のルーツはどこなのか、金閣はどこに由来するのか、金閣の存在論的な身分は何なのか、と問うてみればわかる。この場面で、イデアとしての金閣が、ほかの事物たちの集合よりなる現象界に、直接に現れてしまっているのだ。下宿の娘のケースと違って、女がすでに復活した有為子（金閣寺の等価物）である以上、出現した金閣のルーツを、女の乳房があるこの場所とは別のところに求めるわけにはいかない。プラトンの世界観の中核的条件は、存在論の三つのレヴェルの厳格な区分（イデア／その模倣としての物質の世界／そのさらなる模倣としての芸術）にある。ところが、南禅寺の女の乳房から変貌した金閣は、日常の物質と異なる存在論的なレヴェルに所属していると見なすことはできない。が、しかし、それは依然としてイデアであり、溝口は、これを塵のごとき物質の一種へと還元し尽くすことができると――柏木だったらそうしたようには――嘯《うそぶ》くことはできない。

要するに、『金閣寺』の主人公と金閣との関係には、プラトニズムの図式には回収できない何か、そこから逸脱している契機があるのだ。それが何なのか。この点を解明できなければ、溝口が金閣寺を放火した理由はわからない。

2　ジュディはマデリンである

このように、溝口の金閣の美に対する感覚は、プラトンの存在論の枠内には収めることはできない。このことは、実は、小説の冒頭から予告されていた。溝口は、人生で最初にぶつかった難問は美だった、と述懐した後、次のように断定する。

金閣はしかし私にとって、決して一つの観念ではなかった。〔中略〕見ようと思えばそこへ行って見ることもできる一つの物だった。美は、かくて指にも触れ、目にもはっきり映る一つの物であった。（『金閣寺』）

金閣寺は卑俗な日常の対象と並んで実在する物である。だが、そうだとすると、物としての金閣は、柏木のシニカルな認識の餌食にならないのか。美女が醜い老婆に還元できるのだとすれば、金閣も、何の変哲もない「古い黒ずんだ小《ち》っぽけな三階建」の木造建築に過ぎない、ということになるのではあるまいか。[*4]だが、金閣はこのように還元されるのではなく、逆に、イデアへと変貌する。とすれば、ここにどのようなメカニズムが作用しているのか。

この点を解明するために、三島由紀夫というコンテクストを離れて、思い切った回り道をしてみよう。周知のように、ラカン派精神分析を継承する哲学者スラヴォイ・ジジェクは、ヒッチコック映画の当代随一の解釈者である。ジジェクは、ヒッチコックの代表作のひとつ『めまい』（一九五八年）の中から、しばしば二つの場面に注目し、その効果を分析している。[*5]この場面が、われわれの考察を深化させる上で格好の素材になっているのだ。ジジェクの分析を参考にしながら、われわれの探究に有用な洞察を引き出してみよう。

＊

刑事のスコティは、友人の依頼で尾行していた友人の美しい妻マデリンがいつも美術館で鑑賞しているカルロッタ（マデリンの先祖）の肖像画――マデリンによく似ている――に魅入られてしまった。スコティがこの肖像画を気に入っていることを知った、画家のミッジ――スコティに片思い的な恋愛感情を抱いている――は、カルロッタの肖像画を正確に模写し、ただ顔だけを自分の眼鏡をかけた凡庸な顔に置き換えた絵を描いた。ミッジがこの絵をスコティに見せる場面に、まずは注目しておきたい。ミッジが戯れに描いた絵を見た途端、スコティは異様な衝撃を受け、深い鬱に沈んでしまったのだ。ちょっとしたいたずらのつもりだったミッジは、スコティの予想外の反応に狼狽し、後悔するが、もう遅い。

ミッジのこの絵は、柏木的な認識の例解になっている。いや、前章で柏木の世界観を説明するために言及した、エルキュール・ポアロの「智慧」を参照した方がわかりやすいかもしれない。ポアロは、どんな美人も、変装したり、化粧したりした醜女かもしれない、ということを示唆したのであった。ミッジの絵は、カルロッタはミッジに還元しうる、言い換えれば、ミッジ（のような凡庸な女）の偽装によってカルロッタを創ることができる、ということを実物によって例示しようとしているのだ。だが、この「認識」は、スコティにとって解放的な効果はなく（つまりカルロッタやマデリンへの執着から彼を解き放つことはなく）、逆に、スコティをひどく落ち込ませてしまう。柏木の認識は、スコティには利かない。そして溝口にも。

より注目すべきは、映画の後半のもうひとつの場面の方である。マデリンはすでに死んでいる。調査しているうちにマデリンを愛してしまったスコティは、彼女の死で深いメランコリーに陥り、ほとんど廃人のようになってしまった。あるとき、彼は、街で、マデリンと少しだけ風貌が似ている、あばずれの女ジュディに出会った。スコティは、ジュディを何とか口説きおとし、デートに連れ出すことに成功した。分析の対象にするのは、この最初のデートにおける「レストラン（実はスコティがマデリンを初めて見た場所でもある）での食事」の場面である。二人の会話ははずまず、ぎこちない。そのとき突然、スコティの眼差しが、ジュディの右肩越しのある一点に固定された。レストランに入ってきた貴婦人が、マデリンに見えたのだ（遠すぎて細部はぼんやりしているのだが、この女性の服装が、マデリンがよく着ていたグレイのスーツとそっくりだった）。ジュディは、スコティの眼差しが何に惹きつけられているかに気づき、傷ついてしまう。

このレストランの場面で、マデリンが幽霊のように現れている。ここで、われわれは、マデリン（らしき女性）とジュディが並んでいるショット――これがスコティの目に映っていることでもある――を得る。この場面と『金閣寺』との類似は明らかであろう。溝口が、女と関係しようとすると、突然、金閣（＝有為子）が出現するのであった。同じように、スコティも女（ジュディ）と一緒にいるとき、イデアに比せられる女性（マデリン）が現れる。ヒッチコックの映像で最も肝心なポイントは、今しがた述べたように、ごく日常的で平凡な対象（どこか下品な感じのあるジュディ）と幽霊を思わせる仕方で立ち現れたイデア（マデリンのような美しい女性）とが、横並びに置かれ、両者が同じ存在論的な次元に属しているということが強調されていることとである。

映画全体のコンテクストの中で見れば、このレストランの場面には、さらなる工夫が凝らされている。スコティの目の前にすわっているダサい女――田舎から都会に出てきたばかりという印象を与えるこの女――こそは、実は彼が血眼になって探し求めている女なのである。つまり、このときスコティはまだ気づいていないが、ジュディこそはマデリンである。マデリンの死は偽装であり、彼女は死んでいなかったのだ。というか、厳密に言えば、はじめから「マデリン」などという女性は存在せず、ジュディが演じていたのである。

最初のデートの後、スコティとジュディは次第に親密になっていく。その間にジュディは洗練され、美しくなり、「マデリン」に近づいていく。やがて、スコティの目には、ジュディは、蘇生したマデリンのように見えてくる。ということは、レストランの場面と対比したとき、何が言えるのか。レストランにおいては並列していた二つの現れ、ジュディとしての現れ（卑俗な対象）とマデリンとしての現れ（イデア的なものの現前）とが、最終的には完全に重ね合わせられ、ひとつになるということである。このストーリーは、『金閣寺』のあの場面の筋を、つまり南禅寺の女の乳房が、最初にいきなり提示されたときにはただの肉の塊に感じられ、次第に美しく見え、そして金閣寺に変貌するという筋をスローモーションで展開していることになるだろう。南禅寺の女（の乳房）は有為子（＝金閣寺）に変貌し、ジュディはマデリンに変貌する。

もう一度、確認しておこう。ミッジの絵の場面とレストランでのデート（とそれ以降の展開）の場面では、論理のベクトルが逆になっていることに留意しなくてはならない。ミッジの絵には、「カルロッタ（イデア的対象）→ミッジ（平凡な対象）」（カルロッタといえどもミッジとさして変わらぬ）というベクトルが表現されていたとすれば、レストランのデートは、「ジュディ（下品な対象）→マデリン（イデア的対象）」という変貌の端緒となっている。前者のベクトルが、柏木の世界観の解説になっているとすれば、後者のベクトルは、溝口の行動の論理の解説と見なすことができる。

3　現象とイデア

ヒッチコックの映画を媒介にしたことで、美や金閣に関して、どのような哲学的な教訓を得ることができるのか。『金閣寺』の解釈をどのように深化させることができるのか。

イデアは、さまざまな事物が現象している、この経験的世界とは独立の超越的な次元に属しているわけではない。つまり、この点でプラトンはまちがっている、とはっきり言っておかなくてはならない。イデアは、南禅寺の女の乳房が金閣寺に変貌したように、現象の領域にまさにそのものとして現れるのである。『金閣寺』に込められた三島の思想には、両義性がある。先に引いたように、溝口＝三島は、金閣を、プラトンのイデアと同じようなものとして、つまり現象を超えた永遠の領域に属するものとして思い描いてもいる。しかし、そうであってもなお、美のイデアとしての金閣は、現象の領域のただ中に立ち現れるとする認識が、三島においては優位にあったのではないか。この点を端的に示しているのが有為子、彼女の名前である。

前章で述べたように、そして本章のここまでの考察も前提にしてきたように、思春期の溝口が暗い憧れをもって見ていた美女、有為子は、溝口にとっては、金閣の等価物である。ところで、彼女の名前はかなり変わっている。三島は、考えに考え抜いてこの名前を付けたに違いない。[*6]「有為」は仏教用語であり、「無為」に対立する。有為とは現象――因果関係の中で生起し消滅する現象――のことである。無為は逆に、現象の生滅から独立した無時間的な世界、涅槃《ねはん》や真如のことであって、仏教的に言えば、明らかに、無為の方がよい意味になる。プラトンのイデアに対応させるにふさわしいのも、「無為」の方である。しかし、三島は「有為（子）」を選んだ。美のイデアは現象（有為）だからだ。

だが、イデアは、どのようにして、もろもろの普通の対象の中に立ち現れるのだろうか。あのレストランの場面に発する、『めまい』の後半の展開のことをもう一度思い返そう。最終的には、ジュディはマデリンとして現れる。ジュディとマデリンは同じものである。が、同時に、端緒においては、つまりあのレストランにおいては、両者は、分離されて現れてもいた。正面にジュディがいて、その左側に、幽霊のようにマデリン（に見える女性）が浮かび上がっていたのだ。同じもの――ジュディ――が二つに分かれているのである。こうした構成が含意していることは何か。

この構成から、ジュディ（普通の卑俗な対象）がマデリン（イデア）として現れているとき、ジュディという現象には内的な差異が孕まれている、ということがわかる。この差異によって生ずる二項を分離すれば、それぞれ、「ジュディとしてのジュディその人」と「幽霊のようなマデリン」になるのだ。ここから次のように結論すべきである。日常的な対象としての現象（ジュディ）は、自ら自体に対して差異を孕んでいるのであり、イデア（マデリン）とは、結局、その差異のことにほかならない、と。

イデアの位置をこのように見定めれば、われわれは、芸術なるものをあらためて救い出すことができる。第1節で、プラトンは芸術を貶斥《へんせき》した、と述べた。プラトンが芸術の価値を認めなかったのは、芸術作品はイデアを間接的にしか模倣していない――模倣の模倣にしかなっていない――からである。だが、もしイデアの存在論的な身分がプラトンが想定していたものとは違っていたとしたら、つまりイデアが現象のそれ自体における差異であるとするならば、芸術の評価はまったく異なったものになる。芸術は、現象を――誰かの身体とか風景とかを――コピーしようとする。この模倣《コピー》による二重化――現象そのものと芸術作品という二重化――においてこそ、現象それ自体に孕まれた内的な差異が検出されるのではないか。そうであるとすれば、芸術は、イデアを――模造品（現実の物理的対象）を媒介にして――間接的に写しているのではなく、まったく逆に芸術こそ、イデアを直接に写していることになる。芸術がなければ、イデアを写すものは何もないだろう。換言すれば、イデアは、現象が——芸術を通じて——コピーされることにおいて立ち現れる何かである。金閣という建築物もまた、このような意味での芸術のひとつだ。溝口にはそのように見えている。

現象がそれ自体に差異を孕む、ということは、次のようなことを意味している。すなわち、現象が同時に、「自ら以外のもの」あるいは「自ら以上のもの」への暗示を含んで現前する。では、「自ら以外のもの」「自ら以上のもの」とは何か、と問うたとしても、それは何ものでもなく、虚無だというほかない。それは、現象そのものに随伴する余剰であり、積極的には何ものでもない。こんな比喩が適切だろう。ここにヴェールがあったとする。そこにヴェールがあるだけで、われわれは向こう側への暗示を直感する。向こう側には何もなくても、である。ヴェールの現象に随伴する「向こう側」こそ、「自ら以外のもの」「自ら以上のもの」である。

同じことを次のように言い換えることもできる。現象が余剰をともない、「自ら以上の何か」を暗示しているということは、直接の現象、余剰を削《そ》ぎおとした生《なま》の現象は、どこか不足している、自分自身に対して足りていない、という印象を与えるということでもある。結局、イデアとは、直接の現象がそれとの相関において「不十分」として立ち現れる何かである。

*

『金閣寺』を読み解くためのこうした考察は、哲学的な余禄《よろく》を伴っている。そのひとつは、哲学史上最もよく知られた「美の定義」が、ほんとうのところ何を意味しているのかが明らかになる、ということだ。美とは何か？　これに対する最も有名な回答は、カントによる「目的なき合目的性」というものだ。[*7] 美しいものには、何か外的な目的があるわけではないし、何かの目的によく貢献するがゆえに美しいわけでもない。それに対して、道具には目的がある。たとえば机は、特定の目的（その上で文書を作成する等）にふさわしい形や機能をもつ。この目的に貢献できなければ、机とは見なされない。これが、普通の合目的性、つまり目的のある合目的性である。美しいものは、しかし、何かの目的に依存して存在しているわけではない。それにもかかわらず、われわれは、何らかの対象に関して、「ふさわしい」という快い印象をもつことがある。それが、（その対象が）美しい、ということの意味である。特定の目的をもたないのに、合目的性の形式だけがある、というわけである。

カントによる、この「美の定義」は、簡潔で実に見事だ。が、同時に、理解不能でもある。目的がないのに、合目的的だというのは、端的に矛盾しているように感じられるからだ。しかし、われわれのここでの考察、現象とイデアの関係についてのここでの考察を援用すれば、この矛盾を解消することができる。

美しい物にわれわれが見る合目的性とは、その物のイデアに対する適合性のことである。その物のイデア――その物のあるべき姿――に対して、実際の物が十分に適合している、イデアへと近づこうとしている、と見えているならば、その物は美しい。だが、イデアは、述べてきたように、その物の現れに随伴する余剰、その物の現象が必然的に帯びる「その物以上の何か」であって、その物自身の現れから独立に定義できる外的な目的ではない。それゆえ、美しい物は、合目的性はあるが、目的はない、ということになる。

さらに、「美」の延長上には「崇高」がある。*8 美しい物は、「快」の感情を引き起こす。崇高な物は、恐怖のような「不快」の感情を引き起こす――というかその「不快」自体が「快」であるとき、その原因となる対象は崇高である。カントが挙げている例をそのまま引けば、「花」や「さらさらと流れる小川の、さまざまに変化してゆく形態」は美しいが、「氷の山頂をいただく異形の山塊」や「荒れくるう冥《くら》い大洋」は崇高である。

崇高な対象もまた、「(目的なき) 合目的性」との関係で定義できる。簡単に言えば、合目的性が崩壊しているとき、つまり「反目的的であるとき」、その対象は崇高なものとして現れる。反目的的であるということは、端的に合目的性がない、ということとは違う。まずは、合目的性が前提にあるからこそ、その破壊としての反目的性を規定することができるのである。「美」も、そして「崇高」も、ともにイデアへの (反) 適合性から派生する性質である。

4　放火のメカニズム

金閣は、溝口にとって、以上に述べてきたような意味でのイデアである。だが、このことはまだ、溝口を放火に走らせる必然性を直接には説明しない。金閣がイデアとして現れているということから、溝口が金閣に火を付けた理由を直接に導くことはできない。しかし、ここから、もう一段階の転回があった場合には、事情は別である。もう一段階の転回とはどういうことか。

イデアは、事物Aの現れに随伴している「それ以上の何かX」である、と述べてきた。このことは、次の錯覚へと転回する。「ここに現れている事物Aは、単なる二次的な像——背後にある真に超越的で絶対的な存在Xのコピーや反映——に過ぎない」という錯覚である。前節で、「ヴェール」の喩えを使った。これを引き継いで説明しよう。ヴェールAがあると、ヴェールの背後に何かXがある、という印象が構成される。実際には、何もないにもかかわらず、である。その上で、やがて、その背後に隠されている（と想定されている）Xこそが、最も重要な真実の実在であって、ヴェールAは真実を見えなくする偽装、真実に規定された二次的現れである、という転倒が生ずるであろう。ここで論じている錯覚とは、この種の転倒のことである。

『めまい』に即して説明してみよう。客観的に見れば、マデリンという理想の美女は、ジュディの現前から派生する二次的な効果である。ほんとうはマデリンなどという女性は実在しないのに、ジュディがいると、その向こう側に、ジュディがモデルとし、それに近づこうとしているマデリンなる女性がいるかのように感じられてくるのだ。やがて、この見え方自体が、「事実」として受け取られるようになる。実際、スコティは、この錯覚の中を生きている。彼にとっては、死んだマデリンこそ、絶対的な理想の女性であり、ジュディは、それに似せて作られたまがいものだ。スコティが真実を——マデリンは最初からジュディであったという真実を——知るのは、映画の終盤である。[*9]『金閣寺』に関しては、次のようになる。本来は、理想の美の象徴としての金閣は、実際に触れることもできる古い小さな三階建の建築物の現前から生ずる二次的な効果である。しかし、やがて逆に、現実の建築物の方が、真の絶対的な実在であるイデアとしての金閣の模造のように感じられてくるのだ。

ジャック・デリダが「神」について述べていることが、参考になる。デリダによれば、神は、それ自体として持続的に存在している絶対的な「実体」などではなく、「約束の純粋な潜在性」である。「約束の純粋な潜在性」とは、神は「約束」——やがてやってくるという約束——という形式でしか現れない、ということだ。サミュエル・ベケットの『ゴドーを待ちながら』のことを思うとよい。この芝居で、エストラゴンとヴラディーミルはただひたすら、ゴドー（＝God）を待ちつづけるが、ゴドーその人は、最後まで登場しない。ゴドーは、純粋に「約束の潜在性」という形式でだけ現れるのだ。永遠に「約束の潜在性」でしかないという言明は本来、どの瞬間、どの現在においても、神自体は直接には存在していない、ということに重心を置いている。しかし、やがて、「神が来ることになっている以上は、神はすでに存在しているのだ」という点に重心が移動することになる。ここで「神」と呼ばれているものを「イデア」と言い換えれば、この重心の移動こそ、ここで論じている転回であり、錯覚の事実化である。

今われわれが主題化している転倒は、要約してしまえば、現れ（の副次的随伴物）であるものの存在化である。現象に孕まれる「それ以上の何かX」が、現象の外部の無時間的な彼岸の存在として措定されることになるのだ。三島は、昭和三十年(一九五五年)、つまり『金閣寺』執筆の前年に、『沈める滝』という長篇小説を書いている。この小説は、存在化した現れの隠喩的な表現として読むことができる。

この小説の主人公、城所《きどころ》昇は、電力会社の社長の三代目の御曹司で、幼い頃から、生きた友達ではなく、発電機の模型や鉄の組立玩具や河底の石などを相手に遊んできた。彼は今やダム技師として働く青年で、これまでに多くの女と肉体関係をもってきたが、すべてが一夜限りの関係であった。ある日、彼は菊池顕子《あきこ》という人妻と会い、初めて長く続く関係を結ぶ。昇が顕子に惹かれたのは、彼女が、完全な不感症だったからである。昇は、顕子が交わりの最中に何も感じず、石や鉄のように「虚無の只中《ただなか》に〔中略〕自若として横たわる」ことに感動するのだ。昇がダム建設のために越冬している間、二人は、手紙と電話によって交際を続けた。越冬後に昇は下山し、顕子と半年ぶりに関係をもった。このとき、顕子の不感症が治ってしまう。普通の男だったら喜ぶところだが、昇は違う。彼は、不感症である限りでの顕子を愛していたのだ。そのことを知った顕子は、絶望して自殺してしまう。

この小説の「不感症の女」こそ、超越的な彼岸に自存する実体として措定されているイデアの比喩ではあるまいか。不感症の女は、まるで無時間的な世界の中にある実体のように不動であり、あたかも「墓石」のようである。「太陽と鉄」に書かれているように、三島の理想の肉体は「鉄」に喩えられる。不感症の女の身体もまた、冷たい鉄の塊を連想させる。[*10]

*

『金閣寺』の主人公・溝口を、放火へと駆り立てた論理を説明できる段階に来た。今や、美のイデアたる金閣は、具体的に現象している現実の建造物としての金閣の彼方の、超越的な次元に存在していると想定されている。そのようなイデアとしての金閣にアクセスする方法はひとつしかない。現象を、つまり現象している経験的な物としての金閣を、全面的に荒々しく否定すること、これである。

いや、この表現はまだ十分に正確ではない。むしろ次のように言うべきだ。現象をトータルに否定しようとする行動、それだけが、現象の彼方の超越的なレヴェルに「イデア」の存在を措定することができるのだ、と。どういうことなのか、もう一度、ヴェールの比喩を借りて説明しよう。ヴェールを現前させると、その向こう側に、何か特別に貴重な物があるかのような錯覚をもたらすことができる、と述べた。だが、ほんとうにそんな宝物があるのか、わからないではないか。というか、ほんとうは、宝物などなく、ヴェールの背後は虚無である。それにもかかわらず、彼方の宝物の存在を信ずるにはどうしたらよいのか。ヴェールを引き裂こうとすること、これしかあるまい。ヴェールを引き裂き、ヴェールの背後を実際に見る、ということが重要なわけではない（実際に見れば、そこには何もないことが明らかになってしまう）。そうではなく、ヴェールを何としてでも引き裂こうとする、その行動だけが重要なのだ。なぜか？もしヴェールに関心を示さず、ただそれを放置するのであれば、ヴェールの背後に宝物があることを信じていないことになる。宝物の存在を信じているならば、何としてでもヴェールを裂き、向こう側に行こうとするはずだ。つまり、ヴェールをあらん限りのやり方で引き裂こうとする行動だけが、ヴェールの向こう側の「存在」を確信していることを示す唯一の方法である。

このヴェールを引き裂くということを、一般的に表現すれば、現象している物の否定ということになる。現象している経験的な事物の存在の全面的な否定が、現象の彼方の超越的なレヴェルにおけるイデアの存在の肯定へと反転する。現象する存在の否定とは、この場合、具体的には、建築物としての金閣寺を燃やし、それを灰燼《かいじん》に帰させることである。奇妙なことに思われるだろうが、これによって、イデアとしての金閣は救われるのだ。金閣というイデアを救出する方法は、これしかない。溝口が金閣寺に火を放ったのは、このためである。念のために述べておけば、このような理路を、溝口が（そして三島が）意識しているわけではない。彼の行動を必然化しているメカニズムを、客観的な観点から捉えれば、このような論理に従っているということである。

溝口は、金閣寺の建物の中でも、とりわけ究竟《くきょうちょう》頂に強い執着をもっている。究竟頂とは、金閣寺の最上階、つまり三層部分のことである。金閣寺に火を放ったあと、溝口の脳裏に、

「この火に包まれて究竟頂で死のうという考えが突然生じた」。彼は、火から遁《のが》れ、煙に追われながら、狭い階段を駆け上がった。そして究竟頂の扉を開けようとした。しかし、開かない。扉には鍵がかかっていたのだ。溝口は、激しく扉を叩いた。体ごとぶつかったりもした。しかし、扉は開かない。このときの溝口の行為には、今しがた説明に利用した、ヴェールの比喩がそのまま当てはまる。究竟頂の扉は、ヴェールである。彼は、あらゆる力を尽くして、これを引き裂こうとしている。

戸の彼方《かなた》にはわずか三間四尺七寸四方の小部屋しかない筈《はず》だった。そして私はこのとき痛切に夢みたのだが、今はあらかた剝落《はくらく》してこそおれ、その小部屋には隈《くま》なく金箔《きんぱく》が貼《は》りつめられている筈だった。戸を叩きながら、私がどんなにその眩《まば》ゆい小部屋に憧《あこが》れていたかは、説明することができない。ともかくそこに達すればいいのだ、と私は思っていた。その金色《こんじき》の小部屋にさえ達すればいい……。

（『金閣寺』）

究竟頂の小部屋の中には、ほんとうは何もないかもしれない。それは、みすぼらしい小さな空間かもしれない。しかし、溝口が扉を叩き、中に入ろうとしている限りにおいて、その小部屋は眩《まば》ゆい金色の空間であり、金閣の金閣たる所以を凝縮した場所になる。究竟頂を美の極点にしているのは、扉を破ろうとする溝口の行動である。

当然のことながら、扉は最後まで開かない。開いてはならないのだ。扉の向こうの美は、扉が開かない限りで可能な幻想だからである。結局、溝口は、金閣寺の建物から脱出して、左大文字山の頂に昇る。そこで、煙草を一服喫《の》み、溝口は「生きよう」と思うのであった。

＊1　念のために述べておくが、柏木（に仮託している限りでの三島）が、プラトン哲学やプラトニズムを明確に、あるいはもっぱら意識しながら自説を展開している、という趣旨ではない。柏木が述べていたことのまったきアンチテーゼを——われわれの観点から——理念型的に構成すれば、プラトンの哲学になる、という意味である。

＊2　以下の二つのよく似たエピソードの根本的な相違という論点に関しては、平野啓一郎の論に負っている。「『金閣寺』論」『群像』二〇〇五年十二月号。

＊3　平野啓一郎は、この部分を引きながら、『トニオ・クレーゲル』的なレトリックだと評している（平野、前掲論）。なるほど確かに、この部分は、芸術家としての生と凡俗な市民としての生との間に引き裂かれるトニオ・クレーゲルを連想させる。

＊4　実際、溝口は、初めて金閣を見たとき、このような印象をもつ。「古い黒ずんだ小《ち》っぽけな三階建」とは、溝口自身の表現である。

＊5　Slavoj Žižek, "Hitchcock's Organs Without Bodies," lacanian ink 22, pp.124-139, 2003.

＊6　三島は、登場人物に、その人物の役割やイメージにふさわしい固有名を与える。つまり、登場人物の名前は、彼または彼女が何者であるのかを、つまりその人物のアイデンティティを意味しているのである。平野は、前掲評論で、この点をかなり詳しく論じている。ともかく、『金閣寺』の主要登場人物の中で、最も際立った個性を発揮している名前は「有為子」である。

＊7　イマヌエル・カント『判断力批判』熊野純彦訳、作品社、二〇一五年。カントの美の定義は、これひとつだけではない。カントは、「カテゴリー表」の四つの契機、つまり「量」「質」「関係」「様相」のそれぞれに即して、四つの美の定義を提示している。「目的なき合目的性」は、関係の契機に即した美の定義である。いずれにせよ、美の定義の中で最も見事で重要なのは、これである。

＊8　教科書的なことを言っておけば、「美と崇高」は、カントが、エドマンド・バークから継承した主題である。バーク『崇高と美の観念の起原』中野好之訳、みすず書房、一九九九年。

＊9　その後、ほんとうの悲劇的な結末が待っている。

＊10　一般には、赤坂の料亭の娘、豊田（後藤）貞子が顯子の人物像に投影されている、と言われている。三島は、昭和二十九年（一九五四年）七月から昭和三十二年（一九五七年）五月まで貞子と交際した。ただし、貞子は、小説の中の顯子と違って、未婚である。彼女は実際、もともと不感症だったらしい。とはいえ、三島自身は、不感症を特に好んでいたわけではない。現実には、交際の途上で、貞子の不感症は克服されるのだが、そのことを理由に三島は貞子と別れたりはしていない。猪瀬直樹は、次のような奥野健男の証言を紹介している。「奥野健男は、〔昭和三十一年〕六月三日の日曜深夜二時過ぎ、三島から突然、電話がかかってきたという。北杜夫が遊びに来ていて帰った

ところだった。〔中略〕電話口の三島は、だいぶ酔っており、自分は性的に女性を充分に満足させられることができた、とくどいぐらい繰り返し、自慢した」(『ペルソナ――三島由紀夫伝』)。なお、貞子からの聞き書きをもとにした小説が、岩下尚史《ひさふみ》の『見出された恋――「金閣寺」への船出』(雄山閣、二〇〇八年)で、ここからもわれわれはいくつかの事実を知ることができる。

第八章　ニヒリズム研究

1　火と海

　したがって、『金閣寺』には、二つの論理が走っている。

　まずは、美の論理。美とは、現象がそれ自身のうちに差異を孕み、「それ以上のもの」「それ以外のもの」への暗示を伴うこと、これである。「それ以上のもの」「それ以外のもの」は、しかし、積極的には何ものでもなく、〈無〉であると言うほかない。したがって、美しい対象は、無を意味するところの記号のようなものだ。これが第一の論理だ。第二の論理を構成しているのは、この「無」を実在化し、積極的な実体へと――独立の実体としてのイデアへと――変容させる所作である。その所作とは、逆説的なことに、現象をトータルに否定すること、現象を無化することだ。小説の文脈では、それこそ、金閣への放火の行為に対応している。

　三島の文学だけではなく、彼の人生の中にも、この否定の身振りがいくつもちりばめられている。その代表は、三島が、三十歳のときから死ぬまで異様な執念で取り組んだ肉体の鍛錬、つまりボクシングやボディビルディングである。それは、鉄であるような肉体、つまりイデアと完全に同一視できる肉体を獲得することを意味していた。そのためには、自身の脆弱《ぜいじゃく》な肉体を徹底的に否定しなくてはならなかった。その否定が極限まで徹底されたらどうなるのか。その答えは、第十章の最初の節で述べることにする。

＊

ところで、死や破滅をロマンチックに描くとき、三島は、二種類のイメージに訴えている。「火・血」のイメージと、「海」のイメージである。[*1]

『金閣寺』の放火は、もちろん「火・血」のイメージの系列の代表である。三島の小説では、しばしば、肝心なところで、火と血が登場する。たとえば、第三章で紹介した『愛の渇き』では、主人公の悦子は、火祭りの夜に、愛する男（園丁の三郎）の背中に爪を食い込ませ、血を滲《にじ》ませながら陶酔する。あるいは、昭和三十五年（一九六〇年）に書かれた『宴《うたげ》のあと』――モデルにされた元外相有田八郎から訴訟を起こされたことで知られている小説――では、二人の主人公、政治家の野口雄賢《ゆうけん》と高級料亭の女将《おかみ》の福沢かづが、奈良東大寺の二月堂のお水取りを見学し、火に激しく興奮する。あるいは「憂国」で、主人公の武山信二中尉が切腹する場面は、血や内臓の描写があまりにも執拗《しつよう》かつ具体的で、読むのが苦しくなるほどだ。これら頻出する

「火・血」のイメージと同じくらい重要なのが、「海」のイメージだ。「海」のイメージが最もわかりやすく前面に出ているのは『潮騒』であろう。あるいは、『豊饒の海』は、まさにタイトルによって「海」のイメージを喚起している。

それぞれの作品が、どちらかのイメージに特化しているわけではない。しばしば、ひとつの作品の中で、両方のイメージが提示され、重要な役割を果たしている。たとえば、『金閣寺』の溝口が放火を決断するのは、寺を一人抜け出し旅をして、日本海を眺めているときである（彼はもともと、日本海が見える小さな寺の出身だった）。『潮騒』の中で最も有名な場面は、裸の新治が、初江の呼びかけに応じて、焚火《たきび》を飛び越して行き、裸の初江を抱きしめるところではなかろうか。『宴のあと』のお水取りの場面では、「火」は、（「海」へと連なりうる）「水」と交錯しながら登場する。『豊饒の海』は、タイトルに「海」とはあっても、実際の内容においては、たとえば『奔馬』の勲による暗殺や割腹自殺に代表される「血」のイメージの方が目立っている。

三島の作品の全体に分布している二つの支配的なイメージに今ここで注目しているのは、これらのイメージが、『金閣寺』から抽出した二つの論理的契機のそれぞれに対応している、と解釈することができるからである。「火・血」のイメージが、現象への否定性の論理に対応していることは、ここまでの説明から明らかであろう。では「海」のイメージとは何なのか。「海」は、「火」や「血」の攻撃性・破壊性とは対照的に、包容力や受容性を連想させる。その

「海」のイメージが、しかし、『金閣寺』における第一の論理と対応しているというのは、どういう意味なのか。説明しよう。

＊

奥野健男は、「海」のイメージの本質をよく表している作品として、昭和二十七年（一九五二年）に発表された短篇小説「真夏の死」を挙げている。われわれもこれに従ってみよう。この作品がよく示しているように、「海」のイメージを、さらにその中核的な要素にまで絞れば、それは波打際——陸がどこまでとも限界づけられない海と出会う境界線——だということになる。「真夏の死」は、真夏の海水浴場で起きた悲しい出来事を描いている。幼い兄妹が波打際に立っているシーンは、こうである。

〔波が〕押し寄せて来て、また引返すところに、いつも浅い緩慢な渦《うず》が逆巻いている。清雄と啓子は手をつないで、胸のあたりまである水に立って、身のまわりに差引する水の力に抵抗し、足の裏のまわりに引いてゆく砂の力に抵抗するおもしろさに、目をかがやかせてじっとしていた。

「ほら、誰か引張ってるみたいだね」

そう小さい兄は言った。（「真夏の死」）

この「誰か引張ってるみたいだね」という言葉が、この後に起きる悲劇への不吉な予感を宿している。この短篇は次のような筋である。生田朝子《ともこ》は、清雄、啓子、克雄の三児の母親で、夫の勝《まさる》はエリートサラリーマン（米国自動車会社の日本代理店の支配人）だ。ある年の夏、朝子は、夫の妹で「老嬢《オールドミス》」の安枝と一緒に、子供たちを連れて、伊豆半島の南端に近いA海岸に避暑に来ていた。朝子が午睡しているとき、安枝は、三人の子供と一緒に海辺に出かけた。子供たちは波と戯れていた（前出の引用はその一部）。と思っていたが、安枝がふと気づくと、清雄と啓子が消えている。安枝は、波の彼方に子供の灰白色の体が押し流されているのを視認し、あわてて助けにいこうとするが、胸に大きな波を受けた瞬間、心臓マヒを起こして倒れてしまった。朝子も午睡から起き出し、大騒ぎになるが、結局、安枝は死んでしまう。この騒動の中、大人たちは誰も清雄と啓子の不在に気づかなかったが、末っ子の克雄が「お兄ちゃまもお姉ちゃまもぶくぶく」という言葉を発したことで、ようやく二児の事故に気づいた。結局、朝子は、一挙に二人の子と義妹を失ったことになる。彼女は、悲嘆の中その夏を過ごした。

惨事ではあったが、一家から自殺者も、病人も出ず、日ましに安堵《あんど》と平和の影も濃くなってきた。すると朝子は退屈し、何かを待つようになる。音楽会や芝居見物も、また友人との交際も虚しいばかりだ。急に子供を産みたくなることもあり、実際、事故から一年後の夏に、新たに女の子を得て、桃子と名付けた。さらに一年後の夏、事件から二年を経たとき、朝子は突然、あのA浜に行ってみたいと言い出し、夫の勝を愕《おどろ》かせた。親子四人で、かつて三人が失われたA海岸に赴くと、そこはすべてが一昨年のままだった。朝子は一人、宿の庭に、安枝の屍《しかばね》の幽霊のごとき幻覚を見る。そして、「四人は波打際に立止った」。一歳の桃子を抱いた朝子は、あの事件以来しばしば見せる放心しているような表情で、海を見つめている。「それは待っている表情である。何事かを待っている表情である」。この表情を見て、勝は「お前は今、一体何を待っているのだい」と気軽に訊《き》こうとしたが、言葉が出てこない。「その瞬間、訊かないでも、妻が何を待っているか、彼にはわかるような気がしたのである。／勝は悚然《しょうぜん》として、つないでいた克雄の手を強く握った」。

この結末が、最初に引用した、清雄と啓子が手を握り合って海の彼方を眺めているシーンと対応していることは明らかだろう。朝子は何を待っているのか。直接には、この海で亡くなった二児に引張られるのを、であろう。しかし、原理的には、朝子を引き寄せる主体を、二児に特定する必要はない――というより特定してはならない。もともと、二児自身が、誰ともわからぬ者に引かれて海の彼方へと消えているからだ。朝子が待っているものも、彼女を引き寄せるものも、究極的には同じ不定の誰かである。

このように描かれる「海」のイメージと、われわれが『金閣寺』に見出した論理とがどう関係しているというのか。すでに述べたように、『金閣寺』から読み取られることは、美的対象の固有の現れである。美しい対象は、それ自体のうちに差異を孕みながら、「それ以外の何か」を幽霊のように伴いつつ現前する。たとえば、華道の師匠の白い乳房は、金閣寺＝有為子の幽霊と重なるように現れる。波打際に立って眺められた海は、少なくとも三島によって描写される限りにおいては、美のこのような現れ方の寓意になっている。海と陸とが遭遇する波打際は、対象それ自体のうちに刻まれる純粋な差異の隠喩である。どこまで行っても「ここまでです」とはならない海は、美的な対象に随伴する「それ以外の何か」への暗示を含んでいる。「真夏の死」では、この「それ以外の何か」は、陸から海を見る者たちを誘惑してやまない不定の誰かという形態を取っている。

付け加えておけば、この短篇小説は、折口信夫《おりくちしのぶ》が「まれびと」と呼んだ来訪する神への、日本人の信仰が、どのような体験を基盤にしていたのかを考える素材にもなりうる。要するに、海の彼方にいるように感じられる「不定の誰か」こそ、「まれびと」の原点である。まれびとがそこからやってくる「常世《とこよ》」の最初の姿は、まちがいなく海である。「真夏の死」のテーマは、見てきたように「待つこと」にある。その「待つ」ということに関して、折口は重要なことを指摘している。「まつ」は、「まつる（祀る・奉る）」や「まつりごと（祭り事・政）」と同一語源である、と。折口の想像では、古代の日本人は、海の彼方のまれびとを、強い思いをもって——ほとんど焦心のレヴェルに達する願望をこめて——待ったのだ。この待つ思いに通ずる希求の念をもって、朝子は、あるいは清雄・啓子の兄妹は、「誰か」を待ったのであり、——

到来するまれびととは逆に——自分たち自身がそちらに引かれるのを感じたのだ。[*2] そして、三島は、「美」をめぐる体験に、これと類似の形式を見出したのである。

＊

ともあれ、三島由紀夫の小説や戯曲を貫いている二系列のイメージは、『金閣寺』に伏在している二つの論理に対応している。言い換えれば、『金閣寺』は、「火・血」のイメージと「海」のイメージの論理的な解題のようなものになっている。だが、念のために述べておくが、これらは、三島の意図的な構成の産物ではない。つまり、三島が、『金閣寺』のうちに結晶している二つの論理をはじめから自覚していて、これらに適合する詩的なイメージを案出したわけではない。三島は、ここに抽出した論理を明晰に対自化してはいないし、イメージは、彼の美的な感受性の直接の表出である。われわれが見出そうとしているのは、三島の意図そのものをも規定している無意識の論理である。実際、三島の意図を探ったところでたいしたことはわかるまい。たとえば、三島があの日、昭和四十五年十一月二十五日に市ヶ谷でばら撒《ま》いた檄文は、彼が自ら自覚していた意図の表現にはなっているだろうが、あまりに凡庸でくだらなすぎて、彼の実際の行動と思考の説明にはなっていない。

2 『鏡子の家』の四人の男

さて、『金閣寺』に描かれた放火は、この小説から十四年後の「革命的決起（のつもりの自衛隊市ヶ谷駐屯地での割腹自殺）」のはるかな予兆であるとの仮説で、われわれは考察してきた。とするならば、『金閣寺』からこの行動までを結ぶ線を検討しなくてはならない。『金閣寺』で書かれていたことが、どのように「天皇」へとつながっていくのかを説明する必要がある。そして何より、『金閣寺』と『豊饒の海』との間を埋めなくてはならない。『金閣寺』は、どのようにして『豊饒の海』に変換されたのか。

こうした諸課題を設定したとき、われわれが次に読解しなくてはならないのは、『鏡子の家』である。この長篇小説は、『金閣寺』からそれほど間をおかずに、つまり昭和三十三年（一九五八年）から三十四年（一九五九年）にかけて書かれ、発表された。三島は、この小説の執筆に非常に大きな力を注いだ。エッセイ「裸体と衣裳《いしよう》——日記」（一九五九年）に、三島の意気込みや苦心のさまが書き込まれている。しかし、『鏡子の家』に対する専門家の評価は全般的に非常に低く、『金閣寺』以上の支持が得られると期待していた三島をひどく落胆させた。[*3] しかし、われわれとしては、二つの理由から、この『鏡子の家』という小説を無視するわけにはいかない。第一に、この作品は非常に思弁的・哲学的で、三島としては、明らかに『金閣寺』の継承と発展としてこれを書いている。第二に、『鏡子の家』の人物の配置に、『豊饒の海』の予告を読み取ることができる。すぐ後に紹介するように、『鏡子の家』は、友永鏡子の家に集まってくる四人の男の話である。これら四人を、『豊饒の海』の主人公たちの（不完全な）先取りとして読むことができるのである。要するに、『鏡子の家』は、『金閣寺』と『豊饒の海』とを結ぶ線の上に、正確に乗っているのだ。

『鏡子の家』は、まさに海に行く話で始まる。退屈そうに欠伸《あくび》をしている若者たちがいる。彼らは、海を見ようとして車に乗っている。ところが、隅田川に架かる勝鬨橋《かちどきばし》が跳開するタイミングにぶつかってしまい、彼らの車はそれより先に行けなくなってしまった。橋が中央で割れ、ほぼ垂直になることで、彼らと海の間を隔ててしまったのだ。「……こうして四人のゆくてには、はからずも大きな鉄の塀《へい》が立ちふさがってしまった」。前節で述べた「海」のイメージのシンボルを考えると、若者たちが海に到達できなかったという書き出しは暗示的である。「海」のイメージの方は、冒頭でいきなり切り捨てられているのである。このシーンに長篇全体の基調が予告されている。

ここで前章で述べた比喩を思い起こしてもらいたい。現象に随伴する「それ以上の何か」を、積極的な実体（が実在しているという仮象）に転換する最もシンプルな方法は、ヴェールを導入すること——そしてヴェールの向こう側へと侵入しようとすること——だと述べたのを、である。このヴェールにあたる障壁を破壊する操作こそが、金閣の「放火」に対応するのであった。『鏡子の家』の冒頭に出てくる、「鉄の塀」となった勝鬨橋こそ、まさにその「ヴェール」ではないだろうか。さらに、『金閣寺』の結末、究竟頂（金閣寺最上層）の鍵のかかった扉のことを思えば、より正確である。溝口は、扉を破ろうと躍起になるが、成功しなかった。『金閣寺』の究竟頂の扉に対応するのが、もちろん、『鏡子の家』では、勝鬨橋という鉄の塀である。『金閣寺』の結末から、『鏡子の家』は始まる。

＊

『鏡子の家』は、東京の四谷東信濃《しなの》町の高台にある友永鏡子の非日常的な豪邸――洋館と日本館を備えた豪邸――に集まる男女を描いている。鏡子は資産家の娘で、痩せぎすの美女である。むしょうに犬好きの良人が気に入らず、彼を追い出してしまった。したがって、鏡子の家には、鏡子本人と八歳の娘の真砂子だけが住んでいる。鏡子の父は階級観念を重視し、エリート意識を露骨に出す人物だったが、鏡子は「魅力だけで人間を判断して、自分の家のお客からあらゆる階級の枠《わく》を外してしまった」。つまり、鏡子は、その家を、出入り自由のサロンのようなものとして開放しているのだ。[*4] お客の青年たちは誰もが一度は鏡子に恋をするが、鏡子を我がものにすることはできず、結局は諦めて、「次善の女」に落ち着くことになる……という定型的な「成行《なりゆき》」に、鏡子は無上の喜びを感じている。この小説は、鏡子の家の常連となる四人の青年を、ほぼ同等の強度で描いていく。

ここまでの紹介で気づくだろう。『鏡子の家』は、第四章でいささかていねいに検討した短篇小説「鍵のかかる部屋」の拡大ヴァージョンのようなものである。良人が不在のときに人妻を、若い男が足繁く訪ねる。その家には、人妻のほかに幼い娘がいる。……訪問してくる青年を一人だけにせず、さまざまなタイプへと一般化すれば、『鏡子の家』になる。鏡子の家の常連四人とは、商事会社のエリート会社員杉本清一郎、美大を出てから二年間特選を続けている、温和で才能ある日本画家山形夏雄、私立大学の拳闘《ボクシング》部に所属する、将来有望な拳闘選手深井峻吉《しゅんきち》、そして大学卒業後、劇作座に所属し、役がつくのを待っている美青年の舟木収《おさむ》である。

この四人の主人公は、それぞれ人間の異なる側面を表現している。まず、画家の夏雄は「感受性」を代表している。そして、拳闘選手の峻吉は「行動」を、売れない俳優の収は「自意識」をそれぞれ代表している。では清一郎は何を代表しているのか。四人の中でただ一人、ごく平均的な市民として堅実な社会生活を送っているのが、サラリーマンの清一郎である。彼が代表しているのは、「世俗に対する身の処し方」である。この四人を、何者にもなりうる——つまり人間のどのような側面をも相手次第で映し出すことができる「鏡」としての——鏡子が束ねている。

先ほど予告しておいたように、四人の青年は、『豊饒の海』の主人公たちの、ゆるやかな前兆のようなものになっている。石崎等が、この点を指摘している。[*5] それによれば、次のような対応を認めることができる。

夏雄（感受性）→松枝清顕（『春の雪』）

峻吉（行動）→飯沼勲（『奔馬』）
収（自意識）→安永透（『天人五衰』）
清一郎（世俗に対する身の処し方）→本多繁邦（『豊饒の海』全巻）

この対応はよくできてはいるが、しかし、厳密に律儀に受け取る必要はあるまい。たとえば、ここには、『暁の寺』の月光姫《ジン・ジャン》が出てこない。また全員を同等に見ている傍観者であるという点に注目するならば、本多繁邦の役割の先駆者は、清一郎より鏡子その人であるとも言える。『鏡子の家』の登場人物と『豊饒の海』の登場人物との対応にこだわり過ぎると、本質的ではない不毛な問題に入っていくことになる。

『鏡子の家』という作品の内容に即して考える方が生産的だ。四人のそれぞれの叙述の分量はほぼ均等であり、その意味では、誰か一人を主人公と見なすわけにはいかない。だが、それぞれの青年のたどった運命を見るならば、四人は、さらに二人ずつの二グループに分けられることがわかる。四人の青年は、それぞれ、人生の目的のようなものがある。だが、二人は、その「目的」との関係で、明らかに挫折している。ほかの二人は、はっきりとした挫折には至っていない。挫折するのは、収と峻吉である。その意味で、この二人は、否定的に描かれており、彼ら二人は、残りの二人、つまり清一郎と夏雄の組とは対照的なポジションに置かれている。

人生の失敗－ ⟷ 成功＋
収・峻吉　　清一郎・夏雄

否定的な組（収・峻吉）と肯定的な組（清一郎・夏雄）の対比は、女主人の鏡子との関係の違いの中に反映している。先に書いたように、鏡子の家に集まる青年たちは、鏡子を自分のものにすることはできない。鏡子は皆の女だが、誰の女でもない。これがルールなのに、鏡子は、肯定的な組の二人の男、清一郎と夏雄とだけは性的関係をもつ。この長篇は、大きく二部に分かれているのだが、鏡子は、第一部の結末では、清一郎に、第二部の結末では、夏雄に、それぞれ身を任せる。

が、清一郎との性的関係と夏雄との性的関係の間にも対比がある。前者は、失敗に終わるのだ。鏡子の寝室に、娘の真砂子が潜んでいて、彼らを邪魔したからである。[*6] 鏡子との性的関係を真に成就したのは、夏雄だけだ。夏雄にとっては、それが初めての女性との交わりだった。つまり夏雄は鏡子との関係を通じて童貞を捨てたのである。したがって、小説の中での男主人公たちの扱いを全体として見れば、人生に失敗する組と一応は成功する組とが対立しており、その上で、後者の中の二人が、再び対立的なポジションにいることがわかる。

*

まずは、目標の達成に失敗した二人の方から簡単に見ておこう。最初に、俳優の舟木収。収は美青年で、女にはもてるが、肝心の俳優としてはたいした役が与えられない。彼は、自分の肉体が貧弱なことに劣等感をもっており、大学の先輩に指導されてジムに通い、短期間のうちにたくましい筋肉を身につける。彼の母親は、女性向けの小物を売る店を経営していたのだが、経営不振から高利貸しに借金して、喫茶店の経営へと切り替えた。しかし、母親は、この高利貸しの奸計《かんけい》にはまってしまい、借金を返済できなくなる。結局、収は、返済に代えて、高利貸し業の醜い女社長の愛人になる。この女社長は、最後に、収と無理心中する。

深井峻吉の人生はもう少しましである。収と違って、峻吉には才能があった。彼は、スポンサーを得て、プロ選手となり、そして全日本フェザー級のチャンピオンのタイトルも獲得した。これこそ、彼がずっと目指していたことである。峻吉は成功したかに見えた。だが、タイトルをとったその日の夜に、彼は、チンピラに因縁を付けられ、つまらぬ喧嘩《けんか》で、右手の拳に粉砕骨折の重傷を負い、二度と拳闘ができない体になってしまう。絶望した峻吉は、最後に、大学時代の同級で応援団長だった人物に勧められて、右翼団体（大日本尽忠会）に加入し、そこの幹部となる。この点で、峻吉は、『奔馬』の飯沼勲を予感させる。が、『鏡子の家』の段階では、右翼団体の一員であるということに、ポジティヴな意味はまったく与えられてはいない。峻吉は目標を失い、無価値なヤクザに転落した、というだけの話である。

三島の思想の展開の中で、この挫折した二人をどう位置づけたらよいだろうか。たとえば、収を『金閣寺』の柏木と比べてみよ。先天的な内翻足の柏木と違って、収は美しく、健康だ。このように両者の外見は対照的ではあるが、しかし、ここで、柏木が、寡婦の老女をだまして、童貞を捨てたことを思い起こそう。もし柏木がそのまま、この老女と一緒になっていたとしたらどうであろうか。それこそ、醜い女社長の愛人になることを強いられた収の運命ではないか。先ほど、われわれは、『鏡子の家』の主人公たちの関係を、それより後の作品である『豊饒の海』から振り返るようにして確定しようとしたが、むしろ、彼らの位置関係は、先行作品である『金閣寺』の方から見ておいた方がよい。

『金閣寺』の基本的な意想は、認識（柏木）と行動（溝口）の対立であった。この対立において、それぞれの契機は、相手から自分を区別するだけではなく、それぞれ相手を包摂することで相手を乗り越えようとしていた。認識（柏木）は、行動の可能性を視野に入れた上で、自らの優越を主張し、行動（溝口）は、そのような認識をさらに乗り越える高次の認識とともに実現される。認識と行動の総合が認識の側でなされるのか、それとも行動の側でなされるのか、というのが『金閣寺』の問いである。

このことを踏まえた上で、収と峻吉を見るならば、彼らが、ともに『金閣寺』以前の段階にあることがわかる。峻吉は、確かに行動の人だが、しかし、彼の行動は、認識から完全に断絶している。彼は、考えることを、つまり認識を徹底して拒否しているのだ。峻吉の末路が象徴しているのは、認識から切り離されてしまった行動の貧困である。収は、これとは逆の極にいる。収が代表しているのは、積極的な行動としての表出を一切もたない認識、行動から切り離された認識である。それは、劣等感にさいなまれ、虚勢をはるだけの自意識にまで矮小化《わいしょうか》されてしまった認識だ。

このように、失敗した二人は、『金閣寺』の到達点にまで行っていない。『金閣寺』の成果を積極的に継承しているのは、清一郎と夏雄の二人である。

3　ニヒリズム研究

清一郎は、日本でトップクラスの商社、山川物産のサラリーマンで、きわめて順調に一歩ずつ昇進の階段を昇っている。やがて副社長庫崎《くらさき》――作品の結末では社長になっている人物――の令嬢藤子と結婚する。藤子は、それまで多くの男友達を持ったが、いずれもすげなく断り、操を守ってきた。しかし清一郎の人並み外れた打算を評価し、彼との結婚を受け入れた。清一郎はニューヨーク勤務を命じられ、藤子とともにアメリカに旅立つ。鏡子が清一郎を寝室に誘ったのは、この旅立ちの直前に清一郎が鏡子の家を訪ねた夜である。

『鏡子の家』の四人の男たちは、それぞれに人生の目的をもつ、と述べた。清一郎の目的は何か。商社マンとして成功し、最後には社長になることなのか。一見、そのように見える。実際、彼の会社の同僚や妻の藤子は、そう見ていた。この目的は、現実の日本人――この小説を読む現実の読者――の標準的な目的に最も近いものでもあっただろう。しかし、この小説のほかの男主人公たちの目的、つまり収、峻吉、夏雄の目的（一流の俳優、拳闘のチャンピオン、日本画家）がいずれも崇高で超越的な価値を帯びていたのと比べると、清一郎の目的はあまりに世俗的で凡庸だ。しかし、繰り返せば、ほかの男たちの目的は、容姿や才能に恵まれた者にのみ許されたものだが、サラリーマンとしての出世であれば、現実の社会を生きる平均的な市民が掲げることができるものだ。

しかし、清一郎にとって、サラリーマンとしての昇進という目的は偽装である。実際には、彼は、一切の目的をもってはいないのだ。彼は、人生が指向しうるどのような目的も、シニカルに相対化し、究極的には無意味なものと見なしている。前節で概観した二人の男主人公の挫折は、どんな目的もつまらないという清一郎の認識を裏打ちして見せている。一人（収）は、端的に目的に到達できないことによって、もう一人（峻吉）は、まさに目的に到達したことをきっかけにして、零落したのだから。清一郎は、すべての目的を嘲笑しているのに、外形的な行動においては、最も平均的な目的を、わき目もふらずに堅実に追求しているように見える。[*7]

このねじれこそが、清一郎の本質である。なぜこんなことが可能なのか。よく知られているように、三島は、『鏡子の家』を自ら「私の「ニヒリズム研究」だ」（「裸体と衣裳」）と特徴づけている。この言葉をそのまま受け取れば、清一郎こそが、この小説の焦点である。どんな目的も無意味で、人生は生きるに値しないのに、そのことをはっきりと自覚しているのに、どうして清一郎は、ごく普通に生き、標準的な目的を追求することができるのか。[*8]

＊

小説から読み取ることができる解答は、きわめて逆説的なものである。清一郎が生きることができるのは、世界が必ず破滅するという確信をもっているからである。清一郎は、この確信を普段は絶対に口にしない。ただ鏡子の家にいるときにだけ、これを語る。鏡子に「〔私だけではなく〕あなただって、現在に生きているとは言えやしないわ」と言われたことに対する、清一郎の答えはこうである。

「そのとおりさ。世界が必ず滅びるという確信がなかったら、どうやって生きてゆくことができるだろう。会社への往復の路《みち》の赤いポストが、永久にそこに在ると思ったら、どうして嘔気《はきけ》も恐怖もなしにその路をとおることができるだろう。もしそれが永久につづくものなら、ポストの赤い色、そのグロテスクな口をあいた恰好《かっこう》を、一刻もゆるしておけないだろう。俺はすぐポストに打ってかかり、ポストと戦い、それを打ち倒し、こなごなにするまでやるだろう。俺が往復の路のポストに我慢でき、その存在をゆるしてやれるのは、俺が毎朝駅で会うあざらしのような顔の駅長の生存をゆるしておけるのは、〔中略〕……何もかもこの世界がいずれ滅びるという確信のおかげなのさ」

（『鏡子の家』）

ここには、存在に対するサルトル的な嫌悪が表明されている。アントワーヌ・ロカンタンがマロニエの根に嘔吐《おうと》したように、清一郎は、赤いポストに嘔吐感を覚える。だが、ここで、清一郎は、その嘔吐感に対抗する方法についても語っている。しかし、なお疑問が残る。どうして世界のトータルな破滅への確信が、世界と人生をその無意味から救い出すことができるのか。ありがちなシンプルな説明は、正しくないということをまずは言っておこう。ありがちな説明とは、「どうせ壊れることになっているのだから（今は）あってもいいや」という論理である。これでは、嘔吐を催させるほどに嫌悪の対象となっている存在者や人生が、肯定的なものへと——シニカルにではあれ肯定しうるものへと——反転しうる理由が説明できてはいない。

存在や人生が強い嫌悪の誘因になっているのは、それらが意味をもたないから、それらの意味を絶対的に基礎づける超越的な原点がないからだ。どのように意味を与えても、それは、結局、偶有的で相対的なものにしかならない。この状況に対して、「世界がいずれ滅びるという確信」はどのように利いてくるのか。

答えは、『金閣寺』へと遡れば、自《おの》ずと与えられる。清一郎が語っていることは、『金閣寺』で溝口が行動で示した論理の一般化だからだ。太平洋戦争の最中、溝口にとって、金閣が特別に美しく、特別に親しみやすいものになっていた。溝口に、空襲によって金閣が必ず滅びるという確信があったからだ。これと同様の相貌の変容が、金閣にだけではなく、世界全体に対して生ずれば、清一郎が語っていることになる。金閣の場合、終戦によって、ただ放置しておけば滅びることがないことが明らかになった。そのため、溝口は、自らの行動によって作為的に金閣を滅ぼしたのである。このことが、現実の現象としての金閣とは別の場所に、超越的な（美の）イデアとして金閣を措定することになる、というメカニズムについては、前章でていねいに論じておいた。

溝口の行動を支配した論理からの類推と一般化によって、清一郎の論理が明らかになる。人生のどんな目的も無意味でつまらない、という認識は、ニヒリズムである。そして、世界は確実に破滅するという認識もまた、より強力なニヒリズムであろう。清一郎によれば、ニヒリズムはニヒリズムによって超克される、ということになる。どうしてであろうか。次のように考えればよい。どんな目的、どんな理想であっても、相対的なものに過ぎない。というのも、それらの目的や理想は、より包括的で一般的な目的や理想の中で意味を与えられないかぎり、それらには価値がないからである。だが、その包括的で一般的な目的や理想にしても、それ自体で価値をもつわけではなく、さらに包括的で一般的な目的や理想の中で意味を与えられなければならない。とすれば、結局、どんな目的や理想も相対的で偶有的なものに過ぎない、というニヒリスティックな状況は克服できない。狭い社会の中では、一見崇高に見える目的、たとえば拳闘のチャンピオンになるといった目的であっても、こうした相対化と無意味化の宿命を免れることはできない。

だが、こうした機序から自由になる方法がひとつだけある。積極的な目的、積極的な理想、そしてそれらとの関連で要請されるあらゆる存在、これらをすべて否定し、破壊すること、こうした否定＝破壊自体を目指されるべき至高の状態として措定すること、要するに世界の破滅を必然的な帰結として想定すること、これである。どうしてか。どうしてこれがニヒリズムへの対抗戦略になるのか。もはや何ごとも積極的・肯定的な目的・理想として設定されていないのだから、それらが包括的な目的や理想や善の中で相対化されることはないからだ。このとき、トータルな否定の操作の、つまり世界の破壊の操作の担い手として、もはや相対化されることのない超越的な審級——つまり神のようなもの——が措定されていることになる。その超越的な審級、もっぱら破壊をその仕事とするような神は、より上位の価値の中で偶有化されることがない、直接的な価値を帯びている。清一郎の唱えていることを、飛躍によって省略されている理路を補って解説するならば、このようになるだろう。

繰り返し強調しておけば、この論理は、『金閣寺』の溝口の行動に含意されていたことの単純な一般化である。現象としての金閣を破壊することが、イデアとして、高次元で金閣を再生させることになる。同じように、世界の破壊を確実なものとして想定することが、世界に逆説的に意味を付与する超越的な審級を復活させることになる。そうなったからといって、サラリーマンとしての出世やら、拳闘のチャンピオンになることや、街中の郵便ポストやらが、それ自体として輝かしい意味を帯びるわけではない。それらは、相変わらずくだらない。しかし、それらは拒否され、破棄され、否定されるものとしては意味をもつようになるのだ。ちょうど現実の金閣寺が放火の対象として意味をもつように、である。

4 消える樹海

だが、三島は、清一郎の解決に、つまり世界の破滅があるに違いないと信ずるという解決に、完全には納得していないようだ。そのことを示しているのが、夏雄の存在である。夏雄は、清一郎への反措定である。夏雄は、清一郎において体現されていることに満足がいかないことを示しているのである。

夏雄は、天賦の才能もあり、彼を支える家族にも恵まれ、「天使」の自覚をもって日本画家としての成功への道を歩んでいた。彼の人生は、ほかの三人とは違って、なんの屈折もなく順風満帆に見えた。しかし、突然の挫折がやってくる。

彼は富士山麓の樹海を描こうと、河口湖畔にやってきた。そこで彼は恐ろしいものを見る。

樹海は、海というよりは、何か化学薬品のあくどい緑いろの残滓《ざんし》が、密集してひしめいている沼のようであった。

〔中略〕

……夏雄はじっと眺め下ろしていた。

〔中略〕

物象があり、自然全体があり、自然の各部の精密な聯関《れんかん》があり、〔中略〕……そういう画家独特の世界の構造は、夏雄の心から消えてしまった。こんなに色彩が、線が、形象が無意味に眺められたことはなかった。しかもその無意味を彼は怖れた。

夏雄は戦慄《せんりつ》した。

〔中略〕

潮《うしお》の引くように、今まではっきりした物象と見えていたものが、見えない領域へ退《しりぞ》いてゆく。樹海は最後のおぼろげな緑の一団が消え去るのと一緒に、完全に消え去った。そのあとには、あらわれる筈《はず》の大地もなく、……何もなかった。

（『鏡子の家』）

夏雄は、樹海に恐怖と嫌悪を感じている。清一郎は、赤い郵便ポストに嘔気を感じる、と言っていた。それと同じものを、夏雄は樹海に感じている。夏雄は、河口湖畔で樹海が徐々に消えていく幻覚を見た。そこから、彼は思うのだった。「清一郎の言ったことは本当だった。世界の崩壊ははじまっていた。自分はたしかに今それを見たのだ」と。だが、清一郎の場合には、来るべき世界の崩壊こそが、救済的な効果をもっていた。嘔吐感もそれによって収まるのだった。しかし、夏雄の場合は違う。世界の崩壊は端的に崩壊であって、ただ苦悩を残すのみである。

ここで、もう一度、『金閣寺』からの継承関係を見ておこう。本章の冒頭に整理したように、『金閣寺』には二つの論理的契機が入っていた。美の論理と放火の論理である。前節で述べたように、後者を受け継ぎ、一般化したのが、清一郎の「世界の破滅」の信仰である。前者を引き継ぐべきは、芸術家の夏雄でなくてはならない。だが、『鏡子の家』は、放火の論理に関しては、それを発展的に継承しているのだが、美の論理に関しては、逆に不完全にしか受け継いではいない。そのように見えるのだ。そのことは、第2節で紹介した、『鏡子の家』の冒頭部分に暗示されている。美の論理は、「海」のイメージと結びついているのだが、『鏡子の家』は、海への通路を遮断することから始まっていた。それに対応するように、夏雄は、まがい物の海を見に来ている。本ものの「海」ではなく、「樹海」を、である。実際、彼は、そこに海を感じられていない。樹海は、汚い化学薬品が浮かぶ沼のようにしか見えないのだ。

樹海が消えていく、とはどのような体験なのか。次のように考えるとよい。美は、現象が、「それ以上の何か」への暗示を随伴することであった。「それ以上の何か」とは何かと問われれば、結局、現象そのものに還元しつくせない残余としか言いようがなく、それ自体としては無である。が、いずれにしても、現象に対する過剰としてそれは現れる。ここで、もし、対象を美的なものとする「それ以上の何か」が端的になくなれば、どうであろうか。芸術家にインスピレーションを与える、現象に対する残余が端的に失われたらどうであろうか。それこそ、夏雄が樹海を前にして体験していたことに違いない。それを、彼は、樹海そのものの消滅として感じていたのである。「それ以上の何か」を必然的に随伴することにおいて現象は現象たりえていたのだとすれば、「それ以上の何か」が端的に失われたら、現象そのものも消え去ったに等しいからである。要するに、ここでは、美の論理は失効しているのだ。清一郎は、放火の論理の一般化によって、生と世界の無意味を乗り越えたが、夏雄は、美の論理が順調に働かないことによって苦悩している。

こうして夏雄は、絵を描けなくなってしまった。この後、夏雄は、中橋房江という名前の神道家に誘われ、精神を鎮魂玉に集中させる修行を積む。夏雄は、最初名前から中橋房江を女だと思っていたが、実際に会ってみると、無骨な男であった。この行き違いが、この修行の行く末を暗示している。果たして、この修行は何の効果もなく、夏雄の芸術的感受性を救い出すことはない。ここで夏雄は何をしようとしているのか。樹海が、無意味な塊のようなものになり、そして消えていこうとしている。夏雄は、存在に意味を与える超越的なものを呼び寄せ、無に対抗しようとしているのだ。しかし、成功しない。

この後、小説は、急転直下の展開によって、問題を解決――というより解消してしまう。夏雄は失望して絵筆を折ってしまっていたのだが、ある早春の朝、枕辺にあった水仙によって回心する。「この白い傷つきやすい、霊魂そのもののように精神的に裸体の花、固いすっきりした緑の葉に守られて身を正している清冽な早春の花、これがすべての現実の中心であり、いわば現実の核だということに僕は気づいた」と。三島は、何とか美の論理によって、困難を乗り越えようとしている。が、水仙の導入はあまりに唐突で、どうして、それによって「樹海の消滅」として体験されていた精神の危機を乗り越え得たのか、納得できるかたちで語り得てはいない。三島はここで、苦し紛れの方法で、物語を終わらせようとしているように見える。

このことは、小説の実際の展開に、はっきりと痕をとどめている。水仙のおかげで立ち直った（ことになっている）夏雄は、常連がもういなくなった鏡子の家を訪ね、彼女にメキシコ行きを告げる。その夜、鏡子は夏雄に抱かれ、夏雄は童貞を捨てることになる。このことは、「鏡子の家」が解体し、終わることを意味していた。鏡子が嫌っていた、犬好きで俗悪な夫も帰ってくることになっている。鏡子は言う。「あさってからは、ここはもう鏡子の家じゃないわ。世間のどこにでもある親子三人の家庭がどっしりと根を据《す》え、〔中略〕私は朝、良人をお勤めに、子供を学校へ送り出してから、ＰＴＡの奥様附合でもはじめることになるでしょう」。これは、つまらない人生をただ送ることになると言っているだけで、ニヒリズムの問題はそのまま完全に残っている。問題はひとつも解決してはいない。鏡子は、次のようにも言う。


人生という邪教、それは飛切りの邪教だわ。私はそれを信じることにしたの。生きようとしないで生きること、現在という首なしの馬にまたがって走ること、……〔中略〕くりかえし、単調、退屈、……そういうものはどんな冒険よりも、永い時間酔わせてくれるお酒だわ。もう目をさまさなければいいんです。できるだけ永く酔えることが第一。そうすればお酒の銘柄《めいがら》なんぞに文句を言うことがあって？

（前掲書）

無意味な人生に埋没していれば、人生の無意味さは忘れることができる、と言っているのである。もちろん、人はずっと酔っているわけにはいかない。三島も、である。

ともあれ、『鏡子の家』に関しては、次のように言うことができる。『金閣寺』の中にあった、二つの論理のうちのひとつを、『鏡子の家』は一般化し、発展させた。しかし、もうひとつの論理の継承には失敗した。「火」のイメージに連なる論理は拡張したが、「海」のイメージに結びついた論理は萎縮している。

いずれにせよ、この段階で三島は、人生についての個人的な悩みと格闘しているように見える。社会的な関心は希薄だ。それがどのようにして、「天皇」とか「日本」とかといった社会的・政治的な主題へ転回していったのだろうか。その転回は、ここで解決されずに残されている個人的な困難と関係があるのだろうか。

＊1　この指摘は、奥野健男による。『三島由紀夫伝説』三百二一三百三頁。

＊2　同じような海への想像力が基底になって、たとえば、熊野からの渡海によって到達されるべき補陀落《ふだらく》とか、阿弥陀仏がいるはずの西方浄土（能の「弱法師《よろぼし》」のシテ俊徳丸は、彼岸の中日に、天王寺の西門から、西方浄土の東門の方向にある難波の海に沈む日を拝む）とか、浦島伝説とか、あるいは琉球の海の彼方にあるニライカナイとかが、生み出されたのに違いない。ただし、まちがっ

てはならない。これら、海に関する日本人の元型的な表象を念頭において、三島が「海」のイメージを作ったわけではない。三島の「海」への憧れと似たものが、古代や中世の日本人にもあったということを、これらの事例は傍証しているのである。

＊3　『鏡子の家』の出版直後には、まともな書評はほとんど出ず、かなり経ってから、辛口の書評が相次いだ。この小説が出てすぐに、これを激賞する書評を書いたのは、ただ一人、奥野健男のみだったという。したがって、結局、奥野の書評だけが、『鏡子の家』への唯一の肯定的な書評だったことになる。そのため三島は、書評が出た直後には、わざわざ奥野に電話して「我が意を得た書評だ」と感謝していたのに、後には、「今後最初にあんまり賞めないで欲しい」「君が最初に賞めると、ほかの批評家が賞めなくなる」という冗談を言うほどだったという（奥野、前掲書、三百六十九頁）。

＊4　もっとも、鏡子の家への出入りが許されているということは、普通の階級意識よりももっと深いエリート意識を青年たちに与えている。鏡子に一廉《ひとかど》の男と認められることは、少しばかり裕福であったり、社会的地位が高かったりすることよりも、男にとってはるかに誇りうることだったはずだ。

＊5　石崎等「審美的ニヒリズムの終焉」日本文学研究資料刊行会編『日本文学研究資料叢書　三島由紀夫』有精堂出版、一九七一年、三百五頁。

＊6　先に、『鏡子の家』は「鍵のかかる部屋」の拡大ヴァージョンだと述べた。そのような観点で捉えたとき、核になっているのは、清一郎と鏡子の関係である。つまり、「鍵のかかる部屋」の主

人公児玉一雄の直接の末裔《まつえい》は、清一郎だ。一雄と桐子の関係にやがて九歳の少女房子が絡んできたように、清一郎と鏡子の関係には真砂子が介入する。ほかの男たちと真砂子との関係は希薄である。こう考えれば、『鏡子の家』は、鏡子―清一郎の関係を中心におき、ほかの男たちを周辺に配置することでできていることがわかる。

＊7　収を愛人とした、あの高利貸しの醜い女、秋田清美は、「この世に生きる値打のないことをみんなに知らせ」ることを生きる指針にしている人物であった。最後に彼女は、醜さのゆえに――ずっと求めていたのに――それまでの人生では得られなかったもの、つまりこの上なく美しい青年を「金（カネ）」で得るわけだが、それすら価値のないこととして、無理心中する。

＊8　前注の秋田清美と比べてみるとよい。この世は生きる価値がないと悟ってしまえば、普通は、彼女のように、ルサンチマンをかかえた犯罪的な逸脱者となり、最後には自殺することになる。ところが、清一郎は、市民道徳に最も適合したまっとうな人物として生きている。

第九章　白鳥に化す天皇

1　書くことの効用

『金閣寺』がどのように、昭和四十五年（一九七〇年）十一月二十五日のあの行動につながっていったのか。このような問いの下で、『鏡子の家』を読んだのであった。だが、この渾身《こんしん》の長篇小説に、後の決起を直接に予告するものは見出しえない。この作品は――前章で見たように――独特の哲学を提起しているが、いかなる政治的な関心をも表現してはいないのだ。ましてこの作品は、天皇への敬意や憲法改正への意志とはまったく無縁である。

『鏡子の家』の単行本が出てから八ヶ月後にいわゆる六〇年安保の闘争があった。昭和三十五年五月十九日に、新日米安保条約が衆議院特別委員会で強行採決されると、連日、大規模なデモが国会議事堂を取り巻いた。このとき、第三章でごく簡単に検討した、三島とほぼ同じ世代に属する二人の文学者・思想家、つまり鶴見俊輔と吉本隆明はともに、反安保闘争に主体的にコミットしている。鶴見は、政治学者の高畠通敏《たかばたけみちとし》とともに「声なき声の会」を結成して新安保条約に反対し、またこの国会での決議に抗議して、勤めていた東工大を辞職した。吉本は、日米安保条約は「国家独占社会」を支える協定だとして、共産主義者同盟を中心におく全学連主流派と行動をともにし、六月十五日――樺《かんば》美智子さんが死亡した日――に、警察に逮捕された。

このときの三島の態度は、鶴見や吉本のような人たちとは対極的である。新安保条約が自然成立する日の前日にあたる六月十八日の夜、三島は、毎日新聞からの依頼で、記者クラブのバルコニーから国会議事堂周辺の様子を観察し、「一つの政治的意見」（一九六〇年）というエッセイを書いている。この中で三島ははっきりと自らを「あくまで一人のヤジ馬」だと規定している。十年後の三島だったら、「ヤジ馬」気分の見物人とは正反対の行動をとるはずだ。すなわち、デモを、まさに好機と見なし、クーデタを起こそうとしたに違いない。[*1] そうしていたら、少なくとも一九七〇年十一月二十五日の行動よりはもう少し大きな影響を残せたかもしれない。

六〇年安保の前年、『鏡子の家』の出版とほぼ同時期に書かれた戯曲「女は占領されない」（一九五九年）は、三島が、日米関係にも、憲法にも、天皇にも本質的な関心をもっていないことを露骨に示している。[*2] 確かに、タイトルに暗示されているように、この戯曲は、GHQによる占領政策を背景としている。また、GHQの実在のメンバーをモデルにした人物も登場する。副主人公の「政治局長エヴァンス中佐」は、GHQの民生局次長だったケーディス大佐をモデルとしているのだ。にもかかわらず、この作品は、占領政策に対して何らかの政治的な見解を表明したり、これに抗議したりするものではない。この戯曲の主題は、エヴァンス中佐と美貌の実業家唐山伊津子の恋である。伊津子は、エヴァンスと対等にわたりあい、最後に、エヴァンスからの結婚の申し込みを断る。日本は政治的にはGHQに占領されたが、（日本の）女は、恋のレヴェルでは占領されてはいない、というわけである。[*3] この戯曲の中で、三島は、エヴァンス中佐にこう言わせている。「司令部には誰も逆らえません。天皇でさえも。い丶ですか、私の掌の上に（卜掌を見せて）今日の日本が載っかっているんですよ」。三島は、こうした現状を憂慮しているわけでも、批判しているわけでもない。

これほどの徹底した政治的無関心が、どのようにして、後に、天皇崇拝を謳《うた》う政治的な行動へと転回したのだろうか。

＊

三島が本来、政治的な関心や社会的な志向性とは無関係に、むしろ（作家としての）個人的な達成へといかに傾倒していたかということは、彼が書いたものの量のことを思えば明らかだ。三島は実にたくさん書いた。三島は早熟でデビューも早かったが四十五歳で死んでいるので、作家としての活動期間は長くはない。それなのに、彼の作品は（別巻・補巻と音声や年譜・書誌を除いて）全集四十巻分にもなる。これはあまりにも膨大である。ほぼ毎日、勤勉に、実直に書き続けなくては、これだけの量にはならない。

三島はなぜこれほどたくさん書いたのか。三島の文学の謎は、見ようによっては、内容以上にこの分量にある。この点を最初に指摘したのは、松浦寿輝である。謎を深めているのは、――松浦の見るところ――作家としての三島にとって真に書く必然性があった作品は最初の長篇小説『仮面の告白』だけだという事情である。[*4]「彼が書きたかったこと、書く意味のあったことのすべては『仮面の告白』一冊の中にあり、そこで消尽しつくされてしまっている」。[*5]そうだとすれば、ほかの作品は、書かれる意味がなかったと言えなくもない。[*6]それなのにどうして、三島はあれほどの分量を書いたのか。

この疑問を解く鍵が、前章で読解した『鏡子の家』にあるので、ここで簡単に説明しておこう。まずこう考えなくてはならない。三島にとっては、書く内容だけではなく、いやそれ以上に、書くという行為自体に意味が、彼を駆り立てる必然性があったのだ、と。それは何か。

ところで、『鏡子の家』で――とりわけ登場人物の一人である杉本清一郎の世界観という形態で――独特のニヒリズムが展開される。生のニヒリズムは、徹底したニヒリズムそのものによって超克される、と。すなわち、世界そのものを終わらせる、強い否定性だけが、逆説的に、あらゆる存在と生に意味を与えることができる、というわけである。清一郎は、世界の破滅が今や近いという確信があるので、それをただひたすら待っている。しかし、『金閣寺』の主人公溝口は、終戦によって、ただ待っていては「終り」は来ないことが明らかになったので、自ら、世界の中心である金閣寺に火を放ったのである。ちなみに、第三章で、三島にとってはもともと、太平洋戦争は――吉本隆明や鶴見俊輔の場合とは異なり――美学的な主題にはなりえても、政治的なイデオロギーの問題や倫理の問題ではなかったと述べたが、『金閣寺』の溝口の態度はこのことをよく示している。

ともあれ、ニヒリズムの逆説的な超克のやり方に関する、この論点を確保した上で、「太陽と鉄」（昭和四十年―四十三年）を読むと、三島はその中で、言葉を書くということの効用について、次のように論じていることに気づく。

私は今さらながら、言葉の真の効用を会得した。言葉が相手にするものこそ、この現在進行形の虚無なのである。いつ訪れるとも知れぬ「絶対」を待つ間《ま》の、いつ終るともしれぬ進行形の虚無こそ、言葉の真の画布なのである。〔中略〕二度と染め直せぬ華美な色彩と意匠で虚無をいろどる言葉は、そのようにして、虚無を一瞬一瞬完全に消費し、その瞬間瞬間に定着されて、言葉は終り、残るからだ。言葉は言われたときが終りであり、書かれたときが終りである。その終りの集積によって、生の連続感の一刻一刻の断絶によって、言葉は何ほどかの力を獲得する。〔中略〕

終らせる、という力が、よしそれも亦仮構にもせよ、言葉には明らかに備わっていた。

（三島由紀夫『告白――三島由紀夫未公開インタビュー』）

つまり、三島にとっては、言葉を発すること、そして何よりそれを書くことは、終わらせる行為、つまり世界に終末をもたらす操作の反復である。執筆は、毎日繰り返される金閣放火だ。確実な終わりへの予料なしには、三島は生きていけない。そのような予料が得られないのなら、自ら終わりをもたらすしかない。書くことがそれである。だから、三島は書かずにはいられない。三島は、執筆によって、毎日、世界を終わらせ、興奮していたのだ。その産物が、膨大な著作群である。

2　そのとき親友は……

さて、本来の問いに戻ろう。『金閣寺』や『鏡子の家』がどのように、「天皇」を奉ずる革命的行動（のようなもの）へと転回していくのか。

ここまですでに何度も参照してきた、奥野健男の『三島由紀夫伝説』の中で最も印象的で、そして読んでいて痛ましい思いを禁じえないのは、「あの日」についての個人的な回想を記した部分である。[*7] 昭和四十五年（一九七〇年）十一月二十五日、奥野は、京都で遊んでいたらしい。前日、同志社大学の文化祭で講演とシンポジウムの仕事を済ませた後で、のんびりしていたのだろう。回想によれば、この日、彼は京都の東の外れにある法然院、そして京都の西の境を遠く越えたところにある化野《あだしの》の念仏寺と、タクシーを使って東西に大きく移動している。京都は、名残りの紅葉の時季だったに違いない。観光の途中、五条大橋のあたりで号外のようなビラに大勢の人が群がっているのに気づいたが、個人タクシーの運転手は京都案内に熱中していて、ラジオのスイッチも入れなかったので、奥野は何も気づかなかった。奥野が事件のことを知ったのは、新幹線の中でぐっすり眠り、午後六時頃東京駅に着いた後、山手線に乗り換えたときである。乗客が読んでいた夕刊の大きな見出しが目に入ったのだ。三島由紀夫が自衛隊に突入して切腹し、そして、首が介錯《かいしゃく》により落ちた、と。「ぼくは気を失うような衝撃を受けた」と奥野は書いている。

奥野は三島より一歳下で、二十代のときからの付き合いである。二人は、ほとんど親友と言ってもよいほどの深い仲だった。昭和二十七年の夏、当時東工大の学生だった奥野は、少し前に発表した「太宰治論」が好評で、『近代文学』から三島由紀夫論の依頼を受けたという。このとき、編集長の荒正人《あらまさひと》の紹介状をもって緑ヶ丘の三島由紀夫宅を訪ねたのが、三島との初めての出会いである。このとき三島は、『婦人公論』の打ち合わせに行くための迎車を三時間も待たせて、奥野との話に応じてくれたという。その後、昭和二十九年（一九五四年）の三月号の『文學界』に「三島由紀夫論」を発表すると、三島自身から電話で連絡があり、「我が意を得たおもしろい評論だ」と評価され、会って話したいと言われたとのことだ。以降、二人は親密に交際した。二ヶ月に一回くらいのペースで一緒に食事をし、互いの家を訪ねあい、ときに家族ぐるみで一緒に歌舞伎を観に行き、そして週に一回くらいは電話をかけあった。

これほど親しかったにもかかわらず、三島は奥野にクーデタの計画をほんの少しも打ち明けなかった。奥野も、その気配を微塵も感じてはいなかった。最も近しかった友人が事件を知ったのは、ほとんど日本中の人が事件に衝撃を受けてから六時間も経た後だったとは！　作家の身に決定的な事が起きたとき、その親友はいつになくのんびりと京都を見物していたとは！　後から振り返って、法然院の谷崎潤一郎の墓に寄ったのが、三島が自衛隊に突入した時刻にほぼ対応し、化野の無縁塚にいた間に、三島が自決していたことから、奥野は、「なにか三島由紀夫の霊、それも荒魂ではなく、和魂に誘われた感じ」がするとし、「奥野、お前はおれを専ら文学的に語りついでくれと言っているように思えた」と記している。多分、三島の霊はそんなことは言っていないのだが、そうとでも考えなくては、奥野は自分を慰められなかったのだろう。

奥野は正直に書いている。[*8] 文学者同士として親しく十五年間交際してきたのに、

ぼくには三島由紀夫の自衛隊への侵入、蹶起をうながす演説や檄や辞世の歌、そして総監室での割腹自殺というあの事件を理解することができなかった。なぜあんなぶざまな最期を遂げなくてはならなかったのか、腹立たしく、また可哀相な思いがつのるばかりであった。世界的に認められた天才的文学者が自らの生命を断つ演出としては、余りに理由が小さ過ぎ、人類的な一般性がなかった。三島由紀夫のそれまで書いて来た文学作品や芸術理

論の大きさ深さに対し、彼の檄文や演説は余りに小さく浅かった。そして世界の人間の精神、いや日本人の精神をも揺り動かす必然性に欠けていた。

奥野健男の深い混乱、加えて畏友への彼の愛を伝える言葉である。そして奥野は、三島が「なぜ日本憲法を破棄するため、自衛隊の蹶起を望むと言う小さい理由を、巨大な天才的文学者であった自分の自殺の理由にしたのであろうか」と繰り返し問い、これに対しては、いくらでも理由は付けられるし、自分でもいくつか理由を考えたが、どうしても真底からは納得できない、と続ける。

われわれにとって重要なことは、この当初に感じた「納得できない」という感覚を忘れないこと、これを縮減しないことである。われわれは事が起きてしまったことを知っており、それを繰り返し反芻《はんすう》する。そうすると、だんだん簡単に出来事を納得してしまう。それは、次のことを意味している。最初の衝撃は、奥野が吐露しているように、三島の文学や芸術理論の大きさや深さ、つまりそれらが含意している（ように感じられる）普遍性や洞見に比して、三島の失敗したクーデタが直接に示しているように見える目的や動機——それらを表明している檄文や演説——が、あまりに浅くつまらない、ということから来る。このギャップを後者の方に合わせるようにして埋めること、理解することが、「簡単に納得してしまう」ということである。その場合、三島の文学もまた矮小化して読むか、さもなければ端的に読まないか、そのどちらかしか、われわれにはなくなる。

われわれとしては、何としてもギャップは埋めなくてはならないことは確かだが、その場合、前者を基準にしなくてはいけない。つまり、後者（自衛隊に決起を促す行動のくだらなさ）から前者へと遡るのではなく、前者（三島の文学の普遍的な意義）から後者へと辿ることができなくてはならない。しかし、少なくとも、三島と親しく交わり、三島文学の最良の理解者と自他ともに認めていた人物は、そのような順序の道はないように思える、と書いている。しかし、われわれは、そうした道を見つけなくてはならない。

3 絹と曳航《えいこう》

三島由紀夫が「天皇」について熱く語ったり、書いたりするようになったのは、昭和四十年代（一九六五年以降）になってからである。それは、『豊饒の海』の執筆期間とちょうど重なっている。第一巻の『春の雪』の執筆は、昭和四十年六月に始まった。三島はその四ヶ月前に、モデルとなる寺、つまり奈良県の圓照寺《えんしょうじ》を訪問している。天皇に関係する最も重要な小説「英霊の聲」が発表されたのは、昭和四十一年六月、そして、「文化概念としての天皇」なるものを提起した評論「文化防衛論」が発表されたのは、昭和四十三年七月である。このように、三島は、昭和四十年代に入って、自決するまでのおよそ五年間で、急速に「天皇」に強い関心を寄せていく。

もっとも、「英霊の聲」の前触れにあたる作品、つまり「憂国」が発表されたのは、少し早く、昭和三十六年（一九六一年）一月である。その前年は、本章の冒頭にふれた六〇年安保の年で、三島は、政治に対して「ヤジ馬」を自認していた。さらにその前年には、三島は、戯曲「女は占領されない」で、GHQの「政治局長」に、天皇も日本も自らの掌の上にある、という趣旨の台詞を軽々しく言わせている。こう考えると、三島にとって、天皇という主題が重みをもち始めたのは、昭和三十六年の初頭であろう。

最終的に「天皇」へと関心が収斂《しゅうれん》していくことを思ったとき、この昭和三十六年から、本格的に天皇をめぐる作品が書かれるようになる昭和四十年代までの間に、重要な長篇小説が二本書かれている。昭和三十八年（一九六三年）九月に書き下ろしで発表された『午後の曳航』と、翌昭和三十九年（一九六四年）十月に——東京オリンピックの開催中に——、（雑誌連載を経た後に）刊行された『絹と明察』である。「英霊の聲」とは違って、どちらも天皇への直接の言及はないのだが、三島の最終的な関心から遡及的に振り返れば、ここに天皇の隠喩を読むことができる。

＊

後で書かれた『絹と明察』の方から見ていこう。これは、近江絹糸の労働争議（一九五四年六月―九月）をモデルにした作品だが、例によって、三島には、事件の実態にそった社会的関心は薄い。三島は、労働問題にもマルクス主義にも興味がなく、この事件を、寓話のように活用しているだけである。小説は、次のような筋である。ハイデガーかぶれの奇妙な謀略家、岡野なる人物が、駒沢紡績社長の駒沢善次郎と初めて会ったのは、昭和二十八年九月一日である。駒沢は、五十五歳の働き盛りの男で、彼の紡績会社は、業界で唯一好調で、営業成績を勢い良く伸ばしていた。駒沢紡績の業績がよいのは、駒沢が、前近代風の家族主義的経営に成功していたからだ。つまり、ほかの紡績会社は、正規の労働組合をもつ近代的な経営を実行していたが、駒沢は、工員たちに対して家長のように君臨し、彼らに、自分たちは息子・娘であるとの感情を植え付けていた。駒沢紡績にも労働組合があることにはあったが、事実上の御用組合であり、駒沢にとっては脅威ではない。

『絹と明察』は、基本的には、駒沢と岡野の対決を軸にした話である。岡野は、駒沢紡績の従業員の大槻《おおつき》に『資本論』の引用を含む手紙を送ったり、大槻が「太陽」のように尊敬している繊維同盟の秋山を使ったりして、陰で駒沢紡績の従業員たちを扇動し、彼らに「労働者」としての自覚を吹き込んで、ストライキを決行させる。工員たちは、ストを通じて、近代的な労働組合の設立や、拘束八時間労働の確立、夜間通学や結婚、外出の自由などを駒沢に要求した。ジャーナリズムは、圧倒的にストに好意的で、駒沢は悪者扱いされ、窮地に立たされた。工場はロックアウトされ、駒沢はある雨の日、彦根城の天守閣に登って、「恩知らず！　外道《げどう》！」

などと怒りの叫びをあげたり、泣いたりしている。争議は三ヶ月も続き、中労委の仲介で、組合側の勝利のうちに終結する。これによって、駒沢紡績と労働組合の間で、ほかの主要紡績会社と同じ労働協約が締結された。その後、駒沢は病に倒れ、結局、死んでしまう。

というわけで、岡野が勝利者になるわけだが、この小説は、プロレタリア文学ではない。実は、小説では、駒沢よりも、岡野の方がずっと悪いやつだと感じられるように書かれている。岡野は、駒沢紡績のライバル会社である桜紡績社長の村川から多額の資金を得て、工作に当たっていたのだ。岡野が村川と、京都の鴨川の川端で落ち合い、村川から駒沢紡績の社長になるように勧められるところで、物語は閉じられる。

この小説の中で、社長であり家長でもある駒沢は田舎臭く、時代遅れの感性の持ち主で、勝手に自分に都合のよい調和的世界を思い描き、その中を生きている愚鈍な人物である。だが、三島は駒沢を否定的に描いているわけではない。むしろ、三島の駒沢への愛情が感じられる。従業員たち、つまり労働者や組合員たちもまた、駒沢同様に素朴で情熱的だ。狡猾《こうかつ》なのは、駒沢以外のほかの資本家や経営者、実業家だ。小説のタイトルとの対応では、「絹」が駒沢で、「明察」が、ハイデガー哲学に通じている岡野ということになるはずだが、より深い明察、通常の明断さを超えた真の明察は、争議に敗れた側、つまり愚か者ではあるが純粋な駒沢の方にある、ということがこの小説の含意であろう。

それにしても、労働問題や企業経営などにおよそ興味をもっていない三島が、どうしてこのような小説を書いたのだろうか。この小説は全体として隠喩であって、駒沢は、昭和天皇に見立てられているのだ。強引に都合よく解釈しているわけではない。三島自身がそのように語っていたと、奥野健男は証言している。[*9] さて、そうだとすると、三島は、昭和天皇を気の毒な敗者と見なしながらも、愛情をもって見つめていた、ということになる。三島は結局、市ヶ谷の陸上自衛隊駐屯地の総監部のバルコニーで「天皇陛下万歳」と叫ぶことになるのだから、昭和天皇を敬愛していることを示す小説を書いていたという事実は、十分に納得がいく。だが、「英霊の聲」では、昭和天皇に、厳しい呪詛《じゅそ》の言葉が向けられている。この憎しみの要素はどこから来るのか。それは、この小説からはわからない。

＊

しかし、その一年前の小説『午後の曳航』から、ヒントを得ることができる。この小説は、二つに分かれており、第一部が「夏」、第二部が「冬」と題されている。横浜の元町で舶来洋品店を経営している黒田房子は、三十三歳の美しい未亡人である。彼女には、十三歳の中学生の息子登がいる。登は、数名の「不良」少年と付き合っており、房子は心配していた。そのため彼女は、夜になると、登を部屋に閉じ込め、外から鍵をかけてしまう。ある夏の日、房子は登にせがまれ、貨物船を見学に行った。このとき、彼女は、二人を案内してくれた二等航海士の塚崎竜二と恋に落ちた。彼女は、竜二を自分の寝室に招き入れ、彼に抱かれた。男に抱かれたのは、房子にとって五年ぶりのことだった。登は、彼の部屋と房子の寝室の間の壁に空いている小さな穴を通じて、母親と竜二との房事を覗くが、海の男である竜二を「英雄」と見て憧れていたため、竜二にいささかの嫌悪の感情も抱かない。それどころか、房子と竜二の抱擁は、登にとってこの世で最も美しいものである。竜二にとっても、房子との恋は至福の出来事であった。竜二が独身を通してきたのは、自分には特別な宿命があると信じていたからである。彼は、海の彼方のどこかに無上の女が彼を待っていて、その女を得たとき、自分は栄光につつまれて死ぬことになるだろうと夢想していたのだ。竜二は、房子をまさにその女であると確信したわけだが、考えてみると、彼女は、海の彼方ではなく陸の此方にいるのだから、この女に夢中になったことは、竜二にとって不吉なことである。ともあれ、しばらくして、竜二は、再び海へと去っていった。

そして冬が来て、竜二は房子の家に戻ってきた。今回は夏とは違い、竜二はもう二度と出帆するつもりはない。竜二は、陸での生活に備え始める。竜二と房子は婚約した。というわけで、めでたい結末に到達するように見えるが、もちろん、そんな話ではない。竜二は、もともと自分の特別な宿命を信じるロマンチストだが、房子はほんとうは、たいへん堅実なリアリストである。房子の性質の方が竜二のそれよりも強く、房子と結ばれたことで、神秘的な宿命をめぐる竜二の夢はたちどころに消えてしまった。竜二は、山の頂から、黒煙を吐きつつ海の彼方へと向かう貨物船を眺めながら、「自分を男らしさの極致へ追いつめてきたあの重い甘美な力」は失われた、などと感じたりしている。

これに我慢ならなかったのは、二人を外から見つめていた十三歳の登である。登にとって、海へと去っていく竜二は英雄だが、海を捨てて、陸で父親になるとすれば、竜二は醜悪で軽蔑の対象でしかない。登の遊び仲間は、自分たちを天才だと信じる早熟の少年たちで、人間の無用性や生きることの無意味さなどを常に論じ、世界を空っぽにしようなどと計画していた。彼らは、『鏡子の家』の清一郎のような思想を、未成年の段階からもっているのだ。登を含む少年団は、陸で結婚して堕落しかけている竜二の名誉を回復するためには、彼を殺すしかないと決議する。彼らは、竜二を誘い出し、彼に海の話をさせつつ、その手に睡眠薬入りの紅茶を渡す。「竜二はなお、夢想に涵《ひた》りながら、熱からぬ紅茶を、ぞんざいに一息に飲んだ。飲んでから、ひどく苦かったような気がした。誰《だれ》も知るように、栄光の味は苦い」。このように小説は終わる。

『絹と明察』の駒沢——労働者たちに対する擬制の家長——に対応する人物は、『午後の曳航』では、もちろん竜二である。そうだとすれば、竜二もまた、駒沢と同様に、昭和天皇を表象しているると解釈することができるのではないか。駒沢のうちに昭和天皇の愛すべき側面が投影されているのだとすれば、竜二には、三島がどうして昭和天皇を憎み、批判したのか、その理由が体現されているのではないか。

竜二が登たちの目に裏切り者に見えたのは、彼が海へと発つことを断念したからであった。ところで、「英霊の聲」で三島が、英霊たちの声を通じて批判していることは、昭和天皇の人間宣言である。天皇が、自分は人間であると宣言することと、竜二が、もはや海へと出帆しないという態度をとることは、三島にとって、等価な意味をもっていたのではあるまいか。

ここで、われわれは、前章の冒頭で論じたことを、つまり「海」のイメージのシンボリズムを思い起こそう。三島の文学には、二つのイメージの系列がある。「火・血」のイメージと、「海」のイメージである。『金閣寺』には、両方が孕まれている。二つのイメージの系列のうちより本源的なのは、「海」のイメージの方である。「海」のイメージが代表しているのは、「美」の論理である。現象が、自らのうちに差異を孕み、「それ以外の何か」への暗示を伴うこと、これがその論理だ。このことを前提にした上で、『金閣寺』の「放火」に対応するような破壊の操作、トータルな否定の操作を加えると、それ自体としては「無」でしかなかった「それ以外の何か」が、超越的な実体へと、「イデア」とも呼ぶべき実体へと転換するのであった。『午後の曳航』のコンテクストでは、美を美たらしめている「それ以外の何か」とは、竜二が、海の彼方にいるに違いないと信じている、誰とも特定できない無上の女である。彼は、その女に誘われるように海へと旅立つ。ここに、断固たる否定の操作を加えれば、「無上の女」は、さらに「南の太陽」（あるいは夏の太陽）として実体化される。この太陽こそ、「イデア」、あるいは三島自身の言葉を使えば「大義」の別名である。もちろん「太陽と鉄」の太陽も、これである。海へと向かわず、陸で安住することは、太陽との関係を断念することを意味している。このように考察を進めてくると、竜二と天皇との類比が見えてくるのではないか。天皇は、日神（天照大神《あまてらすおおみかみ》）の末裔だからである。

4　文化概念としての天皇

これ以上深く考察するためには、寓話的・間接的に天皇について書いた小説だけでは足りない。天皇への直接の言及がある小説、天皇を積極的に主題化した評論を読まなくてはならない。そうした小説、そうした評論の代表は、もちろん、「英霊の聲」と「文化防衛論」である。二年を隔てているこれら二つの文章は、前節でも述べたように、若くして死んだ三島にとってはすでに晩年の作品に属する。この二つの文章は、相補的に読まなくてはならない。「文化防衛論」の中の天皇についての論述部分は、言ってみれば、三島自身による「英霊の聲」の解題である。もっとも、注意しなくてはならない。小説の作者自身が、その小説の意味を十全に対自化できているとは限らない、と。つまり「英霊の聲」の含意が、「文化防衛論」の天皇論の中にすべて照らし出されているわけではない。

「英霊の聲」については、すでに一度論じている（第三章）ので、詳しくあらすじを紹介する必要はあるまい。簡単に言えば、この短篇小説は、霊媒となる人物を用いて、戦前・戦中の若い荒魂を降臨させる話である。二種類の英霊が降りてくる。最初に、二・二六事件で処刑された青年将校たちの霊が、その後、神風特攻隊のメンバーとして、太平洋戦争末期に散った霊が、降臨するのだった。どちらの英霊も、人間《ひと》となった昭和天皇を糾弾する。

「文化防衛論」で提示される中核的な主題は、すでに何度も述べてきたように、「文化概念としての天皇」である。「文化概念」の対立項は、「政治概念」とか「統治概念」であろう。「英霊の聲」と対比させるならば、三島が、人間とならなかった天皇、神としての天皇が、文化概念としての天皇であると考えていたとしてまちがいあるまい。だが、文化概念とは何であろうか。「文化」という語の常識的な用法に基づけば、戦後の象徴天皇は、――少なくとも政治的な権力はまったくないのだから――すでに十分に文化の領域に属しているようにも見える。だが、三島の観点からすれば、象徴天皇は文化概念とは関係ない。

「文化防衛論」によれば、文化、国民文化は三つの要件によって定義される。[*10] 再帰性と全体性と主体性である。再帰性とは、文化が生きた伝統として今のわれわれの創造に繰り返し介入してくる、ということである。三島は、これについて、文化がただ「見られる」ものではなく、「見る」者として今のわれわれに見返してくる、という表現を好んで使う。全体性とは、文化の時間的・空間的な連続性や広がりを余すことなく肯定し、政治権力による選別や改良を拒絶するということである。そして、主体性とは、文化が具体的な形態として現れる過程――つまり創造・保持・破壊の過程――は、創造的個体によって担われなくてはならない、という趣旨である。これら三要件の中で、三島はとりわけ「全体性」を重視しているようだ。

三島は、これら三つの要件を備えた文化概念が、それにふさわしい「価値自体（ヴェルト・アン・ジッヒ）」を有すると見なされるためには、その価値自体からの演繹《えんえき》によって、日本文化のあらゆる末端的な特殊事実までがすべて導出され、推論されなければならないとしている。価値自体とは、ほかの何かに基礎づけられることなく直接的に、自ら自身だけで価値を有する、という意味であろう。三島は、「文化概念としての天皇」に、そのような働きを期待しているようだ。そして、近代史の中の天皇は、一度もそのような意味での文化概念としての姿を現したことがなかった、とされる。

と、このように三島の抽象的な論述を追っても、人間宣言をしない天皇がどうして文化概念としての天皇と見なしうるのか、三島にとってどうしてそのような天皇が死活的に重要だったのか、ということはさっぱりわからない。だが、「文化防衛論」発表の翌年にあたる昭和四十四年（一九六九年）に、つまり死の前年に、東大全共闘の学生との討論の中で三島が具体的に語るとき、真実が率直なかたちで示される。文化概念としての天皇と政治概念としての天皇の対立が、次のように語られるのだ。

私の天皇観というのは、さっきも申し上げたように、日本武尊が、つまり白鳥に化すると。そういう時に、つまり神のような天皇、神的な天皇というものが文化の領域に移されなければ危険であるという判断を景行天皇が下されたわけです。自分の息子というものを文化の、詩の英雄として完全に神話化しなければ危険である。そして自分は統治的天皇として、神話や伝説と違った世界で、生きていこう、こういうことを景行天皇は考えられたのじゃないかと忖度《そんたく》する。そして、私の言う天皇というものは人間天皇と、つまり統治的天皇と、文化的なそういう詩的、神話的天皇とが一つの人間でダブルイメージを持ち、二重構造を持って存在している、その現実の天皇お一人お一人のパーソナリティとは関係がないのだ〔後略〕。

（三島由紀夫・東大全共闘『美と共同体と東大闘争』角川文庫、二〇〇〇年）

ややあいまいな言い回しになってはいるが、三島は、「日本武尊：景行《けいこう》天皇＝文化概念：統治概念」という関係を見ている。だが、ここで注目しておきたい箇所は、日本武尊が文化概念としての天皇であることの根拠として、彼が（死んだときに）白鳥と化した、という神話上のエピソードを上げていることだ。このヴィジョンは、われわれがすでに見てきた「あれ」と同じではないか。『金閣寺』のあの場面である。溝口が、南禅寺で目撃した女と肉体関係をもとうとすると、彼女の身体が――厳密にはその乳房が――金閣に変貌した、という、あの場面だ。われわれは、事物を「美しいもの」たらしめるイデア（金閣寺）が、プラトンが本来考えていたように現象を超えた存在論的な準位に属しているわけではなく、現象のただ中に出現する、ということを示す事例として、この場面を引用した（第七章）。溝口は、南禅寺の女の乳房が金閣に変わるのを見た。同じように、三島は、（想像の中で）天皇の身体が白鳥に変わるのを見ている。
現象そのものに内在するこの種の変貌こそ、美を構成する原理だった。三島は、その原理を天皇に、あるいは宮廷に見ていることになる。天皇に帰せられた美の原理は、「みやび」と呼ばれる。天皇こそがみやびの源流であり、民衆文化は、その模倣、つまり「みやびのまねび」によって成り立っている、ということになる。あるいは、三島の整理では、時代ごとに生まれた、さまざまな美意識、つまり「幽玄」「花」「わび」「さび」などは、「みやび」という太陽の周辺を回る衛星のようなものである。このように解釈することで、われわれは、『金閣寺』の世界と三島の天皇観念とを結びつけることができる。

*

だが、まだ解けない疑問がある。三島は、「菊と刀」の不可分な二面性に執着している。文化概念は、この二面をもつはずだ、と。菊は、今述べた美の原理だとして、刀は何か。刀は、破壊する暴力、軍事力である。たとえば、「文化防衛論」にて三島はこう主張する。「菊と刀の栄誉が最終的に帰一する根源が天皇なのであるから、軍事上の栄誉も亦、文化概念としての天皇から与えられなければならない」と。つまり、「天皇と軍隊を栄誉の絆でつないでおくこと」が絶対に譲れない条件である、と。

この主張が、後で、橋川文三に批判された。橋川によれば、天皇と軍隊との結合は、天皇の歴史を振り返るならば、必然ではない。多分、三島もそんなことはわかっている。歴史的な事実がどうであれ、三島にとっては、両者の結びつきが必然でなければならなかったのだ。彼がそう考えていた証拠に、三島は、橋川の批判的な指摘を全面的に肯定しつつ、自分の天皇概念をいささかも変更しようとはしなかった（第四章第2節参照）。

この点は、ここまでの考察を踏まえて、次のように考えれば解決する。『金閣寺』以来の三島の文学には、二つの論理が並走している、と述べてきた。「海」のイメージに連なる美の論理と、「火・血」のイメージと対応する破壊の論理——世界の破滅や自己破壊にまでいたるトータルな否定の論理——である。後者の「否定」こそが、その反作用によって、イデアや超越的な価値の審級を実体として措定し、肯定することになるのだった。この暴力的な否定の論理を担っているのが「刀」である。この「刀」なしには、天皇が、「神」としての超越性を保持することはできない。これは、『鏡子の家』を読解する中で示した、杉本清一郎の世界観、ニヒリズムを超えるニヒリズムの原理の応用である。

この問題は、「英霊の聲」の方に差し戻したときに、どうして、特攻隊員の霊があとからやってくるのか、という疑問として再現される。三島の本来の好みからすると、二・二六事件の将校の霊だけで十分だったはずだ。どうして、特攻隊員の荒魂まで呼び出されているのか。[*11]その理由は次のことにあると推測される。同じ軍人でも、二・二六事件に関与した将校たちは、世界の破滅とか自己破壊とかに結びつくような徹底した否定や暴力に関わったわけではない。彼らは、大蔵大臣、内大臣らを暗殺し、侍従長に重傷を負わせるなどをした。しかし、その破壊は――当然のことながら――部分的なものである。しかし、特攻隊員は違う。敵を破壊することは、自分自身を破滅させることでもある。特攻隊員の英霊はこう言う。「機首を下げ、目標へ向って突入するだけだ。狙いをあやまたずに。／そして、勇気とは、ただ、／見ることだ／見ることだ／一瞬も目をつぶらずに」。見ることに勇気が必要なのは、突入が自己のトータルな否定を――自殺を――意味しているからである。

文化概念としての天皇の原型的な姿を記述するために、三島は、天照大神の岩戸隠れを究極の実例として挙げている（「文化防衛論」）。この事実が、ここまでの解釈を支持するもうひとつの証拠となる。速須佐之男命《はやすさのおのみこと》の美的倫理的な逸脱、つまり彼の極端な乱暴狼藉のために、天照大神は岩戸の向こうに隠れてしまう。困った八百万《やおよろず》の神々は、何とか岩戸を開けようと、対応を協議した。最終的に、宴で、鳴滸業《おこわざ》を演ずる天宇受売命《あめのうずめのみこと》に対する文化の哄笑《こうしょう》が、天照大神に岩戸を開けさせることとなった。これが、神話の語るところである。

だが、この経緯を別様に捉え返すことができる。考えてみれば、速須佐之男の暴力、彼の刀が、岩戸の向こうに隠れている日神という超越性を生みだしているのである。彼の狼藉を、溝口の金閣放火に対応させてみたらどうか。溝口は、鍵のかかった究竟頂の扉を何とか開こうとした。この懸命の努力が、不可視の究竟頂の内部を黄金の空間として措定することになった。

この溝口と同じように、八百万の神々は、岩戸を懸命に開けようとする。そこには、八咫鏡《やたのかがみ》に映し出される太陽神がいるはずだからだ。

5　あいまいな顔

このように、三島由紀夫が「文化概念としての天皇」と呼んだものを、『金閣寺』から抽出した論理の展開の果てに位置づけることができる。だが、さらに問わないわけにはいかない。美の原理を体現する実体が、天皇であることに必然性があるのか。三島は、晩年の三島は、それは天皇でなくてはならない、天皇であることに必然性がある、と見なしていた。彼の振る舞いから、われわれはそう解釈せざるをえない。だが、われわれとしては問わなくてはならない。ほんとうに必然性があるのか、と。この必然性は、これまでの論理から内在的には導き出せないように思える。

ともあれ、ここでは、「英霊の聲」の奇妙な結末を確認しておくことにしよう。二種類の荒魂が去った後、霊媒の川崎君は、仰向けに倒れ動かなくなった。審神者《さにわ》の木村先生が、川崎君をゆすり起こそうとして、彼の手に触れると、即座に、あわてて手を離した。川崎君は、この盲目の青年は死んでいたのだ。それだけではない。

死んでいたことだけが、私どもをおどろかせたのではない。その死顔が、川崎君の顔ではない、何者とも知れぬと云おうか、何者かのあいまいな顔に変容しているのを見て、慄然としたのである。

（「英霊の聲」『文豪怪談傑作選　三島由紀夫集　雛の宿』）

川崎君の顔はどんな顔をしていたのだろうか。昭和天皇の顔だった、というのが「通説」である。三島自身が、そのような解釈を暗に示唆していたという。[*12]だが、それならば、なぜこんなあいまいな書き方をしたのだろうか。確かに、これが昭和天皇の顔だったとはっきりとわかるように書けば、「不敬」との印象を与えたかもしれない。だが、すでに荒魂を使って繰り返し昭和天皇を呪った後に、作家は、ここだけそんなことを気にする必要があっただろうか。仮に三島自身が昭和天皇を念頭においてこの文章を書いていたとしても、彼にこのような表現を採用させた無意識のメカニズムが作用していたように思われる。

最後の場面で、川崎君の顔は何者でもない。誰とも言えぬあいまいさの中にある。要するに、彼の顔は何者になることにも失敗しているのだ。「英霊の聲」のこの結末が気にかかるのは、これが四年後のもっと大きな結末、『豊饒の海』全巻のあの意外な結末のかすかな予兆のようにも見えるからだ。『天人五衰』の最後に、本来であれば、老いた本多繁邦は、若き松枝清顕の顔と再会するはずだった。しかし、月修寺の門跡である綾倉聡子にすべてを否認されたことで、彼は、何ものでも、何ごとでもありえない場面と遭遇せざるをえなくなる。本多は、自分自身さえも、「漆の盆の上に吐きかけた息の曇りがみるみる消え去ってゆくように失われてゆく」のを感じる。川崎君の顔もまた、消え去ろうとする息の曇りのようだったのではないか。

＊1　三島は、一九六九年十月二十一日の国際反戦デーで、デモが大規模化し、騒乱状態になって、自衛隊が治安出動するのではないか、と期待していた。そうなれば、楯の会も動き出し、自衛隊に呼びかけ、協力して国会議事堂を占拠し、憲法改正を発議させることができるのではないか、と目論んでいたのだ。しかし、その日は、確かにデモで新宿等が荒れはしたが、警備態勢も十分に準備されていたこともあって、大きな盛り上がりがないままデモは鎮圧されてしまった。楯の会はまったく動けなかった。

＊2　戯曲が雑誌に発表されたのは、昭和三十四年（一九五九年）十月である。初演は同年九月。伊津子という主人公は、越路吹雪が演ずるために造形された。

＊3　ところで、ときに、アメリカによる占領やその後の対米従属の体験は、女を奪われる体験として隠喩的に表現される。その典型は、小島信夫の『抱擁家族』（一九六五年）である。この小説の中で、主人公の妻は、米兵と姦通する。もっとも、三島の「女は占領されない」でも、伊津子は、日本人の男よりも米兵に魅力を感じているのであって、日本人の男から見ると、やはり女が奪われている、ということになるだろう。ただ日本人の女の方に才覚があって、米兵に簡単には籠絡されなかった、というわけだ（実際には、そんな女はほとんどいなかったように思うが）。ただし、このとき米兵の方の「弱み」になったことは、日／米の政治にも文化にも何の関係もないこと、彼の

個人的なトラウマ（少年時代、屋根の上の決闘で転がり落ちて友人が死んだということ）である。

＊4　第五章の＊1参照。

＊5　松浦寿輝「三島を憐れむ」『青の奇蹟』二百七十七頁。

＊6　ということは、言い換えれば、すべての作品は、『仮面の告白』と結びつけられたときに初めて、その必然性を開示する、ということでもある。実際、われわれのここまでの探究は、そのような前提を踏まえている。われわれは、三島の「結末」の謎を解くための最も重要な鍵は『金閣寺』にあると見てきた。ところで、『金閣寺』は、——第五章で述べたように——『仮面の告白』の反復である。とすれば、『仮面の告白』から遠く離れているように見える作品も、たとえば『鏡子の家』のような作品も、——『金閣寺』を媒介にして——『仮面の告白』に結びつくことになる。

＊7　奥野健男「肉体的完成と死」『三島由紀夫伝説』。

＊8　同書、四百五十七頁。

＊9　同書、三百九十八頁。

＊10　平野啓一郎による以下の解説が優れている。われわれはこれを参照している。「『英霊の声』論」『文學界』二〇〇〇年十一月号。

＊11　天皇の人間宣言について指摘されてきた普通の問題、すなわち、戦争の死者たちは天皇が神であることを前提にして自己犠牲を引き受けたのに、戦後、「実は私はもともと人間だった」と宣言するのは、死者たちへの裏切りではないか、という問題との関係では、むしろ、二・二六事件の将校たちの霊の方が余分に見えるので、この疑問には気づきにくい。しかし、第三章で詳しく述べた

ので再論しないが、三島の論理では逆であって、特攻隊員の方が余分に見えてくる。その「余分」な霊が必要だった理由はどこにあるのか。これが今の問いである。

＊12　小説を読んだ瀬戸内晴美は、この死顔は昭和天皇の顔に違いないと直観し、書簡を通じてこの点を指摘した。三島は、返書でこれを肯定した。

第十章　不毛の海

1　切腹の必要性

三島は、昭和三十年代の後半に、天皇について隠喩的に語る二つの長篇小説（『午後の曳航』『絹と明察』）で、天皇への敬愛と批判の両方を表明した。昭和四十年代の戯曲からも、天皇へのこうした両義的な思いを読み取ることができる。

たとえば、昭和四十二年（一九六七年）の「朱雀家《すざくけ》の滅亡」は、天皇への批判として――前年に発表された「英霊の聲」のそれほどには強くはないが、昭和天皇への一種の諫言《かんげん》として――解釈することができる。この戯曲の主人公、朱雀経隆《つねたか》は、天皇を侮り、横暴を極める戦争強硬派田淵首相（東条英機を連想させる）をその座から引きずり降ろすほどの胆力の持ち主で、堂上公家《くげ》とは思えぬ行動力を発揮してきた。だが、内閣交替の顚末を奏上した際に、天皇からは――ねぎらいのことばをもらうどころか逆に――「何もするな」という暗黙の命令を受け取り、以後はそれに忠実に従ったために、結局、侍従長としての地位も、息子も（戦地で死亡）、愛人だった女中も（空襲で）、家屋敷も（空襲で）、つまりは命以外のすべてを失うことになる。経隆は、最後に、息子の許嫁《いいなずけ》に「滅びなさい」と言われるほどに惨めで否定的な形象として描かれる。この戯曲は全体として、忠実な臣下に無為を命じ、そして自らも無為にとどまったがために最悪の事態を招いた昭和天皇への批判であろう。

だが、翌年に書かれ、さらにその翌年の初め（昭和四十四年一月）に公演がもたれた「わが友ヒットラー」は、基調が異なっている。この戯曲は、ヒットラーによるレーム粛清事件を扱ったものだ。天皇に比定された人物（ヒットラー）が、献身的な従者の期待に応えられず、むしろ彼を裏切っているという点では、「朱雀家の滅亡」と同じだが、裏切りにもかかわらずヒットラー＝天皇への忠誠心を失わないレームに対して、三島は共感的である。三島は、翻意を促そうとレームを説得するシュトラッサーへの断固とした反論のかたちで、レームにこう語らせている。「人間の信頼だよ。友愛、同志愛、戦友愛、それらもろもろの気高《けだか》い男らしい神々の特質だ。これなしには現実も崩壊する。〔中略〕アドルフと俺とは、現実を成立たせるこの根本のところでつながっているんだ。おそらくあんたの卑しい頭ではわかるまい」と。

三島の晩年の作品の中には、このように、天皇への忠誠と批判の両方が表現されているが、根底にあるのは、もちろん、天皇崇拝である。三島自身の語彙に従えば、「文化概念としての天皇」「当為《ゾルレン》としての天皇」への崇拝だ。文化概念としての天皇は、白鳥へと変貌する天皇（日本武尊《やまとたけるのみこと》）のイメージによって表象される。前章で、われわれは、『金閣寺』から抽出された論理が、どのようにして天皇崇拝へと転回したのか、その機序を見た。

たとえば、どうして天皇の人間宣言がそれほど悪いことなのか。天皇が人間であることは、もともと誰にとっても明らかなことで、[*1]これを天皇自身が公言することは、戦後の解放の最大の成果のひとつと見なされているが、三島にとってはこの宣言は最悪だ。どうしてなのかは、『金閣寺』の柏木の主張の趣旨を参照すれば、容易に理解できる。柏木が「認識」と呼ぶ彼の哲学は、溝口にとっての最大の障害であり、まさにこれの乗り越えとして、金閣放火の「行動」が実現するのであった。柏木が述べたことは、「美女は、本質的には老婆と変わりがない（美女を美女たらしめるイデアなど存在しないのだから）」というものであった。溝口は、これを認めず、これに対する反措定として金閣に火を放った。ところで、天皇の「私は（神ではなく）人間である」という宣言は、柏木の「認識」の変奏である。美女が老女や醜女に還元されるように、神としての天皇もただの人間に還元されてしまう。三島は、溝口と同じように、この命題に抵抗しているのである。

ところで、『金閣寺』という小説を規定している論理は二つあった。それぞれの論理は、三島の小説に頻出する二つの代表的なイメージに対応している。「海」と「火・血」である。この二つのうち、天皇崇拝を直接に基礎付けているのは後者のイメージに対応した論理だ。

三島のあの日の言動のどの部分が最も重要でインパクトがあったかを思い起こしてみるとよい。三島が演説や檄文で明示的に主張したこと、つまり自衛隊は憲法違反とされていることを屈辱と感じ、決起して、議会と国民に憲法改正を迫るべきだ、といった類のことは、三島でなくても言いそうな——というか今日まで多くの人によって言われてきた——凡庸なことだ。あのクーデタ未遂が衝撃的だったのは、自衛隊員が行動を起こさないと見るや、三島（と森田必勝）が切腹し、自らの首を斬らせたからである。これはもちろん予定の行動であった。自衛隊への呼びかけに効果がなかったときには——たいていそうなると予期していたはずだ——、このようにして死のう、と三島は、そして彼と行動をともにした会員たちは決めていた。クーデタか革命かを起こそうとして失敗したとき、首謀者たちが失望して、あるいは抗議の意志を表明するために自殺した、というだけであれば、ほかにも類例はあろう。三島と楯の会の行動を圧倒的に特異なものにしているのは、最後の切腹だ。

政治的な主張に比して過剰に見える、こうした行動がなぜ必要だったのか。答えはすでに与えられている。「火と血」の系列に属する論理が作用しているのである。鍛え抜かれた鉄のような肉体をあえて切り裂き、血を噴出させなくてはならなかったのだ。「憂国」の切腹のシーンの執拗な記述をあらためて思い起こしてもよいだろう。肉体の華々しい破壊が、金閣を燃やす行動と同じように、その反作用によって、イデアを実体として超越的な場所に構成することになるからだ。イデアとはもちろん、この場合には、文化概念としての天皇である。*2

だが、それが天皇であることにどれだけの必然性があったのか。結局、金閣が天皇に置き換わっているわけだが、最後に天皇へと収斂することに必然性があるのか。そもそも、最初から金閣は寓意的な象徴であって、本命は天皇だったのか。そうではあるまい。三島のすべての行動、彼が書いてきたものを全体として見渡せば、彼にとって「天皇」が最初から重要だったとはとうてい言えない。それが最終的に天皇だったことに、論理に基づく必然性はない。イデアの場所が天皇によって埋められたことは、究極的には偶然である。もちろん、論理に準拠する必然性はなくても、状況に基づく理由はあっただろう。究極的には三島が生きていた文化的・時代的なコンテクストの中で、「天皇」が、ほとんど唯一、こうした目的に活用可能な主題だったのである。

ただ、次のように言うことはできるし、また言わねばなるまい。中核的なイデアの場所を天皇が占めたことは偶有的だったかもしれないが、何らかの偶有的な対象がイデアを措定するための通路として導入されること、そのことには——いったん「火と血」の論理へと足を踏み入れてしまえば——必然性があったのだ、と。

2　もうひとつの謎

三島由紀夫が「天皇陛下万歳」を叫ぶ、あのような行動に走ったのはどうしてなのか。この問いに対する答えをわれわれはすでに得たと言ってよい。しかし、われわれが解き明かしたい謎は、もうひとつあった。『豊饒の海』の結末をめぐる謎である。『豊饒の海』全巻の結末は——ということは第四巻である『天人五衰』の結末は——、この大長篇小説の意味をすべて否定し、無化してしまうような破壊的なものであった。

あらためて確認しておこう。『豊饒の海』は、輪廻転生をモチーフとしており、一―三巻の主人公は、同一の人物、同一の魂が転生した姿である。第一巻『春の雪』の松枝清顕（大正期の華族の息子）、第二巻『奔馬』の飯沼勲（昭和初期の右翼のテロリスト）、第三巻『暁の寺』のジン・ジャン（月光姫、シャムの王女）は、同一の魂の転生した姿である。彼らは二十歳で死ぬ運命にあるため、この三人の主人公は、二十歳ずつ歳が離れていることになる。ただ第四巻の主人公安永透は、途中で贋物だったことが判明する（本来死没するはずの年齢二十歳を超えて生きる）。したがって、

松枝清顕（一）＝飯沼勲（二）＝ジン・ジャン（三）≠安永透（四）

という等式を得る。

彼らの間の（非）同一性を確認する者は、この輪廻転生の外にいて、これらを観察できる者でなくてはならない。それが本多繁邦だ。本多は、第一巻の主人公清顕の親友、清顕の同級生である。つまり、本多と清顕は同年齢だ。本多は、当然、全巻に登場し、時間の流れにそって歳を重ねる。彼は、作者の小説内での分身と見なすべき人物だが、四十五歳で自決した三島と違って、八十歳過ぎまで生きたことになる。ここまでのところには、とりたてて破壊的な要素はない。最終巻の主人公が本ものの転生者ではなかったという点に、微妙な乱調が入ってはいるが、すぐ後にも述べるように、このことは、この長篇小説に対して破壊的な効果をもつわけ

ではない。

大破局は、最後の最後、大長篇の最後の数頁にあたる部分で訪れる。老いた本多は、人生の終わりが近いのを感じ、綾倉聡子に会おうと考える。聡子は、第一巻で清顕と大恋愛に落ちた女性である。結局、彼女は出家して、清顕と別れてしまう。考えてみると、この一方的な別離は不可解ではある。背後の事情——聡子は皇族と婚約しており、彼女と清顕は勅許を犯して逢瀬を重ねた上に、聡子は妊娠し堕胎したという事情——を考慮に入れたとしても、別れる理由は完全には説明され尽くされない。少なくとも、清顕は、この別れに納得できてはいなかった。が、ともかく、そのときから六十年以上が過ぎ、余命が幾許《いくばく》もないと感じている本多は、今や月修寺の門跡となっている聡子に会いに行く。聡子が会見を簡単に承諾してくれたことを意外に感じながら月修寺を訪問し、本多は聡子に会った。ところが、聡子は、松枝清顕という人は知らないし、自分は清顕の相手の女性でもない、と言うのだ！ この老尼が、「綾倉聡子」であることはまちがいない。にもかかわらず、彼女は清顕の存在を完全に否定してしまった。あまりのことに本多は茫然自失する。清顕が存在しなければ、当然、勲もジン・ジャンもいなかったことになる。それだけではない、「この私ですらも」いなかったことになる。こう呟く本多に対して、門跡（聡子）は「それも心々《こころごころ》ですさかい」と強く言うのであった。

永い沈黙の対座のあと、門跡は、折角おいでになったのだから、寺の庭を御覧に入れようと言い、本多を寺の南の庭まで案内する。次のような庭の描写によって、全篇は閉じられる。

これと云って奇巧のない、閑雅な、明るくひらいた御庭である。数珠《じゅず》を繰るような蟬《せみ》の声がここを領している。

そのほかには何一つ音とてなく、寂寞《じゃくまく》を極めている。この庭には何もない。記憶もなければ何もないところへ、自分は来てしまったと本多は思った。

庭は夏の日ざかりの日を浴びてしんとしている。……

（『天人五衰』）

何もないことが、つまり虚無が強調されて、静謐《せいひつ》のうちに終わるのだ。この後には「「豊饒の海」完。」と記され、擱筆日が「昭和四十五年十一月二十五日」とある。三島が自決した日である。

*

どうして、このような破壊的な結末が書かれたのか。なぜ、このような結末に至ったのか。三島は、いつからこのような結末を予定していたのか。第一章で、われわれはこのような疑問を提起しておいた。『豊饒の海』の執筆の当初からこのような結末が予定されていたわけではないことは確実である。つまり、三島は、昭和四十年（一九六五年）六月に、この結末を目指して筆を起こしたわけではない。そのことは、二十三冊ある、『豊饒の海』に関連した創作ノート等から実証される[*3]。

第三巻である「暁の寺」の連載中の昭和四十四年二月二十六日付の毎日新聞（夕刊）に発表されたエッセイ「「豊饒の海」について」では、三島は、神道の一霊四魂説を使って、「王朝風の恋愛小説」である第一巻を「たわやめぶり」あるいは「和魂《にぎみたま》」に、「激越な行動小説」である第二巻を「ますらをぶり」または「荒魂《あらみたま》」に、「エキゾティックな色彩的な心理小説」である第三巻を「奇魂《くしみたま》」に対応させ、まだまったく書かれていない第四巻は「追跡小説」で、「幸《さき》魂《みたま》」へと導かれていく、と自己解説している。今しがた紹介したような終わり方は「幸魂」のイメージとは正反対なので、三島はこの段階でも、最終的にできあがった『天人五衰』のような結末をまったく予定していなかったことがわかる。第一章の第3節で引用した第四巻の構想覚書、つまり死を目前にした本多の前に天使のような十八歳の少年――つまり真の転生者――が現れ、本多を解脱に導くというメモが書かれたのは、ちょうどこのエッセイと同時期である。

『暁の寺』を書き上げた後で、しかも『天人五衰』の執筆を始める前のメモは、「第四巻 plan」という表題のノートにある。このノートには、自衛隊の体験入隊についての日誌なども記されており、第四巻の構想に関するメモは、ノートの二ヶ所（合わせて十七頁）にまとめて記されている。書かれたのは、おそらく昭和四十五年三月から四月で、『天人五衰』起筆の一～二ヶ月前にあたる。この二つのメモにも、あの破壊的な結末への予感は微塵も現れてはいない。そして、これより後には、構想のメモは書かれていない。[*4]

それではいつ、この結末が決められたのか。三島研究者の多くは、『天人五衰』の起筆時には、この結末が予定されていたはずだと考えているようだが、私はその見解に反対である。第一章で述べたように、まさにこの結末部分を執筆している最中に、作者である三島自身も統御できない無意識の過程の中で、あのような筋が書かれたのではないか。これが私の推測だ。少なくとも、『天人五衰』の中心的な部分を書いているときには、三島は、あの結末を決めていなかったはずだ。そのように推測する根拠（のひとつ）は、『天人五衰』が、贋の転生者（安永透）の物語として書かれていることである。

創作ノートによれば、三島は遅くとも第三巻の執筆の最中には、第四巻に贋物を登場させるというアイデアに至っている。たとえば、今しがた言及した、「第四巻 plan」ノートの二つの覚書でも、贋の転生者をどのように設定するかについて、思案されている。二つの覚書のうちの古い方では、複数の贋物が出てくる構想が検討されている。しかし、新しい方の覚書では、贋の転生者は「悪魔のやうな少年」一人に絞られ、実際に書かれた小説に少し近づいた。いずれにせよ、贋物を登場させるプランではすべて、最後に一発逆転的に、本多を、本ものの転生者と出会わせることになっている。[*5] 贋物しか見つからず、本多を十分に失望させた後、最後に本ものとの遭遇を置き、本多を救済しているのだ。贋の転生者は、最後の救済を劇的なものにするために導入されている。言い換えれば、結末で真実の転生者が出現しないのであれば、わざわざ「贋」についての物語を長々と書くことに何の意味もない。

そして実際に、三島は、贋物が出てくる小説を書き始め、そして書き続けた。ということは、その段階では、三島は、最後に真実の転生者を出現させるつもりで書いていたはずだ。このときには未だ、聡子が、転生する魂の存在そのものを否定してしまうような結末はまったく予定されていなかったのだ。結末の展開は、書いている作者にとってさえも、意図せざる帰結だったのである。

では、具体的にいつ、つまり何月何日に、この結末は書かれたのだろうか。それを正確に特定できる証拠は、どこにもない。三島自身が原稿用紙に書いたことをそのまま信じるならば、それはあの日、つまり昭和四十五年十一月二十五日である。[*6]

3　海の不毛と豊饒

したがって、『豊饒の海』は、二本の論理の筋で成り立っていることになる。九九％を超える圧倒的な大部分と一％にも満たない最後の最後の部分では、異なる論理が作用しているのである。小説の中で覇権を握っている論理とは異なる論理が、全巻を締めくくる部分でだけ、不意に、不可抗に露出したのだ。われわれは、そのように読まざるをえない。

では、市ヶ谷の自衛隊駐屯地でのクーデタ未遂と連動しているのは、どちらの論理か。もちろん、それは、小説の大部分を領している方の論理である。逆に言えば、長篇の結末で、作者の意図や計画に抗《あらが》って出現した論理は、あのような奇抜なクーデタに通じている道とは異なる三島のもうひとつの可能性の存在を、示唆していることになろう。

ところで、三島の文学は、「火と血」のイメージに連なる論理と「海」のイメージに関連する論理とが、絡み合っているのであった。『豊饒の海』の圧倒的な部分を支配しているのは、どの論理か。タイトルから、「海」のイメージに対応する論理だと言いたくなる。だが、実際には、『豊饒の海』の中で、海は重要な役割を果たしてはいない。そもそも「豊饒の海」とは何なのか。ドナルド・キーンがまさにこの点を三島に質問した。[*7] 三島は、一九七〇年（昭和四十五年）十月三日に書かれたと思われるキーン宛の書簡で、この質問に答え、このタイトルが月の海に由来していることを明かしている。「豊饒の海」とは「月のカラカラな嘘の海」である、と。このタイトルは、だから、むしろアイロニーである。「豊饒の海」は、fertile（豊饒）を意味するのではなくて、ほんとうはbarren（不毛）を意味するのだ。

厳密には、『豊饒の海』の中で一ヶ所だけ、海がはっきりと前面に出てくる場所がある。それは、第四巻の中心人物である安永透の職業について記述している箇所である。透は、本多に養子として引き取られるまで、清水港で通信士として勤めていたのだ。彼は本来、海の仕事に携わる男だった。『天人五衰』は、「沖の霞《かすみ》が遠い船の姿を幽玄に見せる」という一文で始まる。この文が描写しているのは、透が見ている風景だ。だが、述べてきたように、透はやがて贋の転生者であったことが判明する。彼はたまたま、その身体の表層に、転生者と同じ印——脇腹の三つの黒子——をもっていただけだ。しかし、安永透の素性は、『豊饒の海』と海とのごく少ない接点のひとつである。

こうした事実から、われわれは次のような結論を導かなくてはならない。『豊饒の海』はタイトルに反して、「海」のイメージと論理を拒絶し、抑圧しているのだ、と。『豊饒の海』で主導的なのは、それゆえ、「海」のイメージに連なる論理ではない。逆である。三島自身がキーンへの書簡で用いた表現を借用して、こんなふうに言ってもよいかもしれない。『豊饒の海』では、海は涸渇《こかつ》し、カラカラになっている、と。

*

ここで、三島の最後の小説と最初の小説との比較が興味深い洞察をわれわれにもたらしてくれる。『豊饒の海』を「花ざかりの森」と比較してみるのだ。「花ざかりの森」は、三島が十六歳のときに書いた中篇小説である。昭和十六年（一九四一年）『文藝文化』に連載された後、昭和十九年に——つまり戦中に——、ほかの作品をも含めた一冊として、出版された。「花ざかりの森」は、三島の、読むに値する小説としては最初のもの、つまり三島の真のデビュー作と見なしてよかろう。『仮面の告白』に八年先立つ作品だ。

単に「最初」と「最後」ということとは別に、「花ざかりの森」を『豊饒の海』と並べてみたくなる理由が二つある。第一に、「花ざかりの森」は、『豊饒の海』ほど厳格にではないが、輪廻を、作品全体を貫く装置として活用しているのだ。言い換えれば、「花ざかりの森」は、複数の主人公をもち、彼らは、厳密には輪廻そのものではないが、輪廻に類する契機によってつながっている。「わたし」と語り手が自己指示しているが、「わたし」が全篇を貫く主人公だと見なすことはできない。「その一」とある最初のエピソードだけは、幼児期の「わたし」の話だが、それに続く三つのエピソードは、「わたし」の祖先、もしくは祖先と関わりのあった者を主人公としている。「その二」は、武家――南国の城主――の妻で、キリシタンでもあった祖先の話であり、「その三（上）」は、平安末期の公家の女性、「その三（下）」は、やはり公家の出自だが、もっと最近の人物、祖母の叔母にあたる人物の話である。語り手である（現在の）「わたし」は、本多繁邦に似ている。本多と違って主人公たちと同時代を生きているわけではないが、輪廻に近い何かによって関係づけられている祖先たちの物語にとっての傍観者であるという点では、「わたし」は、本多と同じである。このように、「花ざかりの森」の基本的な構造は、『豊饒の海』をいささか粗雑なかたちで先取りしている。三島は、最後の作品で原点に回帰しているように見えるのだ。

『豊饒の海』を「花ざかりの森」という初期の習作と対比する理由はもうひとつある。われわれの考察にとっては、こちらの方が重要である。しばしば指摘されてきたことだが、「花ざかりの森」の結末は、『豊饒の海』の結末とよく似ているのだ。「花ざかりの森」の結末とは、「その三（下）」の結末ということになる。この結末には、『豊饒の海』の結末のような破壊的な効果、つまりそれまでの展開を遡及的にすべて無化してしまうような効果はない。自然な流れの中にある「終わり」である。ただ、この部分だけを切り離してみるならば、それは、三十年近く後に書かれることになる別の結末を彷彿とさせるものがある。

「花ざかりの森」は次のように終わる。「その三（下）」の主人公は、今や、ひとり身になって、田舎で尼僧のように隠棲《いんせい》している。つまり、綾倉聡子のように、世を捨てて生きているのだ。そこに、一人の男が訪ねてくる。まるで本多のように、と蛇足ながら付け加えておこう。その客人とひとしきりの会話を交わした後、老女は、彼を、自分の家の庭に案内する。その純和風の家は高台に建てられていて、庭からの眺めがよいからだ。次のように結ばれる。語り手は、その男が庭を前にして感じたことを代弁している。


まろうどはふとふりむいて、風にゆれさわぐ樫の高みが、さあーっと退《ひ》いてゆく際《きわ》に、眩《まば》ゆくのぞかれるまっ白な空をながめた、なぜともしれぬいらだたしい不安に胸がせまって。「死」にとなりあわせのようにまろうどは感じたかもしれない、生《いのち》がきわまって独楽《こま》の澄むような静謐《せいひつ》、いわば死に似た静謐ととなりあわせに。……

（「花ざかりの森」）

この静けさ、生と死とが交じり合ったようなこの静けさが伏流水となり、長い間地表からは隠れていたが、三島が自決を覚悟しているその日の日付をもつ文章で、つまり三島の最後の文章で、突然、湧き出してきた。そのような印象をもつことだろう。

*

ところが、「花ざかりの森」には、『豊饒の海』には欠けている顕著な特徴がある。先ほど、『豊饒の海』の「海」はカラカラに渇いている、と述べた。これとは逆に、「花ざかりの森」では、「海」のイメージが、決定的な重要性をもっているのだ。「海」が特に大きな役割を果たしているのは、公家の女を主人公とする、後半の二つのエピソード、つまり「その三」と分類されている二つのエピソードだ。「その二」、つまり武家の妻であった祖先の話でも、この女が櫓《やぐら》から眺める風景が重要で、そこには町の彼方の海が含まれているので、後半のエピソードにおける「海」の働きが予感されてはいる。いずれにせよ、「その三」の二つのエピソードでは、海のイメージこそが中心的な役割をもつ。これらは、先ほど述べたように、公家の祖先（とその関係者）の女を主人公としており、『豊饒の海』との関連の中におくならば、「たわやめぶり」を代表している第一巻と類比させることができるだろう。

「その三（上）」の主人公である平安貴族の女は、二人の男を愛する。「位たかい殿上人《てんじょうびと》」と

「僧形《そうぎょう》のひと」を、である。最初は殿上人が本命だが、彼が離れていくと、女は、後者の修道僧と出奔してしまう。その男は、女を、「紀伊のふるさと」に連れていく。女は見たことがない「海」への憧れを語ると、男は、海などつまらないものだという趣旨のことを言う。だが、紀伊の浜に立ったとき、女は、海景に大きな感動を覚える。「殺される一歩手前、殺されると意識しながらおちいるあのふしぎな恍惚《こうこつ》、ああした恍惚のなかに女はいた。そこにはさだかな予感があるけれども予感が現在《いま》におよぼす意味はない。それはうつくしく孤立した現在である」。やがて女は気づくことになる。自分は男たちを愛したが、ほんとうの愛の対象は海だったのではないか、と。つまり、男たちは、海（あるいはわたつみ）の代理物に過ぎなかったのだ。女は、男のうちに、まえもって海のすがたを先取り的に見ていたのである。この物語を記しながら、語り手は「海への怖れ」について考える。それは、「ある量《はか》りしれぬ不可見の――『神』――『より高貴なもの』の意図するばしょへ人間をひっぱってゆこうとするふしぎな『力』のはたらきではあるまいか」と。この考察は、第八章の第1節で読解した、短篇「真夏の死」を強く連想させる。この小説の登場人物たちは、波打際で海を眺めつつ、「誰か引張ってる」のを感じるのだった。

この平安貴族の女について語ったあと、「わたし」は、「海がわたしの家系ともっている縁《えにし》の、もうひとつの例証として」「その三（下）」を語り始める。このエピソードの主人公「祖母の叔母なるひと」も、二人の男と関係する。最初、彼女は伯爵と結婚する。彼の死後、彼女は、請われて豪商に嫁し、南国の海を見ながら暮らすようになる。祖母の叔母はやがて、この豪商とも別れ、帰国し、先に述べたように、田舎の家で、尼のように隠遁《いんとん》することになるわけだが、その家も、海がよく見える丘の上にある。彼女は、この山荘をたまに訪れる者に、「わかいころの海への熾《さか》んなあこがれ」を語ったりしながら暮らしていたのだ。最後に彼女が客人を庭に招くのも、そこから「海が、うつくしく盃盤《はいばん》にたたえたようにしずかに光って」いるのが見えるからである。

このように、「花ざかりの森」では、海が豊かなイメージを発散している。この「花ざかりの森」に、『豊饒の海』の結末が（不完全なかたちではあれ）先取りされているのであった。こうした事実を考慮したとき、われわれは、次のような構図を得ることができるのではあるまいか。『豊饒の海』は、基本的には、三島の文学が宿していた、「海」のイメージに関係する論理を排除し、抑圧することによって成り立っている。しかし、フロイトが述べているように、「抑圧されたもの」は必ず回帰してくる。結末の最後の数頁の驚愕の転回は、この回帰してきた「抑圧されたもの」ではないだろうか。「抑圧されたもの」とは、もちろん、「海」の連想と関係した論理である。本多と聡子の再会場面には、海そのものは登場しない。だが、海のイメージを招き寄せた論理がここでも作用しているのではないか。

われわれとしては、とりあえず、このような見通しを得ることができる。この見通しは、しかし、『豊饒の海』そのものの内容に即して、充実させられなくてはならない。

4 唯識論

三島は、第二巻『奔馬』の後半の最初の方（全四十節の中の二十一—二十五節）を執筆していた頃、つまり昭和四十二年（一九六七年）十一月に、中村光夫と対談している。[*8] この中で三島は、『源氏物語』や滝沢馬琴に言及しながら、「人間世界を全部解釈し尽く」すような長い小説について語っている。三島は、自らが書き続けている『豊饒の海』もまた、そのような世界解釈を企図する小説だと言いたいのである。[*9] 世界解釈とは、三島にとってはどういうことを意味するのだろうか。それは、哲学のジャンルに即して表現すれば、今まで、主として美学的に導き出してきたことを、認識論や存在論へと一般化することである。その小説的な試みとして、『豊饒の海』がある。

このような一般化のために、三島はある思想の助けを借りている。第一章第3節で、第四巻の結末の構想を引用した際、われわれは一部を省略した。その省略した部分には、次のようにある。「永遠の青春」に輝く少年の現れに本多はよろこび、解脱の契機をつかむ、としたあと、次のように書かれている。

> 思へば、この少年、この第一巻よりの少年はアラヤ識の権化《ごんげ》、アラヤ識そのもの、本多の種子《しゆうじ》たるアラヤ識なりし也。
>
> （井上隆史『三島由紀夫　幻の遺作を読む』）

考えてみれば「解脱」がすでに仏教的表現だが、ここに登場する「アラヤ識」「種子」は、もっと専門的な仏教用語、大乗仏教の唯識論で使用される語である。三島が『豊饒の海』で援用しているのは、この唯識論だ。綾倉聡子が入る月修寺は、唯識論の論典『唯識三十頌《さんじゆうじゆ》』を聖典とする法相宗の寺院ということになっている。[*10] 月修寺の（元）門跡はもともと綾倉家の親戚で、その門跡の法話というかたちで、第一巻『春の雪』の中に早くも、唯識論の断片的な解説が入る。唯識論について最も詳しく語られるのは、第三巻『暁の寺』である。第三巻の経過は、途中に太平洋戦争を挟むのだが、その間、本多が、輪廻転生や唯識の研究に専念しており、本多の勉強の成果というかたちで、長々と唯識論の解説が入るのだ。この解説はあまりにも長く、率直に言って、「そこまで書きたければ、小説とは別に評論か論文かを書いたらどうか」と助言したくなるほどである。[*11] 先に紹介した、すでに月修寺の門跡となっている老尼の聡子が、愕然としている本多に向かって述べた言葉、「それも心々《こころごころ》ですさかい」も唯識論を踏まえた発言である。

それゆえ、われわれとしても、必要最小限の範囲で、唯識論を見ておかなくてはならない。もっとも、三島は、唯識論の解題のような小説を書きたいわけでもないし、そもそも、唯識論を忠実に解釈しているわけでもない。彼は、唯識論の中で、自身の関心の琴線に触れる部分だけを吸収している。三島によって消化・吸収される際に、唯識の説は歪曲《わいきよく》を被ることもある。

極端な場合には、本来の意義とは正反対になっている部分さえある。だから、ここで、唯識論を包括的に検討する必要はない。また、「唯識論でこのようになっているので、このように書かれている」といったスタイルの解釈も禁じなくてはならない。いずれにせよ、理解の上で必要な唯識論の説をかんたんに解説しておこう。[*12]

*

唯識論は、四世紀から五世紀にかけて活躍した、世親《せしん》（ヴァスバンドゥ）とその兄無著《むじゃく》（アサンガ）によって提起され、構築された仏教思想である。はなはだ難解だが、基本の着想は、きわめて強い観念論、あるいは唯心論にある。われわれは普通、自分の心の外部に、さまざまな事物が固有の実体として実在している、と考える。ここにコップがあり、向こうに時計があり、等々と。心は、その外部に実在する実体を自らの中に映して、認識している、というわけである。しかし、ここにたとえば「コップ」があると思うのは、われわれの心が、それをコップとして認識し、そのようなものとして構成しているからである。つまり、心の外部にあると信じられている実体は、心そのものが生み出した像、一種の幻像のようなものである。このように考えれば、われわれは唯識論の中へと一歩、踏み出したことになる。

唯識論は、このように、世界の中のすべての現象は心によって生み出されると考える。その心の働きは、八つの「識」（認識のレヴェル）に分かれている。その中の五つは、いわゆる五感（視覚・聴覚・嗅覚・味覚・触覚）なので難しくはない。その下にある「意識」も、日常語とほぼ同じ意味である。これら六つの表層心理に加えて、さらに深層に、末那識《まなしき》と阿頼耶識《あらやしき》がある。阿頼耶識は、先ほど引用したばかりの三島のメモ（「アラヤ識」）にも登場した。これこそ、最も重要な識、心の最も深いところにある認識の層だ。阿頼耶識は、自己意識が作用する前の心の深奥の働きだと、とりあえず理解しておけばよい。阿頼耶識を、自我の実体的な核であると勘違いして、これに執着するようになると末那識になる。阿頼耶識と末那識は深層心理、つまりそれが活動しているとき、その活動についての自覚が伴わない心のレヴェルである。それに対して、ほかの六識は、表層意識で、その活動には自覚が伴う。

阿頼耶識の「阿頼耶 ālaya」とは、「蓄えること」を意味する。唯識論からすると、すべては心なのだから、心の中に、この世界のあらゆる現象を出現させる原因が収められていなくてはならない。そして、この原因自体が、過去の出来事、過去の現象（これらも心の働きが生み出した幻像なのだが）の結果でなくてはならない。この過去のあらゆることの結果でありかつ、この世界のあらゆる現象を出現させるポテンシャルをもった因子のことを、「種子《しゅうじ》」と呼ぶ。種子は、アリストテレス哲学の用語で呼べば、デュナミス（潜勢態）だということになるだろう。種子が蓄えられているので、阿頼耶識と呼ばれる。種子が現象として出現することを「現行《げんぎょう》」と呼ぶ。また、種子が阿頼耶識に植え付けられることを、「熏習《くんじゅう》」（または「印象」）と呼ぶ。熏習とは、本来、何かの香りが物に染み付くことである。現象の阿頼耶識への影響は、そうしたイメージで捉えられているのだ。「本多の種子《しゅうじ》たるアラヤ識」という、先の三島のメモに登場した語を理解する上で必要な用語は、すべて解説したことになる。

唯識論の基本構図がこのようなものだとすると、この説は、かなり現代的であることもわかる。つまり、「昔の人はこう考えたが、今日のわれわれの観点からすると合理性を欠いた説だ」といったかたちで斥けることはできない思想である。西洋由来の近現代哲学の中に、唯識論に対応するものを見出すことができるからだ。たとえば、ウンベルト・マトゥラーナの「オートポイエーシス論」を基礎にして、社会学者のニクラス・ルーマンが彫琢した「根源的構成主義」は、阿頼耶識とか末那識とかといった特殊な用語を除けば、ほとんど唯識論である。[*13] あるいは、根源的構成主義がやや狭すぎると思うのであれば、唯識論の考えの骨格を緩やかに解釈して、今日、カンタン・メイヤスーが「相関主義 corrélationisme」と呼ぶものは、唯識論の方向を向いていると解してよいのではないか。相関主義とは、思考と世界は互いに相関しており、われわれはこの相関の循環の外に出ることはできない、という説である。[*14] 世界が思考（唯識論的には八識）とは独立に実在できないという点を強調すれば、相関主義と唯識論は、基本的な部分で互いに共鳴しあうはずだ。実のところメイヤスーは、相関主義を乗り越えの対象としているのだが、いずれにせよ、彼の見立てでは――そしてそれは正しいのだが――、カント以降の哲学はすべて相関主義の枠内にある。とすれば、唯識論は、千五百年近く前に、西洋哲学の今日の最先端の哲学と似た思想を展開していた、と言えなくもない。

三島は、唯識論のどの部分に最も強く惹かれたのだろうか。本多は、『暁の寺』で、「阿頼耶識と染汚法《ぜんまほう》の同時更互因果」という説に、唯識論の核心を見ている。井上隆史によると、この説については、三島が参照していたと思われる、上田義文の『仏教における業の思想』（あそか書林、一九五九年九月）に解説されている。[*15]「染汚法」という語の中にある「法《ダルマ》」は、仏教にとって最も重要でありながら、かなり多義的な語である。この文脈では、「法」は、世界を構成する諸々の事物（存在者）であると考えればよい。「染汚法」は、この世界の中のあらゆる存在者のことである。

阿頼耶識と染汚法の同時更互因果とは、①「種子→現象」という因果関係（阿頼耶識の中の種子が現象を生み出すプロセス、種子生現行《しゅうじしょうげんぎょう》）と、逆の②「現象→種子」という因果関係（現象が阿頼耶識の中に種子を植え付けるプロセス、現行熏種子《げんぎょうくんしゅうじ》）とが、同時に起き、同じ瞬間（同一刹那）に属している、という考えである。相関主義を最も強く解釈したときに導かれる説がこれだと言ってよいだろう。相関主義の含意を厳格にとれば、「世界→思考」という因果関係と「思考→世界」という因果関係は区別ができない。むしろ、思考と世界とは相即しており、両者の間には、時間的な因果の過程があるのではなく、論理的な相互依存の関係がある、と見るべきである。このように理解すれば、ほとんど「阿頼耶識と染汚法の同時更互因果」と同じことになる。

5　輪廻転生

唯識論の解説はこのくらいでとりあえずは十分だ。それより『豊饒の海』の本来の設定のことを考えると、やっかいな問題が残っている。輪廻転生である。「花ざかりの森」を書いたときには、若き三島は、輪廻ということをごく素朴に考えている。「あなたは死んだおばあさまの生まれ変わりよ」などと言われるときに依拠している、祖霊信仰と結びついた日本人の習俗のレヴェルで、輪廻の問題を捉えている。しかし、『豊饒の海』では、三島はこれをもっと理論的に厳密に基礎づけたいと考えている。

仏教はもちろん、生きるもの（衆生）が輪廻転生していることを前提にしている。それならば、仏教思想に依拠することで、輪廻についてきちんとした説をかんたんに導くことができるのではないか。そう思いたくなるが、実は、やっかいな問題がある。まず、仏教そのものに内在したとしても、輪廻転生という事態は、説明しがたい面をもつ。注意深く扱わないと、この大前提そのものによって、仏教の基本思想が否定されてしまうのだ。仏教の基本的なねらいは、あらゆる実体の存在の否定にある。われわれは何かが実体として存在していると信じるがゆえに、それに執着したりするのだ。唯識論も、そうした実体を解除するひとつの考え方だったと言える。ところで、輪廻転生を語るためには、何か持続する実体が必要だ。それが輪廻転生している、と言えるような実体が、である。これは、実体を空《くう》へと還元しようとする仏教の性向に反している。輪廻転生は、仏教の前提だが、仏教の基本的な構えに矛盾することなくこれを説明することは非常に難しい。

だが、これはさしあたって仏教の問題であって、三島にとっての問題ではない。『豊饒の海』で大乗仏教に依拠した三島には、もうひとつの困難がある。仏教にとっては、輪廻転生は克服の対象である。解脱とは、輪廻転生からの解放、輪廻転生からの救済を意味している。しかし、三島にとっては逆である。『豊饒の海』では、輪廻転生は、明らかにポジティヴな価値をもっている。清顕が勲に転生し、さらにジン・ジャンに転生するということは、本多にとって解放的な価値をもっているのだ。『豊饒の海』では、輪廻こそが救済である。仏教と三島とは、この点では、まったく対立しているのである。仏教によっては、三島が求めるような意味での輪廻は基礎づけられない。

輪廻転生する実体は何なのか。この答えは、しかし、仏教からヒントをもらわなくても、ここまでのわれわれの考察の中にすでに解答の手がかりが与えられている。『金閣寺』を読解しながらわれわれが引き出したもの、三島自身が自覚的に使った語ではないが小説の無意識の含意から取り出したもの、そう、イデアである。輪廻転生する実体は、イデアである。

『豊饒の海』の主人公たちの繰り返される人生の中からどのようにしてイデアが出現するのか。このことを理解するには、仏教の諸説よりも、ジル・ドゥルーズが『差異と反復』で述べていることの方が、はるかに示唆的である。

それら二つの現在〔古い現在とアクチュアルな現在…邦訳者による〕が、もろもろの実在的《レエル》なものからなるセリーのなかで可変的な間隔を置いて継起するということが真実であるとしても、それら二つの現在はむしろ、別の本性をもった潜在的対象に対して共存する二つの現実的なセリーを形成しているのである。しかもその別の本性をもった潜在的対象は、それはそれでまた、それら二つの現実的なセリーのなかで、たえず循環し置き換えられるのだ。〔中略〕反復は、ひとつの現在からもうひとつの現在へ向かって構成されるのではなく、むしろ、潜在的対象（対象＝x）に即してそれら二つの現在が形成している共存的な二つのセリーのあいだで構成されるのだ。[*16]（傍点原文）

ここで述べられていることとは、二つの現在が反復されるとき、そのどちらでもない潜在的《ヴァーチャル》な参照点が生まれてしまう、ということである。その参照点、ここで「対象＝x」と呼ばれているものこそ、イデアにほかならない。清顕の人生、勲の人生……と反復されるとき、その二つ（以上）の人生がそれぞれの現象形態であるとされるような潜在的な対象が析出される。

さらに付け加えれば、三島の小説を読解しながらわれわれが得たこととは、ドゥルーズがここで論じていること以上の内容をもつ。反復がどのようにして、アクチュアルな現在、アクチュアルな人生には還元されない第三の要素、潜在的な対象＝xを生み出すことができるのか。その創出の作用をもつものは、反復において行使される否定性である。現実の現象をあえて否定してしまおうとする作用、その作用の源泉として、イデアが超越的な場所に措定される。清顕が、月修寺に籠もった聡子に会おうと、命を賭して月修寺に繰り返し訪問したこと。あるいは、財界の大物蔵原武介を刺殺したあと、勲が敢行した切腹。二十歳で人生を断ち切るこの否定の操作が、イデアの実在を可能にしている。

本多にとっては、このイデアこそが、世界の存在の要、世界の全体として存在がそれによって可能になるような原点にほかならない。八十歳を超えた本多が聡子に再会したとき、根底から退けられたのは、このイデアの実在であった。どうして、このような結果になってしまったのか。

＊1　戦後になって天皇が実は人間であったと初めて知った日本人は、おそらく一人もいない。

＊2　だから、民俗学者の千葉徳爾《とくじ》による三島批判、三島の切腹のやり方は正しくないという批判は、一見そう思えるほどには、的を外してはいない。三島にとって、「憲法」云々よりも、切腹の方が大事だからだ。千葉徳爾によれば、切腹は、獲物の内臓を神に捧げる農耕儀礼に端緒がある。このことを考えると、三島のこのときの切開傷は小さすぎて、切腹の本来の趣旨には合わない（『切腹の話——日本人はなぜハラを切るか』講談社現代新書、一九七二年）。この批判は、三島の政治的

主張を取り上げて、これを嘲笑する普通の批判よりは優れている。が、しかし、正鵠を射るものではない。三島は、日本の伝統を守りたいと思っているわけではないからだ。彼にとって（より）重要だったのは、ここにわれわれが抽出してきた論理であって、日本の伝統ではない。ただし、念のために繰り返しておくが、三島が、このような論理を意識し、自覚的にそれに従っているわけではない。三島の行動を無意識のうちに規定している論理を、われわれは明晰化しているのである。

＊3　長篇の全体構成が初めて現れるのは、昭和三十九年（一九六四年）秋から昭和四十年（一九六五年）前半にかけて書かれたと推定されているノート、「大長篇ノオト1　三島由紀夫」と表紙に自筆されているノートである（二十三冊の中で二番目に古いノート）。このノートの冒頭に、輪廻転生が主題であることが記された後、興味深いことに、四巻ではなく五巻で構成されるプランが挙げられている。『春の雪』の起筆の一年弱前には、四巻とは決まっていなかったことがわかる。もちろん、五巻構成でも、あのような破局的な結末は予定されていない。井上隆史『三島由紀夫　幻の遺作を読む』二十一－二十二頁。

＊4　井上、前掲書、二十七－三十五頁。

＊5　同書、三十五－四十四頁。

＊6　第一章でも書いたように、一九七〇年の夏、ドナルド・キーンが、三島と会ったときに、書き上げたばかりの『豊饒の海』の最終章の原稿を見せられている（ドナルド・キーン『声の残り』）。もし、このとき、ほんとうに、『豊饒の海』が（現状の通りに）完成していたとすれば、当然、この本多と聡子との再会の場面が書かれたのは、キーンと会う少し前、つまり昭和四十五年夏という

ことになる。だが、このとき、キーンは、実際にその最終章の原稿を読んだわけではない。彼は、原稿の最後に付けた「昭和四十五年十一月二十五日」だけが、事実とは違う象徴的行為だったと述べているが、この日付だけではなく、最後の唐突な展開も含めて、もっと後に書かれた可能性は否定できないように思う。いずれにせよ、繰り返せば、三島が、小説を書き終えたときを、自分の最期の日であるとしたかったことだけは確かである。

＊7　三島由紀夫『三島由紀夫未発表書簡――ドナルド・キーン氏宛の97通』中央公論社、一九九八年、二百五―二百七頁。

＊8　中村光夫・三島由紀夫『対談・人間と文学』講談社、一九六八年。

＊9　この点については以下を参照している。井上、前掲書、百二十一―百二十五頁。

＊10　ただし尼寺月修寺のモデルとされている圓照寺は臨済宗である。

＊11　本多は、太平洋戦争の最中なのに、戦争の帰趨にそれほど関心をもってはいない。彼は、この戦争を遂行させた日本側のイデオロギー、皇国思想には目もくれず、戦争とは無縁の仏教の研究に専念している。

＊12　この点で、井上隆史の前掲書の研究が非常に優れている。われわれもこれを参照しながら解説する。

＊13　ニクラス・ルーマン『社会の社会』(1、2)、馬場靖雄・赤堀三郎・菅原謙・高橋徹訳、法政大学出版局、二〇〇九年。

＊14　カンタン・メイヤスー『有限性の後で――偶然性の必然性についての試論』千葉雅也・大橋

完太郎・星野太訳、人文書院、二〇一六年。
＊15　井上、前掲書、六十－六十七頁。
＊16　ジル・ドゥルーズ『差異と反復』（上）、財津理《おさむ》訳、河出文庫、二〇〇七年、二百八十四－二百八十五頁。

終章　真の〈豊饒の海〉へ

1　お前らはそれでも武士か！

ここまでの考察から明らかになっている、基本的な構図を再確認しておこう。三島の文学には、「海」のイメージによって代表される論理と「火・血」のイメージによって代表される論理があった。『金閣寺』には、二つが共存している。そもそも、後者は前者を前提にしているので、後者を駆動させるためには、前者をも伴っていなければならないはずだった。だが、実際には、『金閣寺』以降の作品は、後者の論理が前景化し、前者を抑圧していく過程だったと言える。その最終的な到達点が『豊饒の海』である。前章で述べたように、このタイトルには強いアイロニーがある。この小説は、むしろ、海の不毛、海の涸渇の上に立っている。

昭和四十五年（一九七〇年）十一月二十五日に決行されたあの暴挙、失敗したクーデタも、もちろん、「火・血」の系列に属している。前章でこのことははっきり述べたことだが、ことあらためて解説されなくても、軍隊へと闖入する暴力性や割腹自殺のことを思えば、それが「血」のイメージを連想させることは明らかなことではあろう。だが、重要なことは、イメージの間の直接の対応や連想ではない。イメージを生み出している論理である。その論理については、もう詳しくは再論しない。

ここでは、死の九ヶ月前に行われたあるインタヴューの中で三島が述べている、不可解な発言を引いておこう。[*1] 自分の肉体が完成する前は自分の外の疎遠なところにあった死が、肉体が完成するとその肉体の中にちゃんと座る場所を見つけたのだ、と。完成した肉体とは、もちろん、ボディビルディングによって造られた鉄の肉体であろう。一般には、肉体が脆弱なうちは死が近く、健康な肉体が完成すると死は遠ざかったと感じるはずだ。なぜ、三島にとっては、完成した鉄のごとき肉体の中にこそ、死が棲まうのか。このことは、三島の自決——割腹(肉体の華々しい破壊)による自決——が、金閣に火を放つ行為と同じ機能をもっていることを考慮すると理解することができる。放火は、現象(現実の金閣)のトータルな否定を媒介にして、イデアを措定する操作にあたるわけだが、どんな建物でも燃やせばよいのかと言えば、もちろんそんなことはない。放火の対象は、それ自体美しくなければならない。つまり、美に適合した(目的なき)合目的性を感じさせる物でなくてはならない。自刃の対象となる肉体も、金閣のように美しくなければならない。そのような肉体だけがしかるべき有意味な死へと予定される。つまり、その肉体の中に死は自らの場所を見つけることになる。

あの日、つまり昭和四十五年の十一月二十五日、三島は激しい怒号が飛び交う中、バルコニーから、「武とは何か、刀とは何か」と叫ぶように問い、彼の話を聴くそぶりも見せない自衛隊員に、「〔お前らは〕それでも武士か」と連呼した。つまり、三島にとって、自衛隊員は武士（であるべき）なのだ。すると、われわれはただちに、死の三年前に刊行された『葉隠入門』（一九六七年）を思い起こす。これは、三島が戦後日本社会への批判を交えつつ、自らの「座右の書」だとする山本常朝《つねとも》の『葉隠』を解説した著作である。[*2] 三島の読解はかなり自由――いや強引である。いずれにせよ、ここで三島が書いていることは、「火・血」の系列の論理にまことに正確に適合している。

『葉隠』の中で最も有名な一節「武士道といふは、死ぬ事と見付けたり」は、生か死かのいずれかしか選べないときには必ず死を選べという趣旨で、三島の嗜好《しこう》によく合致しているように見える。三島によれば、『葉隠』の死は、「何か雲間の青空のようなふしぎな、すみやかな明るさを持っている」。が、『葉隠』というテクストには、他方では、人前で欠伸を抑えるにはどうしたらよいかとか、前日のうちに翌日の準備をしておけとか、大酒には気をつけろといった、（「死ぬ事」どころか逆に）当時の役人としての武士が大過なく細々と長く生き延びるための多数の処世術が含まれている。[*3] つまり、『葉隠』にはあからさまな両極性があり、三島は、これを「『葉隠』の矛盾」などと呼び、我田引水の誹《そし》りを受けかねない無理を通して、『葉隠』の教訓を自身の論旨に合わせている。ともあれ、われわれの興味の中心は、『葉隠』の真意ではなく、三島がこれをどう受容したかにある。

今しがた示唆したように、『葉隠』は、「二つ二つの場にて、早く死ぬはうに片付くばかりなり。別に仔細《しさい》なし」（生死の二つのうちいずれかをとるという場面では、早く死ぬ方を選ぶというにすぎない。つべこべ言うべき理由はない）とする。だが、何のために死ぬのか。まったく語られていない。山本常朝は、逆にそうしたことを考えることを戒めている。「図に当らぬは犬死などといふ事は、上方風《かみがたふう》の打ち上《あが》りたる武道なるべし」（意図したことが達成できなければ犬死などと考えるのは、上方風の思い上がった武道である）と。『葉隠』のこの部分を受け、趣旨を誇張しながら、三島は次のように書く。普通、正しい目的のためなら死ぬことができる等と人は言い、それを善いことと見なしているが、死ぬにあたって、目的の正しさに拘泥してはならない、と。だが、他方で、三島にとっては、死は一種の殉死でなくてはならない。死がそれのための犠牲であるような正しい目的、つまり大義なしに、どうして殉死になりうるのか。

ここで、われわれは、三島自身が明示的に言葉にしていない部分を——三島の文学の全体から読み取って——補わなくてはならない。「大義」は、運命として引き受けられた死の効果として生まれているのだ。死という最高の犠牲が払われる以上は、それに相当する崇高な大義があったはずだ、という具合に、大義は遡及的に措定される。ちょうど、金閣が燃えたことの効果として、イデア（としての金閣）が完成したように、である。それゆえ、行動しても死ななかった場合には、所期の効果は得られないことになる。あらかじめ正しい目的が設定されている場合には、死ぬことなしに目的が果たされれば、なおいっそうよいということになるはずだが、三島の論理の中では、死というかたちでの肉体の否定は不可欠の要素である。三島は、「行動家の最大の不幸は、〔中略〕死ななかった場合である」(「小説家の休暇」一九五五年)として、那須の与市が、扇の的を射たあとも永く生きたことを残念なことであったかのように語る。*4三島は、自衛隊員に、このような意味での武士であれと呼びかける。もちろん、自衛隊員は、これにまったく応じなかった。われわれとしては、まずは、あの日の行動が、「火・血」の方の論理に純粋に従った結果であることを、もう一度、確認したわけだ。

＊

が、しかし、『豊饒の海』最終巻『天人五衰』の結末で、「抑圧されたもの」が回帰してきた、と前章で述べた。「海」のイメージに属する論理が、最後の最後で、噴出してきたのだ。それが、大長篇の全体の意味を否定しかねない、大どんでん返しの展開である。あの日に、昭和四十五年十一月二十五日という日付に結びついた二つのこと、すなわち市ヶ谷の自衛隊駐屯地での行動と『豊饒の海』の擱筆は、異なる論理に基づいている。後者の異様な静寂を感じさせる叙述は、前者の騒々しい行動を説明するものではない。両者の間に何らかの関係はあるが、直接、前者が後者を、あるいは後者が前者を映しているわけではない。むしろ、両者は互いに正反対を向いている、と言った方がよい。

するど残された疑問は二つである。第一に、どうして抑圧されたものが回帰してきたのか。第二に、どうして三島は、『豊饒の海』でたどりついた結論とは異なる、いやそれに反する行動を、最後に選択したのか。

2　覗き屋

『天人五衰』の結末は、唐突なものに思える。本多が、月修寺の門跡となっている聡子に会いに行き、聡子から、「松枝清顕」という人は知らない、人違いではないか、と告げられるのであった。それによって、清顕のみならず、その転生者としての飯沼勲も、ジン・ジャン(月光姫)も、そして本多自身も存在していなかったことになる。つまりは『豊饒の海』のここまでの展開のすべてがなかったことになる。このような大転換の予兆が、『天人五衰』のそこまでの筋のどこかにあるだろうか。結末の意外な転回を予想させる徴候のようなものは、どこかにあるだろうか。われわれは、結末をすでに知っているわけだが、その観点から読み返しても、どんでん返しの伏線のようなものは見つからない。

『天人五衰』の、その前の部分では、どのような主題が物語を駆動させていたのか。本多がジン・ジャンの転生であろうと見なしていた安永透が贋物であると判明し、また透自身もそのことを自覚し、絶望的に反応していくまでが、結末の転回の直前のストーリーである。もう少していねいに説明しよう。本多は、透の身体にある三つの黒子から、透が例の転生者かもしれないと考え、透を自分の養子として引き取り、育てた。やがて東大に入学した透は、本多を邪慳《じゃけん》に扱うようになる。本多の方は、透が満二十一歳になる前に死んでくれればすべてをゆるそうと考え、透による虐待に耐えていた。すでに二十歳になっていた透に、本多の友人で、裕福な夫人久松慶子が秘密を教えてしまう。本多が透に「ジン・ジャンの転生」を賭けているということを、である。透は、自らが本ものであることを証明するために、服毒し自殺を図るが、失敗に終わり生き延びてしまう。ただし、透はこのとき失明した。透は、彼のことを慕っている「狂女」——自分のことを絶世の美人だと思っている醜女絹江との結婚を望み、本多の許可を得た。絹江は妊娠していた。

これが、結末の直前までの筋である。透の「虚偽性」が明白になっていく過程だと言ってよいだろう。繰り返し述べてきたように、三島は、最終巻に、贋の転生者を登場させるという計画を早くからもっていた。本多を贋物と出会わせるのは、最後に、本多の前に本ものを到来させ、本多を解脱へと導き救済するためである。透が結婚する醜女の絹江は、聡子の反対物として登場しているのだろう。言い換えれば、聡子が、清顕と愛し合った究極の美女として存在していなければ、醜悪で頭がおかしい絹江が出てくる必然性もない。絹江が透によって妊娠させられているのは、かつて清顕が聡子を妊娠させたからであって、前者は後者の悲惨な反復、後者のパロディのようなものである。

要するに、透が、「清顕―勲―ジン・ジャン」という系列には入っていないということを証明するに至る筋のどこにも、結末の破局への予兆は含まれていない。本ものの系列が確固として存在しているからこそ、透が贋であったことに衝撃がある。あの結末の直前まで、物語は明らかに、本ものの系列の存在を前提にして展開している。

*

しかし、結末の直前の展開の基本的なモチーフをこのように見定めておくと、ひとつだけ、この基本線の中にうまく収まらないエピソードが、しかもずいぶんと目立ったかたちで登場することに気づく。喉に刺さった魚の骨のような、違和感のあるエピソードが、『天人五衰』の終盤近くに入っているのだ。そのエピソードは、すでに二十歳となった透との家庭内での激しい葛藤の中、本多が、「透がジン・ジャンの転生ではなかったら」という不安に苦しんでいた頃の出来事である。久松慶子が透に秘密を暴露する少し前のことだ。

本多は、夜、神宮外苑《がいえん》に赴き、恋人たちの性行為を覗き見ていたところを、発見されてしまったのだ。その夜、本多は、たまたま傷害事件の現場に居合わせ、逃げ遅れたために、警察に犯人とまちがわれ、署に連行されてしまった。犯人ではないかとの疑いは晴れたが、覗きをしていたことが、週刊誌記者に知られ、おもしろおかしく書かれてしまう。「傷害犯人とまちがえられた元裁判官覗き屋氏の御難」という見出しで、である。本多は、もともと覗きの趣味があったらしい。二十年以上もこの趣味を絶っていたのだが、その日は、久しぶりに神宮外苑にまで出かけたところ、運悪く、人目に晒されるような事件に巻き込まれてしまった、というわけである。

このエピソードは何のためにあるのか。三島はどうしてこの話を入れたのか。透の虚偽性が徐々に否定しがたいものになっていくという、この部分の主題には、このエピソードはまったく関係がないように思える。確かに、この醜聞は、本多の敵、つまり透に、格好のいじめの材料を与えてしまったことにはなるのだが、筋の展開にとって「なくてはならない」という必然性は感じられない。むしろ、本来の主題をわかりにくくする無駄な脇道のように思えるのだ。

本多は、三島の分身、小説の中の三島の代理人である。そのことを思うと、三島がこのエピソードを書いたことがますます不可解だ。自分をカッコよく見せることにあれほど熱心だった三島が、どうして、小説内の自分の分身に、これほど屈辱的な目に遭わせているのか。以前書いたように、三島の小説の主人公は――『金閣寺』の溝口を例外として――すべてカッコよく、ある種の威厳をもっている。『豊饒の海』の各巻の主人公も全員、スマートで、美しい。贋物の透でさえも、その点では変わらない。そして、肝心の本多。本多も、このエピソードを別にすれば、非常に知的で、社会的にも尊敬され、成功した人物である。だが、この醜聞で、本多の名誉は根底から崩壊してしまう。小説の中で、本多自身が気にしている。今後、自分が名刺を出して、「本多弁護事務所／弁護士　本多繁邦」と名乗っても、人はすぐに空白の行間に一行加えて、これを「本多弁護事務所／八十歳の覗き屋／弁護士　本多繁邦」と読むにちがいない、と。

これによって本多の生涯は、たった一行に要約されてしまった。

「元裁判官の八十歳の覗き屋」

永い一生に本多の認識が築き上げた不可視の建築物はあっけなく崩壊して、このただ一行を礎石に刻んだ。それは鋭い灼熱《しやくねつ》した刃《やいば》のような要約だった。そして能《あた》うかぎり真実だった。

（『天人五衰』）

このエピソードは、結末の話と、物語の筋の上でのつながりはまったくない。この中に、月修寺の門跡（聡子）の思いもかけぬ言葉が暗示されているわけでは、もちろんない。だが、同時に、ここに叙述されている事件は、本来の筋にとっては唐突で不必要に見えるだけにかえって、次のような予感を与えることにもなろう。この小説のどこか見えないところで、何か破壊的なことが進行しているのではないか、と。地下で活動している破壊的なことが、一瞬地表に出てきてしまったのではないか、と。

＊

本多の覗き趣味を原因とする醜聞は、必然性を欠いた、唐突なエピソードに見える。そのように論じてきた。しかし、それは、この話題を、『天人五衰』のこのコンテクストの中だけで読んでいるからである。視野を広げて、『豊饒の海』の全体の中にこのエピソードを置いてみたらどうか。すると、「覗き」が、この小説にとっては枢要な契機であったことに気づく。

まず、第三巻『暁の寺』では、本多のこの性的な嗜好が、重要な役割を果たしている。第四巻では、本多の覗き趣味が引き起こした悲惨な話は、なくてもかまわない脇道のように見える、と述べたが、第三巻では、そうではない。この趣味がなければ、第三巻の物語は画竜点睛《がりょうてんせい》を欠いたものになっていただろう。なぜなら、第一章でもふれたように、この趣味は、ジン・ジャンが本ものの転生者であることの証明に関係しているからだ。

『暁の寺』で、本多は別荘を建てる。その別荘の書斎の壁には覗き穴があって、隣のゲスト・ルームで起きていることを、中にいる客に知られることなく見ることができるようになっている。本多は、その穴から、招待客たちの性行為を覗いて楽しんでいた。この巻で、本多は、戦前に七歳のジン・ジャンに会い、戦後、十八歳になったジン・ジャンに再会している。再会後ジン・ジャンに恋をした本多は、彼女の裸身を見たくて、別荘にプールを造った。だが、例の覗き穴からジン・ジャンを見たとき、本多の恋は破れた。そこで、ジン・ジャンは久松慶子

(『天人五衰』で透に「秘密」を教える夫人)と女同士の裸身をからませていたからだ。ジン・ジャンはレズビアンだったのだ。このとき、本多は、ジン・ジャンの身体に、清顕の転生であることの証となる黒子を視認した。

第四巻の本多の覗きは、第三巻のこの覗きの反復である。第三巻では、覗きは、物語を完結させるために絶対に不可欠な証人の機能を果たしていた。しかし、第四巻では、覗きは、本多を苦境に陥れるつまらぬ事件にからんでいて、物語の展開にとって有意味なことは何も見出されてはいない。

さらに、「覗き」ということを、『豊饒の海』の全体構造と関係づけて見ておこう。すると、誰でも気づくことがある。この長篇小説が、総体として「本多による覗き」という構成をもっているのだ。本多は基本的に、各巻の主人公たちの物語に対する傍観者である。つまり、本多は、主人公たちの身に起こること、たとえば大恋愛とか、テロ行為とかを覗き見ていることになる。

そうだとすると、本多に他人の性行為を覗いて情欲を満たす趣味があるという話は、この小説全体の構造を、小説そのものの内部で自己言及的に対象化していることになるだろう。しかも、本多のこの趣味が、犯罪以上に恥ずかしい行為として、衆人に暴露されているとすれば、どうであろうか。小説は、自らを成り立たせている構造を、自分自身で嘲笑し、批判していることになるではないか。この小説は基本的には、夜の神宮外苑で本多がやっていたことと変わらない、と当の小説自身が、告白しているのである。ここまで考えれば、本多の覗き趣味が週刊誌に書きたてられたという——一見くだらない——エピソードは、小説の自己否定を含意しており、物語の展開をすべて無意味化してしまう破局的な結末だった、という解釈も、必ずしも牽強《けんきょう》とは言えないことがわかるだろう。

もっと視野を広げてみよう。『豊饒の海』という小説の哲学的なバックボーンは、大乗仏教の唯識論だった。唯識論をあえてカリカチュアライズして解釈すれば、それは覗きの哲学であると、言って言えないことはない。唯識論によれば、われわれが実在として捉えていることはすべて、心の生み出したものである。その「心」とは、阿頼耶識を基底においた八識のことなので、唯識論には一筋縄ではいかない複雑さがある。が、この理論の細部をあえて無視して最も基本的な構成だけで考えれば、世界とは、心が捉えている夢のようなものだ、とこの仏教哲学は主張していることになるだろう。「夢」という比喩が世界をあまりに儚《はかな》く捉えているかのような印象を与えるならば、「幻想」と呼んでもよい。世界は、心に属する幻想のうちに捉えられて、はじめて実在たりうるのだ、と。

夢を見るということは、心が、夢の中で展開していることを覗いている、ということであろう。こう考えれば、唯識論は、覗きの構造で存在の全体を説明していることになる。阿頼耶識をはじめとする八識に覗かれ、認識されている限りで、世界内の諸現象は実在となる。これが、極限まで単純化した唯識論の主張である。

こう考えると、本多が覗きによってその名誉を完全に失墜させてしまったという話は、唯識論の相対化や批判をも含んでいることになる。おそらく、三島自身には、このエピソードに唯識論の批判を込めようなどという意識はなかっただろう。しかし、客観的には、このエピソードは、唯識論――厳密に言えば三島自身が理解している限りでの唯識論――への不信の表明になっている。

3 「二」の不可能性

そこで、覗きとは何か、考えてみよう。性行為を覗き見るという行動を、哲学的な見地から考察してみよう。そこに突破口が――第1節の最後にあげた第一の疑問への突破口が――見出せないだろうか。

他人の性行為を覗くという趣味、しかも恋人たちが集まる公園に夜わざわざ出向いていったり、あるいは壁に秘密の穴を仕組んでおいてまでして覗くという趣味は、そう一般的なことではあるまい。誰もが一度は経験する、というほどに普通の行為とは思えない。では、視点を反対側に据えて考え直してみたらどうか。つまり、覗かれる側、性行為にかかわるカップルの側から捉えてみたらどうであろうか。

すると、「覗かれること」は、一般性のあることどころかまったく逆に、普遍的に拒否されていることであるとあらためて気づくだろう。人は、自分たちの性行為を、第三者に見られることを恐れている。それは、非常に大きな「恥」だと感じられている。「覗かれること」は、人間の性行為にとって、普遍的な忌避の対象である。また、このことと相関して、自分たちの性に関係する行為や身体を、他者の目にわざわざ晒すことは、悪いこと、恥ずべきこと、不道徳なことと見なされている。ここから、「猥褻《わいせつ》」という感覚が生まれてくる。猥褻とは、性行為に関連する領域を、第三者の認知から切り離すべきだとする観念の産物である。

ここで立ち止まって反省してみると、猥褻は、きわめて人間的な――人間を定義すると言ってよいほどに人間的な――現象だということに気づく。ほかの動物には、猥褻という感覚の欠片《かけら》も見られない。たとえば、遺伝子のレヴェルでは、チンパンジーとともに人間に最も近い種、ボノボは、性行為が「生殖」という目的から解放されている点で人間的だ、とされている。さらに付け加えておけば、人間だったら「性的少数者」に属するとされる性行為、たとえば「同性愛」のような行為も、ボノボにとってはごく普通のことである。[*5] だが、ボノボの行動には、猥褻というものにつながりうるほんのわずかな萌芽すら見出すことができない。人間の観点からボノボを観察していると、彼らは、われわれの挨拶や立ち話と同じくらい、白昼堂々と公衆の面前で性的な行動をとっているように見える。翻って、人間の方を見るとどうか。今度は逆に、猥褻観念をもたない社会はひとつも存在しない。どんな社会、どんな文化も猥褻という観念をもつのだ。どの行為が、どの身体部位までが見られてはならない「猥褻」の範囲に入るのかという境界線の設定に関しては、文化的な揺らぎがある。しかし、猥褻ということにまったく無関心な社会は存在しない。[*6]

　ここから、われわれは次のように結論すべきではないか。人間の性行為が成立するためには、つまりそれがまさに性愛的なものとして存在するためには、それを外から眺める第三者の眼差しの存在（の可能性）を必要としている、と。このように述べると、ただちに反論が出るだろう。逆ではないか、と。猥褻についてのタブーが示唆していることは、人間においては、性行為を見る第三者がいては、性行為がむしろ成り立たない、ということではないか、と。しかし、そうではない。確かに、普通は、自分たちの性行為が誰かに見られることを人は嫌がり、恐れている。が、そのことは逆に、人は、自分たちの性行為が第三者に見られるかもしれない、第三者に見られうる、ということに常に鋭敏な関心をもっている、ということを含意している。秘密裏に二人だけで関係をもつ場合でも――いやわざわざそんな場所を選ぶときにはますます――、自分たちを覗き見る第三者の存在の可能性が想定されているのである。動物は、たとえばボノボは、第三者の眼差しの存否に関して、まったく無頓着である。だからかえって彼らは、他個体の目の前でも平然と性行為に及ぶのだ。

　人間の性的欲望は、性行為を覗き見る想像的な第三者の眼差しを前提にし、それによって支えられている。一般には、その第三者の眼差しの存在は、否定的なかたちで想定される。見られたくない、見られると恥ずかしい、といったかたちで、である。だからこそ、猥褻のタブーを蹂躙《じゅうりん》して他人の性行為を窃視することには――恐れられている第三者の眼差しの役割をあえて担うことには——快楽や興奮が伴うのだ。あるいはまた、ときに、第三者に見られていることでかえって興奮するカップルもいる。『豊饒の海』にも、そのようなケースが登場する。『暁の寺』のあの別荘の書斎の覗き穴から本多がゲスト・ルームを見ると、そこには、三人の客がいた。歌人の鬼頭槙子、その弟子の椿原夫人、ドイツ文学者の今西康である。そして、椿原夫人と今西の性の交わりを、槙子の目がじっと見守っている。それを本多がさらに覗いているのだ。

＊

「覗き」をめぐる以上の考察から引き出しうる教訓は、次のようになる。人間の性行為における、「二」の不可能性、これである。普通は、性行為は、二者の営み、二者だけで完結する営みであると考えられている。しかし、そうではない。性行為における「二」が成立するためには、その「二」をメタレヴェルから観察する第三者の眼差しが付加されなくてはならない。その三番目の要素の存在可能性が、「二」を、つまり二人の間の性的関係を可能なものとしているのである。

この洞察は、ここまでのわれわれの探究、三島の文学に即して蓄積してきたここまでの議論と、どのように交わるのか。われわれは、美的対象をまさに美的なものたらしめる「イデア」

について論じた。このイデアを可能なものとしているのが、（超越的な）第三者の眼差しである。たとえば、男がある女を美しいと感じ、欲情する。それは、動物的な欲求をこえた欲望である。男は女の身体にイデアを見ている。このときイデアは、どのようにして存立を得ているのか。イデアは、想定された第三者の眼差しからの承認に相関して、つまり第三者の眼差しに属する欲望の対象として、存在しているのだ。第三者の眼差しを、超越的な水準に想定できなければ、「美」なるものを生み出すイデアは存在しない。

『豊饒の海』に戻ろう。本多は、覗きの趣味をもっている。そして、この小説の全体が、本多が八十年余りの生涯を通じて覗き見たことである。彼に覗かれていた性的なカップルが、小説の中の登場人物が実在するためには、覗き見る第三者の眼差しを必要としている——これは唯識論の最もシンプルな主張とも合致する。本多は、まさにその第三者の眼差しの役割を引き受けていたのだ。

だが、『天人五衰』の終盤で、本多の覗きの趣味は大衆に暴露され、ひどい嘲りの対象となる。つまり、ここで、本多は、特権的な位置からの窃視者という役割を剝奪されているのである。覗き見ていた本多自身が、逆に、人々によって見られ、辱めを受ける立場へと引きずり降ろされた、と言ってもよい。覗き見ていた本多が、秘密の私生活を覗き見られる立場に置かれてしまったのだ。

4　何もない

こうした洞察を携えて、『豊饒の海』の結末を考え直してみよう。もう一度だけ確認すれば、その結末とはこんな話であった。本多は、聡子と直接会い、彼女から、清顕の存在を否認されてしまう。清顕がいなかったということは、本多自身を含む何もかもが存在していなかったということを意味している。最後に、虚無そのものを象徴するような、寂寞《じゃくまく》を極めた月修寺の庭を前にして佇み、本多は思う。「この庭には何もない。記憶もなければ何もないところへ、自分は来てしまった」と。

前節での哲学的な考察を前提にすると、この結末への過程を、論理の筋として追うことができる。物語の筋ではない（それは書かれたまんまである）。そうではなく、今や明らかになるのはその物語の筋を規定している論理の方だ。「唯識論」の助けを借りれば、なおいっそうわかりやすくなる。

前節でこう述べた。人間の性的な関係において、純粋な「二」は不可能である、と。「三」による補塡がなければ、「二」は存在しない。だが今や、本多はその第三番目の要素としての地位から引きずり降ろされている。彼は、「二」の水準で、つまり「二」の中の一項として聡子に会わなくてはならない。かつて『春の雪』では、本多は、「清顕と聡子」という「二」の恋愛を目撃し、証言する第三者であった。しかし、『天人五衰』の最後の部分で、彼は「二」の中に埋め込まれている。これが、本多と聡子の再会の場面だ。

ここで唯識論の助言を聞こう。実在は認識と相関している、と。何ものかがそれAとして存在しているのは、阿頼耶識を含む心が、まさにその何ものかをそれAとして認識している限りにおいてである。ところで、対象をAとして同定するとは、どういうことであろうか。同定はいかにして可能なのか。ここで、ソシュールの、あるいは構造主義のかつての教えを思い起こそう。同一性は差異を前提にしている。対象をAとして認識するということは、「not A（Aならざるもの）」とAとの間の示差的特徴（の束）を認識するということである。

すぐに気づくように、この差異への参照は、どこまでも水平的に拡散してしまい、終わることがない。AがAとして認識され、それゆえに実在するためには、Aがそれとの差異において同定されるBが必要だ。Bもまた、同じ理由によって、自らとの示差性を確認できるCを必要とする。以下同様である。したがって、差異のネットワークが完結し、最初の対象Aが——そして後続のB、C……がすべて——存在するためには、少なくともひとつの特権的な対象Xが必要だ。その特権的な対象Xは、自身の同一性を確認するために、外部に対象「not X」を必要としない。別の言い方をすれば、Xは、「自身X」と「自身との差異 not X」を自らに内包する自己言及的な対象である。そのような対象があって、初めて、差異の体系が完結し、それゆえに、その内部の各項が実在するだろう。

差異のネットワークの最単純ケースこそ、二項対立「A／not A」である。今述べた論理に従って、この二項対立が機能し、各項がそれぞれ意味をもって実在するためには、これを完結させる特権的な第三項Xが必要だ。先に、人間の性的関係に即して、純粋な二者関係は成り立たず、それが存在するためには、第三者の眼差しの存在(可能性)が必要だと述べた。前節で提起したこの命題を、抽象的な乾いた論理に置き換えるならば、今ここで述べているような議論になる。

しかし、今や、本多は、第三者の眼差しの位置から引きずり降ろされている。とすれば、「二(項対立)」の不可能性という事態がそのまま、包み隠されることなく露呈することになる。「二」の不可能性は、結局、「多」の不可能性をも含意している。つまり、一切の存在は不可能である。本多が最後に導かれている境位がこれである。「何もない」という虚無。月修寺の庭のように、何もない。

*

しかし、三島由紀夫は、この深い虚無を受け入れられなかった。自らの文学が、そこへと導かれていった何もない場所。救いようもなく深い、最も徹底したニヒリズム。ここから三島は逃避した。これが、第1節で提起した第二の疑問への回答である。

自衛隊の市ヶ谷駐屯地で三島がなそうとしていたことは、自らの文学が到達してしまった地点からの、全力疾走の逃避である。綾倉聡子は言う。「松枝清顕はいない」と。三島は、これに絶叫するように反論する。「いや、いる！　天皇陛下（＝清顕）はいるんだ」と。天皇を、白鳥としての天皇を存在させるための最後の手続き、それが、あの割腹自殺だ。自らが武士と見立てた者たちの前での、自分の鉄の肉体の華々しい破壊。その否定の作用によって、天皇＝清顕の存在（の幻想）が生まれるはずであった。

5　真の〈豊饒の海〉

だが、あらためて思う。三島の文学が最後に見出した境地、つまりあの虚無は、そうまでして逃げ出さなくてはならない場所だったのか。

いや、もう少し正確に私の違和感を述べてみよう。三島――あるいは「本多繁邦」――は、最後に「何もない」を見てしまう。このとき、三島に見えていないことがあったのではないか。もっと厳密に言えば、〈それ〉、最後の三島にとっては死角になっている〈それ〉は、三島自身もかつては、その文学作品を通じて、しかと見ていたことではないか。三島の最後の認識の中に何か盲点があると私が感じるのは、三島の作品を読んできたからである。つまり何かが見落とされているという感覚は、三島の作品そのものの中から生まれてきたものである。決して、三島に抗して主張しているわけではない。

たとえば、三島の実質的には最初の小説「花ざかりの森」の結末は、『豊饒の海』の結末とそっくりだという、これまでも繰り返し指摘されてきた事実に、われわれも注目した（第十章）。

二つの結末を比べたとき、しかし、ひとつだけ、決定的とも言える大きな違いがある。本多は、聡子に導かれて、月修寺の「記憶もなければ何もない」庭を見ている。しかし、隠棲している「祖母の叔母なるひと」を訪ねた「まろうど」が目にしていたものは、「死に似た静謐」ととなりあわせの庭だけではない。彼の眼前には、海があったはずだ。もともと、「祖母の叔母なるひと」は、そこからは海が、美しくしずかに光る海がよく見えるから、という理由で、「まろうど」を庭に導いたのだから。山中の月修寺の庭の光景からは、この「海」が脱落している。

*

こんなふうに問いを立ててみよう。もし究極の真実が『豊饒の海』の結末が示唆しているように、容赦のない虚無であるならば、つまり「0《ゼロ》」であるならば、どうして何かが、世界が存在するのか。「0」からどうやって、「二」が、そして「多」が発生しうるのか。

究極の真実は、虚無、つまり「0」とは異なる何かではないか。見まちがうほどによく似てはいるが、「0」とは異なる何かではないか。それを、ここでは「一の内的不可能性」と呼んでおこう。どういうことなのか、ごく簡単に説明しておく。

「一だけがある」という主張は、「何もない」(つまり「0」)という命題と同じことに帰着する。「一」だけしかなければ、「一」をまさに「一」として構成する「他」が存在しないからである。

だから「一がある」とは言えない。しかし、「一がない」とも言えないのだ。どうしてか。われわれは確かに「一」を——自らに対して立ち現れる包括的な世界を「一」として——経験するのだが、そのように経験することが可能なのは、「一」が常に、「これには尽きない」という向こう側を、つまり「他」を含意するからだ。だからと言って、その「他」は「一」から独立の実体として存在しているわけでもない。それゆえ、「(「他」から区別された)一がある」と断定することもできない。

「一がある」わけでもなければ、「一がない」わけでもない。この「一の内的不可能性」の隠喩的な表現として、海のイメージにまさるものはない。水平線にまで広がる海を「一」として、統一的な世界としてわれわれは経験する。そのように経験しうるのは、水平線のこちら側ですべてが尽きているわけではなく、向こう側に何かがある、誰かがいる、と抗いようもなく感じるからである。しかし、向こう側の何か、向こう側の誰かは決して姿を現さない。それは、決して、積極的には現前しない(現前したときには、「こちら側」の要素にすでに転じてしまっている)。つまり、向こう側は、つまり「一」に対する「他」は不可能なものとして存在しているのである。

「一の内的不可能性」は、「一(存在)」でもなければ、「0(虚無)」でもない。この「一の内的不可能性」への直観は、三島の作品の中に、原始的なかたちで孕まれていた。たとえば、われわれは、『仮面の告白』の延長上で、「博覧会」という短篇小説を読みながら、「私」が「私ならざるもの（大庭貞三）」へと遷移していくという感覚について考察した（第五章）。「私＝一」が、たとえば海を見ているとして、「私」は、あの「真夏の死」の幼い兄妹のように、誰かが向こうから呼んでいるのを感じるのだが、その「誰か」は、この「私」そのものから独立には存在しない他者なのだから、つまり「私」に属する「一」から発生する内的な余剰のようなものなのだから、「私」は自分こそその「誰か」なのだと感じたとしても、それは錯覚でも、虚偽でもない。「私は大庭貞三（not 私）である」という命題は、「一の内的不可能性」のひとつのコロラリー（当然の推論的帰結）である。

もっと端的なのは、三島の「女」に対する原初的な感覚だ。三島の原点は、女との接吻の失敗であった。三島は、この失敗を克服するために全力を尽くした。『仮面の告白』で「私」は園子とうまく接吻できない。彼女の唇を覆っても、何の快感も覚えなかったのだ。しかし、『春の雪』では、清顕は聡子と見事な接吻をする。だが、前者の接吻の失敗の方に、より深い真実があるとしたらどうか。

もともと、「一（私）」の方に、「これに尽きない」という内的な否定性、内的な不可能性がある。その内的な不可能性を、それ自体、独立に存在する実体として措定したらどうなるのか。それこそ、「一（私）」からは届かない女、接吻できない女という形態をとるのではないか。他者は、「私」と混同するほどに近接していると同時に、唇に触れても届かないほどに遠い。ともあれ、ここで、確認しておきたいことは、三島の原点、三島の出発点に、「一の内的不可能性」があった、ということである。

虚無（0）からは逃げたくなるのは当然だ。それは、何も生まない不毛だからだ。しかし、「一の内的不可能性」は、これと似て非なるものだ。それは、虚無とは逆に、存在の母胎、「二」を起点とする存在の母胎だ。だから「一の内的不可能性」こそ、真実の〈豊饒の海〉である。三島は、究極の「不毛の海」を見たがゆえに、それに抗するべき必死の政治的行動をとった。しかし、原点とすべき真実は、本ものの〈豊饒の海〉だったとしたらどうであろうか。われわれは、そこから逃げる必要はない。これを積極的に受け入れたとき、そこからどのような政治的行動を引き出すことができるだろうか。これに答えることは、もはや三島由紀夫論の範囲を超えた課題である。

＊1　TBSが所蔵しているインタヴューの録音から。インタヴューは一九七〇年二月になされた（三島由紀夫『告白――三島由紀夫未公開インタビュー』）。

＊2　『葉隠』は、佐賀藩士山本常朝――主君鍋島光茂の没後に出家して隠遁生活を十年ほど送っていた――が、宝永七年（一七一〇年）頃に、若き佐賀藩士田代陣基《のぶもと》に語ったことを、後者が筆録したものである。田代は、その筆録を編纂《へんさん》するのに七年の歳月をかけている。

＊3　『葉隠』と『葉隠入門』が、現代のサラリーマンたちにありがたがられるのもそのためである。

もっとも、三島自身も、その日常においては、優等生的なきまじめさに徹するような、つまり昇進のために手堅く勤めるサラリーマンや役人のように仕事をする人物だった。その三島にとっては、『葉隠』の細々としたアドバイスは実際に有用だっただろう。

＊4　三島が、昭和四十三年（一九六八年）に『週刊プレイボーイ』に連載した長篇小説『命売ります』（ちくま文庫、一九九八年）は、気楽に書かれた娯楽小説のひとつではあるが、命を賭しているかのように見せながら、決して死ぬことができなかった者への揶揄として読めば、意味のある作品となる。この小説のストーリーは次の通り。トウキョウ・アドという会社のコピイ・ライターとして――つまり時代の波に乗るような仕事をもち――社会的に成功していた羽仁男《はにお》は、ある日突然、「読もうとする活字がみんなゴキブリになってしまう」のを見て、世界の「無意味」を感じる（この部分は、『鏡子の家』で夏雄が富士山麓の樹海が消え去るのを見て、世界が崩壊に向かっていると直観する場面を連想させる）。羽仁男は自殺を試みるが失敗し、その後、新聞の求職欄に「命売ります。お好きな目的にお使い下さい。」という広告を出す。命の買い手は次々と現れる。羽仁男は、薬の実験に使われたり、欲求不満のサディストの女から血を吸われたりするが、結局、死なない。やがて、彼は、二大国のスパイ戦に巻き込まれ、命を狙われるようになる。ＡＣＳ（アジア・コンフィデンシャル・サーヴィス）とかいう怪しげな組織に追跡され、命を狙われるようになる。ほんとうに死の危険が迫ってくると、羽仁男は急に、死にたくないと思うようになる。彼は、一時はＡＣＳに監禁されたものの、かろうじて脱出し、警察に保護を求めるが、警官は、羽仁男の話を妄想だとしてまったく信じない。最後は、警官に「ただの人間の屑だ。それだけだよ」と突き放され、羽仁男は一人涙ぐむ

ことになる。これが『命売ります』の筋である。現実の三島は、羽仁男とはまったく逆のことをやろうとした。つまり彼は、ほんとうに死を覚悟して、警察ではなく自衛隊に飛び込み、隊員たちを前にして決起を呼びかける演説をした。だが、隊員たちは、やはりそれを一種の妄想のように受け取り、三島を「人間の屑」として扱った。

＊5　同性愛的に振る舞わないボノボの個体は存在しない。ボノボに「性的少数者」という概念は適用できない。

＊6　この事実を橋爪大三郎は、「性愛の分離公理」なる概念で記述している（『性愛論』河出文庫、二〇一七年）。また次の拙論も参照。「思考の条件」（『本』講談社、二〇一七年九月号）。

凡　例

一、三島由紀夫の作品などからの引用は主として新潮文庫と『決定版　三島由紀夫全集』（新潮社）に拠った。これらにない作品は、その都度、注で出典を示した。

一、旧かなづかいは原則として新かなづかいに改めた。

一、今日の人権意識に照らして不適正な表現があるが、原典の時代性を鑑み、原文のままとした。

一、文脈に応じて元号と西暦を使い分け、どちらか一方を優先して表記した。

本書は、『すばる』（集英社）内の連載「三島由紀夫論」（二〇一七年三月号〜二〇一七年八月号、二〇一七年十月号〜二〇一八年一月号、二〇一八年三月号）をもとに加筆・修正したものである。

大澤真幸（おおさわ まさち）

一九五八年、長野県松本市生まれ。社会学者。一九八七年、東京大学大学院社会学研究科博士課程単位取得退学。博士（社会学）。千葉大学文学部助教授、京都大学人間・環境学研究科教授等を歴任。二〇〇七年『ナショナリズムの由来』で毎日出版文化賞、二〇一二年『ふしぎなキリスト教』（橋爪大三郎と共著）で新書大賞、二〇一五年『自由という牢獄』で河合隼雄学芸賞を受賞。個人思想誌『Thinking「O」』を主宰。『不可能性の時代』『〈世界史〉の哲学』シリーズなど著書多数。

三《み》島《しま》由《ゆ》紀《き》夫《お》 ふたつの謎《なぞ》

集英社新書〇九五五F

二〇一八年一一月二一日 第一刷発行

著者……大澤《おおさわ》真幸《まさち》

発行者……茨木政彦

発行所……株式会社集英社

東京都千代田区一ツ橋二-五-一〇 郵便番号一〇一-八〇五〇

電話 〇三-三二三〇-六三九一（編集部）
〇三-三二三〇-六〇八〇（読者係）
〇三-三二三〇-六三九三（販売部）書店専用

装幀……原 研哉

印刷所……大日本印刷株式会社 凸版印刷株式会社

製本所……加藤製本株式会社

定価はカバーに表示してあります。

ISBN 978-4-08-721055-2 C0295

a pilot of wisdom

スノーデン 監視大国 日本を語る
エドワード・スノーデン／国谷裕子／ジョセフ・ケナタッチ／スティーブン・シャピロ／井桁大介／出口かおり／自由人権協会 監修　0945-A
アメリカから日本に譲渡された大量監視システム。新たに暴露された日本関連の秘密文書が示すものは？

ルポ 漂流する民主主義
真鍋弘樹　0946-B
オバマ、トランプ政権の誕生を目撃し、「知の巨人」に取材を重ねた元朝日新聞NY支局長による渾身のルポ。

ルポ ひきこもり未満 レールから外れた人たち
池上正樹　0947-B
派遣業務の雇い止め、親の支配欲……。他人事ではない「社会的孤立者」たちを詳細にリポート。

「働き方改革」の嘘 誰が得をして、誰が苦しむのか
久原 穏　0948-A
「高プロ」への固執、雇用システムの流動化。耳当たりのよい「改革」の「実像」に迫る！

国権と民権 人物で読み解く 平成「自民党」30年史
佐高 信／早野 透　0949-A
自由民権運動以来の日本政治の本質とは？ 民権派が零落し、国権派に牛耳られた平成「自民党」政治史。

源氏物語を反体制文学として読んでみる
三田誠広　0950-F
摂関政治を敢えて否定した源氏物語は「反体制文学」の大ベストセラーだ……。全く新しい『源氏物語』論。

司馬江漢「江戸のダ・ヴィンチ」の型破り人生
池内 了　0951-D
遠近法を先駆的に取り入れた画家にして地動説を紹介した科学者、そして文筆家の破天荒な人生を描き出す。

堀田善衞を読む 世界を知り抜くための羅針盤
池澤夏樹／吉岡 忍／鹿島 茂／大髙保二郎／宮崎 駿／髙志の国文学館・編　0952-F
堀田を敬愛する創作者たちが、その作品の魅力や、今に通じる『羅針盤』としてのメッセージを読み解く。

母の教え 10年後の『悩む力』
姜尚中　0953-C
これまでになく素直な気持ちで来し方行く末を存分に綴った、姜尚中流の〝林住記〟。

限界の現代史 イスラームが破壊する欺瞞の世界秩序
内藤正典　0954-A
スンナ派イスラーム世界の動向と、ロシア、中国といった新「帝国」の勃興を見据え解説する現代史講義。